DER KÖNIG DER BERNINA

JAKOB CHRISTOPH HEER

Der König der Bernina

Roman aus dem schweizerischen Hochgebirge

FACKEL-BUCHKLUB

OLTEN · STUTTGART · SALZBURG

Droemersche Verlagsanstalt Th. Knaur Nachf., München · Alle Rechte, insbesondere das Übersetzungsrecht, J. G. Cotta'sche Buchhandlung Nachfolger
Sonderausgabe der Droemerschen Verlagsanstalt Th. Knaur Nachf., München,
für den Fackel-Buchklub, Olten / Stuttgart / Salzburg · Gesamtherstellung:
J. Godry, Berlin SW 68 · Printed in Germany 1958

Ein Adler kreist am blassen Frühhimmel, er schwimmt über dem dreizackigen samtgrünen Talstern des Engadins.

«Pülüf – pülüf», dringt sein hungriges Pfeifen aus der Bläue; die Gabel fächerartig ausgebreitet, steigt er etwas in die Tiefe und späht, dann hebt er sich ungeduldig in die oberen Lüfte, der Sonne entgegen, ja höher als die Bernina, die sanft und doch kühn in das Tal herniederschaut und den ersten Strahl des Taggestirns mit ihrem Silberschild auffängt.

Der Reif funkelt auf den Auen, die den jungen Inn säumen.

Überall Licht, reines Licht der Höhe, und die Berge wachsen in seiner schwellenden Flut.

Voll andächtiger Ruhe zieht der Adler seine Runde und rührt die gespannten Flügel nur dann und wann in zwei oder drei leichten Schlägen. Er überfliegt die weißen Spitzen, er schwebt über den Dörfern Pontresina, Sankt Moritz, Samaden und über lichtglänzenden Seen. Wenn er in die Tiefe steigt, so spielen seine Schwung- und Ruderfedern in der Sonne, meistens aber hängt er, ein Punkt nur, den das Licht vergoldet, an der Himmelsglocke.

Es muß wonnig sein, als Adler, als Herr und König, vor dem die Kreatur erbebt, über dem Gebirgsland zu schweben.

Durch die schweigende Frühe geht von Samaden her, den Krümmungen des Inns entlang, ein hochgewachsener, breitschultriger junger Mann gegen die paar Häuser von Celerina empor, das in der Mitte des Taldreiecks liegt. Er hat das Gewehr quer über den

Rücken gehängt, seine Blicke folgen mit Spannung den Ringen und Flugfiguren des Vogels in leuchtender Höhe.

Ob sich der Jüngling vermißt, den König des Gebirges aus seinem lichten Reich zu stürzen? Doch wohl nicht.

Lange, lange liegt das Tal im Morgenfrieden, der Ruf des Adlers und das Rauschen des Inns sind die einzigen Laute in der tiefen Stille.

Da erheben die Glocken von Samaden ihre Stimmen, andere helle Klänge schweben aus den drei Tälern heran und rinnen über die Ebene in einen einzigen Ton zusammen.

Die Straßen, die sich in Samaden treffen, beleben sich, das Völklein des Oberengadins zieht zur Landsgemeinde.

In losen Gruppen wallen die Bergleute dem gemeinsamen Ziele zu. Die Wohlhabenderen, Vornehmeren reiten, oder sie fahren auf leichten Gebirgswägelchen und Scharabanken; die ausgedörrten Schuldenbäuerlein, die Weger, die Säumerknechte, die Gemsjäger und Fischer, die weder Pferd noch Wagen haben, gehen zu Fuß; zwischen allen aber, die reiten, fahren oder wandern, ertönt der weiche, romanische Gruß «Dieus allegra – Gott erfreue dich!», und eine gemessene, ruhige Freundlichkeit waltet, wie sie einem kernhaften Volk am Ehrentag der Heimat wohl ansteht.

Von Pontresina herab wandert ein Schärchen schlichter Leute, ein Dutzend Männer, Frauen, Mädchen und Buben.

«Die Hütte wird verkauft, der Bub schlägt sich schon durch. Er geht über Basel in die Welt», sagt der wetterbraune Säumer Tuons, der immer sein Birkenzweiglein im Mund hält.

«Solange man weiß, ist Auswanderung im Engadin gewesen», versetzt der Mesner, ein bedächtiges, eisgraues Männchen, dessen Rede man es wohl anspürt, daß er auch eine Art Schulmeister des Dörfchens ist. «Aber jetzt ist ein Rausch im jungen Volk, daß wir bald nur noch alte Kracher und überzähliges Weibervolk in unseren Dörfern haben. Wo man hinkommt, in Pontresina, Samaden, Sankt Moritz, hört man den gleichen Trumpf ‚Fort in die Fremde, fort!‘, und unsere kleinen Dörfer werden viel zu groß.»

«Ha, die Felsen können wir halt nicht fressen», erwidert Tuons mit derber Gewohnheit und verzwicktem Lachen. «Das ist die Weltgeschichte: Ein Großer macht einen Federstrich, und tausend Kleine verderben dran!»

Den verhängnisvollen Federstrich, von dem der Säumer spricht, hat für das Bündner Land, für das Engadin General Napoleon Bonaparte durch den «Veltliner Raub» getan.

Vor bald dreihundert Jahren hatte der Herzog Maximilian Sforza den Bündnern das Veltlin mit den Städten Chiavenna und Bormio geschenkt, und man hatte das jenseits der Bernina gelegene Land durch Vögte als Untertanenschaft verwaltet. Namentlich die Engadiner hatten in dem gesegneten Tal ihre Landhäuser, ihre großen Güter, Obstgärten und Weinberge besessen und sie durch Pächter bewirtschaften lassen, um je und je im Herbst voll Fröhlichkeit zur Ernte hinüberzuziehen und den Herrenanteil des Ertrags einzuheimsen. Da waren aber vor einiger Zeit im Veltlin Unruhen entstanden, und die Bewohner des Tales hatten Bonaparte, der just als siegreicher Feldherr in der Lombardei stand, zum Helfer angerufen. Mit seinem Machtspruch riß er den Garten Rätiens vom Bergland los, verschenkte die bisherigen Privatgüter der Bündner an seine Günstlinge, und alle Proteste und alle Mühen um ihre Wiedererwerbung sind umsonst.

Das ist der «Veltiner Raub».

Wie sich nun abfinden mit dem Verlust eines

Gartens, wenn um das eigene Haus hin nur etwas Wald und Gras wachsen? Denn das Engadin ist wohl ein wunderschönes Tal, die silbernen Firne leuchten wie ein Gruß Gottes darüber hin, seine Seen sind kristallene Märchen, in seinen Felsen blühen die herrlichsten Blumen, aber fragt man in Sankt Moritz: «Was gedeiht bei euch?», so antworten die Leute: «Weiße Rüben», in Pontresina: «Weiße Rüben», in Samaden: «Weiße Rüben», und erst weit unten in Zuoz sagen die Dörfler: «Wir wohnen in einer köstlichen Gegend, denn bei uns wächst, so Gott will, auch ein Mundvoll Gerstenbrot.»

Davon und von dem Kriegselend, das nach dem «Veltliner Raub» ins Tal hinaufgestiegen ist, sprechen die Männer.

«Beim Eid, es kommt noch dazu, daß die Alten wie die Jungen in die Fremde gehen müssen. Die Rosse stehen vor der leeren Krippe im Stall, und wir können uns auf die Hände stellen und zwischen ihnen hindurch nach einem Taglohn auslugen. Es ist kein Glück mehr auf unseren Pässen.» So redet Tuons, die Arme reckend.

Da überholt ein Reiterpaar die wandernde Gruppe, die Fußgänger weichen aus und ziehen die flachen, dunklen Filzhüte.

Der Reiter und die Reiterin grüßen mit freundlichem Zuruf.

Es sind der leutselige Pfarrer Jakob Taß von Pontresina, ein stattlicher Fünfziger in halb geistlichem, halb weltlichem Anzug, und ein Fräulein in blumigem Sommerkleid. Unter dem gelben Florentiner Hut, der ihr feines Gesicht überschattet, glänzen goldbraune, freudige, große Augen, ihre Haltung ist stolz und frei, ihre Bewegungen sind leicht und kräftig und ihr Wuchs ebenmäßig. Ihre Erscheinung sprüht vor Leben, bewundernde Blicke folgen ihr, und sie ist mit dem Pfarrer kaum aus Hörweite geritten, so fragt

Tuons: «Wer ist sie? Die hat ja zwei Augen wie zwei Sonnen!»

«Das wißt Ihr nun nicht», lächelt der Mesner. «Es ist Cilgia (gesprochen: Zilschja) Premont, die Nichte des Pfarrers, und erst etliche Tage da. Sie war in der Erziehungsanstalt des Dekans a Porta zu Fetan.»

«Verbessert denn a Porta, der Menschenfreund, auch das Weibervolk?» spottet der derbe Tuons.

«Über die braucht Ihr Euch nicht lustig zu machen», versetzt der Mesner und schüttelt mißbilligend den halbkahlen Kopf. «Die ist so gescheit, daß sie eine Gelehrte werden könnte. Denkt nur, sie treibt mit dem Pfarrer Latein!»

«Premont – Premont?» fragt jetzt Tuons. «Ist ihr Vater der verstorbene Podesta von Puschlav, der das schöne Haus links an der Straße gebaut hat?»

«So ist's», bestätigt der Mesner. «Er hat vor etwas mehr als zwanzig Jahren die Regina Taß, die jüngere Schwester des Pfarrers, als Frau nach Triest geholt, und Bündner Kaffeewirte gibt es zu Paris, London und Petersburg, in allen Haupt- und Meerstädten, aber keinen, der angesehener gewesen wäre als seiner-zeit Premont in Triest. Als er verwitwet heimkam, wurde er gleich Podesta.»

«Woher also das Fräulein die Gescheitheit hat, muß man nicht fragen», meint Tuons.

«Der Podesta», erklärt das alte Männchen, «wollte aus Puschlav eine Mustergemeinde machen; er richtete als erster im ganzen Land eine Schule ein und hielt sich dabei an die Ratschläge a Portas. So kam's daß der Philanthrop das Mädchen nach dem Tod ihres Vaters aus Freundschaft in sein Institut zu Fetan auf-nahm, obgleich er es sonst nur Jünglingen öffnet.»

«Fetan», versetzt Tuons lebhaft, «wenn Ihr von Fetan sprecht, so kann ich Euch etwas Funkelnagel-neues berichten! Im Wirtshaus ‚Zum Weißen Stein‘ am Albula habe ich es gestern gehört.»

«Was ist's denn?» drängten die anderen.

Allein erst nach einer Kunstpause erwidert Tuons: «Am gleichen Abend, wo Lecourbe nach der Schlacht von Finstermünz in Fetan einzog, hat man dort einen Tiroler Spion gerettet und heimlich über die Grenze geführt.»

«Das glaubt der stärkste Mann nicht!» fährt ein Ziegenhändler heraus, und der Mesner winkt dem Säumer mit heftigem Erschrecken Schweigen zu.

Allein der fährt prahlerisch fort: «Der nächste Schluck Veltliner soll mich töten, wenn die Geschichte nicht wahr ist!»

«Tuons, jetzt haltet das Maul!» unterbricht ihn der Mesner scharf. «Wollt Ihr Häuser, Dörfer anzünden? In Chur steht immer noch der Gesandte Frankreichs. Gottes Tannenbaum, Tuons, wenn das wahr wäre, käme ja das ganze Engadin in Kontribution! Habt Ihr denn die Geschichte des Junkers Rudolf von Flugi schon vergessen?»

Tuons blickt bei der scharfen Zurechtweisung verlegen in die Weite, wo sich das Reiterpaar bewegt, und lacht plötzlich gezwungen auf: «Ich habe nichts sagen wollen, als die Podestatochter von Puschlav habe Augen wie zwei Sonnen.»

Die anderen schweigen, denn Kriegsfurcht steckt noch allen in den Gliedern.

Den Frühling hindurch, ja bis vor wenigen Tagen hatte das Engadin, vom Maloja bis nach Martinsbruck zu, unter dem Durchzug fremder Heere gedröhnt. In der einen Stunde tränkten die Reiter Lecourbes, des französischen Generals, in der anderen die Laudons, des österreichischen, an den großen Dorfbrunnen ihre Pferde. Mit dem Ruf «Vive la République!» errichtete man vor der Ankunft der französischen Standarten Freiheitsbäume, mit Jubel warf man sie ins Feuer, wenn die österreichischen Lanzenfähnchen von fern im Winde flatterten. Man litt und duldete und kam mit der Losung «Den Mund halten!» leidlich durch die Not der Zeit.

Einem aber – darauf spielte der Mesner an – war das Herz übergelaufen. Dem Junker Rudolf von Flugi, dem Gemeindevorsteher von Sankt Moritz. Als der französische Oberst Diriviliez in dem schon ausgehungerten Dorf seine Reiter auf Requisition ausschickte, trat der alte Edelmann vor ihn: «Bürger Oberst, Ihr vergeßt, daß General Bonaparte den Bewohnern des Bündnerlands gegen die Zusage unserer Neutralität nicht nur die Sicherheit des Lebens, sondern auch des Eigentums verbürgt hat. Ich berufe mich gegen die Requisition auf die französische Ehre. Ein Schelm, wer ein Brot nimmt!» Am anderen Tag führten zwei Reiter den Junker gefesselt nach Chur ins Gefängnis, und unter der Bevölkerung wurde ausgestreut, ein angesehener Sankt-Moritzer Bürger habe den Junker als heimlichen Freund Österreichs verraten.

Bald nach diesem Ereignis indessen hatte sich das Blatt gewandt.

In den schauerlichen Felsenklüften von Martinsbruck und Finstermünz, über denen die letzten Berge Bündens und die ersten Tirols hellsonnig ragen, erwartete der Tiroler Landsturm den Feind. Und siehe da: Die Tiroler Bauernschützen, die zu beiden Seiten der Schlucht todesmutig an den Felsen hingen, warfen die Franzosen in entsetzlicher Entscheidungsschlacht ins Engadin zurück, und General Lecourbe zog mit seinem geschwächten Heer über die Pässe ab. Bei der Rast in Chur schenkte er dem Junker von Flugi, dessen ältester Sohn in französischen diplomatischen Diensten stand, die Freiheit, und man war im Engadin nicht wenig überrascht, als der schon Verlorengegebene über die Höhen des Juliers herniederstieg und zu den Seinen zurückkehrte.

Der eben zusammentretende Talrat schlug ihn zum Landammann des Hochgerichts Oberengadin vor, und heute ist die Landsgemeinde, an der das Volk den Magistraten wählt, ihm huldigt und er es zu Gast empfängt.

Aus schwerer Not, aus bitterer Demütigkeit heben die Engadiner ihre Köpfe und schöpfen wieder Atem.

Frühling in den Lüften – Frieden im Tal. Das sprießende Grün auf den Matten entsündigt die Erde von dem Blut, das sie getrunken hat, und um die verrosteten Waffen, das zerbrochene Sattelzeug, die bleichen Knochen, die noch da und dort am Wege liegen, blühen die goldenen Priemeln.

Ein Frühlingskind, reitet Cilgia Premont neben dem schon leicht ergrauten Pfarrer, und ihr silbernes Lachen läutet in den innigschönen Tag.

Sie hat den Adler erspäht, dessen Schrei eben wieder aus unergründlicher Höhe dringt.

«Dort steht er über dem Piz Rosatsch und leuchtet wie eine Ampel, als tue er es nur dem schönen Tag und der Landgemeinde zulieb.»

Der Pfarrer lacht herzlich: «Törin du – der dort oben sinnt gewiß auf nichts als Raub, Verderben und Teufelei. Es ist der Roseg-Adler, der alte, fast zwanzigjährige Räuber.»

«Onkel, Ihr seid gewiß auch ein großer Nimrod!»

Um Cilgias Lippen zuckt der Schalk, und vergnüglich geht der Pfarrer auf ihren Ton ein.

«Was hat man im Bergdorf anderes zur Kurzweil als Bücher und die Jagd!»

«Ja aber Pfarrer und Jäger, das stimmt doch nicht so recht zusammen?» Die blühende Neunzehnjährige sieht ihn von der Seite übermütig und erwartungsvoll an.

«Du bist ein Schelm, Cilgia!»

«Und dann habe ich noch fragen wollen, Onkel, warum Ihr als protestantischer Geistlicher nicht geheiratet habt.»

Sie sprühte vor Schalkheit.

«Ich habe halt», sagte er mit einem Lächeln, in dem sich die Wehmut nicht ganz verbarg, «in meinem Leben die Liebe nicht so zum Zusammenstimmen gebracht wie Pfarramt und Jagd. – Was hast du gegen die Jagd? Ich habe mich schon gefreut, du würdest im Herbst mit mir in die Gemsreviere gehen, vielleicht selbst einmal ein Tier schießen. Du wärst nicht die erste im Engadin!»

«Nein, die Jagd ist abscheulich», sagte Cilgia fest. «Ihr wißt, mein Vater hatte sie nicht gern, weil sein einziger hoffnungsvoller Bruder als Jüngling beim Jagen verunglückt ist, und seine Abneigung ist mir ins Blut übergegangen. Auch weiß ich von der Mutter her zu viele schreckliche Gemsenjägersagen; aber Onkel», fuhr sie fort und blickte dabei unternehmungslustig in den Kreis der Berge, «a Porta hat erzählt, es sei eine neue Sitte im Werden: Aus Deutschland und Frankreich kommen jetzt zuweilen gelehrte Männer ins Gebirg, die es nur aufsuchen, weil sie seine Schönheit und Größe bewundern. Mit denen möchte ich es halten! Wir wollen einmal zusammen recht hoch ins Gebirge steigen.»

Und die goldbraunen Augen blitzten in Unternehmungslust.

«Also dir gefällt's bei uns im Oberengadin?» scherzte der Pfarrer wohlgelaunt. «Das freut mich! Du bist ja auch rasch als Engadinerin anerkannt und unter die Ehrenjungfrauen der Landsgemeinde geladen worden.»

«Das verdanke ich Konradin von Flugi. Ich freue mich, in Samaden den Jüngling wiederzusehen. Auf der Reise von Fetan verging er fast vor Elend darüber, daß sein Vater gefangen war.»

In diesem Augenblick fliegt vor ihr und dem Pfarrer ein kleiner dunkler Schatten pfeilschnell über die weiße Straße, und die Pferde stutzen.

«Nur die Wildtaube dort in der Luft», lacht der Pfarrer.

Sie haben aber den hochfliegenden Vogel, der wie ein helleuchtender Blitz vom Schafberg über das Tal nach dem Waldhügel Sankt Gian bei Celerina hinüberfliegt, kaum erspäht und die unruhigen Pferde wieder angetrieben, so erleben sie ein größeres Schauspiel.

Aus der blauen Luft hernieder rauscht mächtig wachsend der Aar, stößt wie ein Ungewitter schief hin auf die Taube und, indem er sie in einem der Fänge hält, hebt er sich schon wieder.

«Die freche Bestie!» eifert der Pfarrer.

Da kracht ein Schuß, über dem Wald bei Celerina zerrinnen ein paar Ringe bläulichen Rauches, die Taube gleitet aus den Krallen des Adlers zur Erde. Der Räuber steigt noch, sein Flug wird aber schwankend, er flattert, er überschlägt sich, er sinkt, und schnell und machtlos fällt der König des Gebirges zwischen dem Weg und dem Wald auf die grüne Matte.

«Schau, schau, Cilgia! Ich möchte nur wissen, wer den Schuß getan hat!» ruft der Pfarrer voll Spannung.

Ein junger hochgewachsener Mann eilt aus dem Gehölz auf den im Todeskampf ringenden Vogel zu.

«Wenn das nicht Markus Paltram ist! – Er ist's!» ruft Cilgia. «Ich muß ihn grüßen.»

Sie schwenkt ihr Tüchlein seltsam erregt, ihre Bewegungen sind hastig.

«Markus Paltram?» sagt der Pfarrer verwundert. «Ich kenne ihn nicht.»

Eine feine Röte steigt auf in Cilgias Gesicht.

«Es ist der Bote, der Konradin von Flugi den seiner Mutter mit der Nachricht nach Fetan gebracht hat, daß sein Vater von den Franzosen verhaftet und fortgeführt worden sei.»

«Weswegen denn diese Unruhe, Kind? Die Zügel zittern dir ja in der Hand?»

Cilgia wechselt die Farbe, sie schlägt die Augen zu Boden – und nun zuckt es ihr doch wieder schelmisch um die Unterlippe. Sie schaut den Pfarrer frei an.

«Fragt jetzt nicht soviel, Onkel», bettelt sie schlicht, «ich habe mit Paltram – ein Geheimnis. Auf der Straße kann ich es Euch nicht verraten, aber am Abend in der Stube will ich es Euch gern beichten, bis jetzt habe ich schweigen müssen.»

Als sie seinen großen, überraschten Blicken begegnet, erglüht sie wieder wie ein sich schämendes Kind.

«Denkt nichts Böses von mir – nein, das könnte ich nicht leiden!»

Da lächelt der Pfarrer: «Das tue ich nicht, hinter deiner Stirn hat ja gewiß kein böser Gedanke Raum. Es wird übrigens so ein Geheimnis sein, wie wenn zwei Buben gemeinsam ein Vogelnest im Hag kennen!»

Der junge Schütze hat sich unterdessen des Adlers bemächtigt und kommt näher. Da erkennt er die Reiterin, tritt sichtlich erfreut herzu und grüßt mit dem Anstand eines Mannes, der die Welt gesehen hat, ja mit verbindlicher Höflichkeit.

«Ein Meisterschuß», lobt der Pfarrer eifrig, «ein Schuß, wie er nicht alle Jahre im Engadin fällt.»

Der Schütze aber wendet sich an Cilgia: «Darf ich Euch ein paar der schönsten Federn geben, mein Fräulein?»

Er hebt den Adler, aus dessen Brust das hellrote Blut über die Wellen des Gefieders rieselt, an einer Flügelspitze so hoch, als sein Arm reicht, und die prächtigen Schwingen des Vogels öffnen sich rauschend, so daß das Ende des anderen Flügels den Boden berührt und sich die großen stolzen Schwungfedern in zwei mächtigen Fächern spreizen.

«Laßt das schöne Tier, wie es ist», sagt Cilgia und wendet das Auge von dem blutenden Vogel.

«Ihr seht, meine Nichte ist keine Freundin der Jagd», scherzt der Pfarrer und plaudert lebhaft mit Paltram, der seine Neugierde erregt.

Ein eigenartig schönes, ein merkwürdiges Gesicht. Dunkles Haar, zwei blauschwarze Augen voll blitzenden Feuers, eine leichtgebogene, kaum merkbar nach links abgedrehte Nase, ein starker Mund voll der herrlichsten Zähne, in allen Zügen das Gepräge großer Kühnheit und eines eisernen Willens, aber auch – in diesem Augenblick wenigstens – etwas Sanftes. Und dann allerdings noch etwas, worüber sich der Pfarrer keine Rechenschaft geben kann, etwas Gedrücktes, Leidenschaftliches, Gewaltsames!

Wie der junge Mann, so fesselt auch das Gewehr, das er trägt, den Pfarrer. Er läßt sich den doppelläufigen Feuersteinstutzen auf das Pferd reichen und prüft ihn sorgfältig. Unterdessen tätschelt Paltram den Braunen Cilgias am Hals, und das ist nicht bloß ein Spiel der augenblicklichen Laune, denn Cilgia neigt sich lebhaft zu flüsterndem Zwiegespräch gegen ihn. Zuerst leuchten seine, dann ihre Augen auf – ja, einen Augenblick hätte man meinen können, es wäre eine Herzensgemeinschaft zwischen ihnen.

«Auf Ehrenwort, er ist daheim bei Vater und Mutter», versetzt der junge Mann leise.

«Daheim! Gott sei Dank, daß ich es weiß», antwortet Cilgia halblaut.

Markus Paltram aber wendet seine Augen zögernd von ihrem feinen, glückstrahlenden Gesicht zum Pfarrer zurück. Dieser blickt auf und sagt: «Der Stutzen ist wohl französische Arbeit? Es ist ein vorzügliches Stück!»

«Der Stutzen ist Engadiner Arbeit, aber freilich in Frankreich verfertigt. Es ist mein Gesellenstück von Saint Etienne.» Ein leises, selbstbewußtes Lächeln läuft über Paltrams Gesicht.

«Ihr seid ja ein merkwürdiger Mann. Ein Engadiner, der Büchsenmacher ist, das hat man nicht so bald gehört. – Und dazu noch solch ein Schütze! Wie lang seid Ihr schon zurück?»

«Unmittelbar vor dem Kriege kam ich heim nach Madulain.»

«Habt Ihr Euch dort eingerichtet?»

«Nein, ich habe die Zeit im Lager Lecourbes als Dolmetscher zugebracht. Wohl möchte ich mich gern einrichten – es geht indessen nicht. In Madulain sitzt mein Bruder Rosius unter dem väterlichen Dach, und so viele Häuser im Engadin auch leer stehen, so vermietet mir doch niemand einen Raum zu einer Werkstatt. Es ist nicht unsere Sitte.»

Über sein ausdrucksvolles Gesicht fliegt eine Wolke, und die glänzenden blauschwarzen Augen verschleiern sich. Dann sagt er leichthin: «Ich gehe wieder nach Frankreich zurück, nach Paris!»

Cilgia heftet ihre sonnigen Blicke auf den Pfarrer.

«Es ist nicht unsere Sitte», wiederholt dieser wohlwollend, «aber wir wollen doch sehen, junger Mann! Für uns wäre es ganz geschickt, wenn wir die Gewehre nicht wegen jedes Mangels nach Chur oder Cleven schicken müßten.»

Jetzt haben der Mesner und Tuons mit ihrer Begleitschaft das Reiterpaar wieder erreicht, und sie betrachten den Adler, der am Wegrand liegt.

«Gelt, dich hat's, du verdammter Schafdieb!» höhnen sie. Und die Buben ballen die Fäuste gegen den toten Raubvogel.

Tuons hat inzwischen den Schützen erkannt, grüßt ihn, und sie tauschen kühl-freundlich ein paar Worte des Wiedersehens.

Der Pfarrer spricht eifrig mit dem Mesner und wendet sich dann zu Paltram: «Kommt morgen bei mir vorbei! Ich weiß Euch eine Werkstatt zu Pontresina, die Hütte des verunglückten Fischers Colani, für die kein Liebhaber da ist.»

Paltram dankt und schlägt mit seiner Beute einen Feldweg ein. Cilgia reitet, über den Ausgang des Gesprächs beglückt, mit dem Pfarrer in schärferer Gangart gegen das im Vorblick schimmernde Samaden, und die Fußgänger sind wieder unter sich.

Da sagt Tuons: «Wohl, der Pfarrer brockt sich und uns eine gute Tunke ein, wenn er den nach Pontresina nimmt.»

«Was habt Ihr gegen Paltram? Er ist ja ein anständiger Bursche», knurrt der Mesner mißbilligend, «und ein Büchsenschmied steht dem Dorfe gut an.»

«Ich sah ihn zu Sankt Moritz», wirft der Ziegenhändler zwischenhinein. «Er diente der Junkerin von Flugi als Bote nach Fetan, und man zeigte mir ihn, weil er der einzige sei, der durch die französischen Posten zu Zernez komme.»

«Der war in Fetan?» ruft Tuons. «Dann ist die Geschichte von dem Tiroler Spion, den man vor der Nase der Franzosen in Sicherheit gebracht hat, wahr!»

«Tuons, denkt an das, was ich Euch gesagt habe», mahnt der Mesner zürnend.

«Ich kenne ihn von Madulain her – habt Ihr ihm in die Augen geschaut?» erwidert der Säumer.

«Wozu das?»

«Dann hättet Ihr gesehen, daß er ein Camogasker ist.»

«Ein Camogasker?» rufen die Wandernden erschrocken und wie aus einem Munde.

«Ja, er ist ein Camogasker», erklärt Tuons. «Im Dorf Madulain weiß es jedes Kind. Man braucht nicht zu staunen, daß er durch die französischen Posten gekommen ist. Er ist ein Camogasker, und die können mehr als Brot essen! Sie dürfen alles wagen, wagen alles, und alles gerät ihnen. Ist es nicht so, Mesner?»

«Das sagt das Volk, aber es sagt noch mehr», erwidert das alte eisgraue Männchen, indem es den erhobenen Zeigefinger schwenkt, mit geheimnisvoller Miene. «Die Camogasker dürfen alles wagen, sie wagen alles – aber sie müssen die schlagen, die ihnen die Liebsten sind –.»

Das Schweigen des Schreckens herrscht unter der Gruppe, und sie erreicht Samaden.

Der kleine Flecken ist festlich belebt. Unter den alten großen Steinhäusern, die ein paar kurze Gassen bilden, drängt sich das Volk. Muntere Leutchen schauen aus den kleinen, tiefen Fenstern, die zusammen mit den weit aus den Wänden ragenden viertelsrunden gemauerten Backöfen und alten Malereien und Sprüchen den Engadiner Dörfern ihr eigenartiges Gepräge geben, und die Landsgemeindegäste sammeln sich auf dem Platz vor dem Planta-Haus.

An den Fenstern des stattlichen, doch einfachen Palastes der Familie von Planta, dessen reichster Schmuck die kunstvollen schmiedeeisernen Gitter sind, stehen in der festlich blumigen Tracht der Zeit die schönsten Mädchen des Oberengadins, Mädchen mit jenen feingeschnittenen Gesichtern und dunklen Augen, wie sie den Frauen eines Völkleins zukommen, das seine Abstammung unmittelbar von den alten Römern herleitet.

Da führt Pfarrer Taß noch Cilgia Premont in den Saal und geht. Mit anmutigem Neigen des Kopfes grüßt Cilgia die Mädchen, die ihre Gespielinnen werden sollen; dann tritt sie an ein Fenster und schaut ins Gewühl auf dem Platz.

«Das ist eine Stolze», flüstern die anderen Jungfrauen, und ihre scheuen Blicke huschen zu der Fremden hinüber.

Er ist daheim! Das ist der einzige Gedanke, der Cilgia beherrscht, seit sie mit Markus Paltram gesprochen hat. Fast statuenhaft lehnt sie am Fenster, lichtbraune Ährenflechten krönen ihr Haupt wie ein Diadem, die junge, leichtgewölbte Brust atmet ruhig, ihre schlanke

Gestalt zeigt verhaltene Kraft, schlichte Vornehmheit, und die schönen braunen Augen unter den langen Wimpern haben jetzt den nach innen gewandten Blick einer Träumenden.

Die Mädchen haben recht: stolz und schön ist sie und von lachender Frische – so recht eine gesunde Natur, und man versteht nicht gut, warum sie so vor sich hinstaunen kann.

Sie denkt an das Geständnis, das sie vor dem Onkel Pfarrer abzulegen hat; das Geheimnis, mit dem sie ins Pfarrhaus getreten ist, macht ihr Pein. Wie seltsam ist doch Markus Paltram in ihren Lebenskreis getreten!

Da dröhnen von der altersgrauen Peterskirche am Berghang hinter Samaden die Böller, sie hallen an der Bergwand der Muottas Muragl wider, unter Trommelwirbel beginnt der Umzug des Volkes, der der Landsgemeinde vorausgeht, durch den Flecken. Voran reitet der Weibel im langen zweifarbigen Mantel, das Bündner Wappen, den springenden Steinbock, auf der Brust. In gemessenem Abstand folgen der alte und der neue Landammann, den Degen zur Seite, den Zweispitz auf dem Haupt. Hinter ihnen reitet einzeln der Landgerichtsschreiber, der das silberbeschlagene Landbuch auf den Sattelknopf stützt. Dann schreitet einer zu Fuß, ein gar düsterer Geselle, der ein langes, zweischneidiges, mordlustiges Schwert in markiger Faust erhoben hält. Das ist Domino Clas, der auf einer Innwiese bei Bevers vom Leben zum Tode richtet. Es folgen zu Pferd die dreizehn Richter in dunkler Tracht und hinter ihnen zu zwei und zwei junge und alte Reiter.

Einige Jünglinge grüßen zu Cilgia empor, und sie erwidert mit anmutigem Nicken. Es sind ehemalige Zöglinge des Instituts a Porta: der hochaufgeschossene Luzius von Planta von Samaden, der bedächtige Andreas Saratz von Pontresina und Fortunatus Lorsa von Sankt Moritz, eine kraftvolle Feuerseele.

Einer aber grüßt nicht, Konradin von Flugi, der Sohn des neuen Landammanns, und Cilgia zieht einen lustigen Schmollmund.

«Natürlich der Poet! Auf dem Pferd sitzt er am Ehrentag seines Vaters wie ein Schneider. Warte, du heimlicher Tasso des Engadins!»

Der berittenen Vorhut des Zuges, die langsam hinter den Häusern des Fleckens verschwindet, folgen die Wagenfahrer, eine Abteilung älterer, gemütlicher Herren, die ihre Frauen und Töchter zu sich auf die Fuhrwerke gehoben haben, und endlich die Fußgänger, unter denen sie auch Markus Paltram entdeckt.

Sie erwidert seinen Gruß und errötet.

Zusammen mögen die Ziehenden, die die hellgelben hirschledernen Kniehosen und den halbhohen Hut tragen, etliche Hundert sein, ländlich elegante Junker, die sich Zweispitz und Degen gestatten, stolze Herrenbauern, reiche Händler, viele, denen man es ansieht, daß sie in fremden Ländern gewesen sind, und das bodenwüchsige Volk der Säumer, Weger, Sennen und Kleinbauern, das sich im Gegensatz zu den glattrasierten Herren Schnurr- und Kinnbart gönnt. Und das von Süden strahlende Silberlicht der Bernina, das neugierig wie ein Kind an allen Häuserecken hervorguckt, weiht das schlichte Volksgepränge.

Allein Cilgia lebt von ihren Kindertagen her in den bunteren Bildern italienischen Volkslebens, in den heiteren Tönen einer wärmeren Volksseele – hier aber, im Heimattal ihrer Mutter, ist alles so voll Ernst und Würde, voll Einfachheit und Festigkeit.

«Wie würde dieses strenge Volk urteilen, wenn es wüßte, was zu Fetan geschehen ist?»

Auf dem Landsgemeindeplatz, wo zuletzt nur noch wenige Gruppen gaffender Zuschauer stehen, sieht sie ein altes, häßliches Weib in bunten Lumpen herumgehen und den müßigen Leuten Ziegenglöckchen und Kuhschellen anbieten. Das ist die Mutter des Hauderers und Glockengießers Pejder Golzi, die Wahrsagerin mit dem fleischlosen Kopf – der wandernde Tod. Auch sie mahnt Cilgia an Fetan. Hätte sie dort anders handeln können, als sie gehandelt hat? Ewig würde sie es doch freuen, daß sie ein junges Leben ihm selbst und einer Mutter den Sohn zurückgegeben hat. Was auch komme, sie wird die Verantwortung tragen!

Unbeweglich ruht sie und sinnt. Vor ihrer Erinnerung steht hellglänzend das kleine Dorf Fetan, das halb noch auf Erden, halb schon im Himmel sich auf einer Bergaltane des Unterengadins erhebt und in die tiefe Schlucht, wo sich die silberschuppige Schlange des Inns windet, hinabsieht. Im Institut a Porta sind nur wenige Zöglinge, die meisten hat der Krieg in die Heimat zerstreut. Man hat sich – es war anfangs der vergangenen Woche – in einem lichten Föhren- und Birkengehölz – um den gebeugten Dekan gesammelt und horcht auf die ferne Schlacht, die seit gestern abend schon und seit dem frühen Morgen in der Gegend von Martinsbruck und Finstermünz tiefer im Inntal wütet. Es ist, als ob der dumpfe Donner der Kanonen aus der Erde selber steige, und je nachdem der Wind weht, hört man auch Gewehrgeknatter wie das Geräusch eines Hagelwetters. Die Zöglinge legen das Ohr auf die Erde, um zu entscheiden, ob der Kampf näher rücke oder gar sich entferne. Sie werden nicht klug daraus. Dann und wann jagt eine französische Stafette auf der Straße. Der Reiter heischt Wasser, gibt keinen Bescheid, flucht auf die Österreicher, auf Gott und die Welt. Endlich erbetteln sich die Zöglinge die Freiheit, gegen Remüs hinunterzuwandern, damit sie, wenn möglich, etwas über den Gang der Schlacht vernehmen.

Da kommt von der anderen Seite, von Steinsberg her, ein einsamer Gänger, er grüßt, er fragt a Porta: «Seid Ihr der Herr Dekan?» Er übergibt ihm zwei Briefe. Der erste versetzt den würdigen Philanthropen in einen Taumel der Freude. «Sieh, Cilgia, was mir der herrliche Herr Heinrich Pestalozzi von Zürich schreibt: *Meinen Segen und Kuß Dir, Du Engel des Engadins.* Das ist Himmelstau in der schweren Betrübnis dieser Zeit! Erquicke den Boten!» Markus Paltram – er ist der Überbringer – sagt gespannt: «Lest auch den anderen Brief, Herr Dekan!» Dieser tut's und erschrocken fährt er auf: «Sie haben den Vater unseres Konradin gefangengenommen. Ich muß den Armen vorbereiten – ich führe ihn morgen selbst seiner Mutter zu! Cilgia, wenn ich Pferde auftreiben kann, kommst du mit, du bist auch sicherer, im Oberengadin!» Und der würdige Philanthrop eilt den Zöglingen nach.

Sie ist allein mit Markus Paltram. Ein mit einer Leinwandblache überdachter Wagen schwankt heran. Ein derber schwarzer Mann und eine Frau, über die der Schweiß niederströmt, ziehen ihn, das alte hagere Weib mit dem Totenkopf schaut vorn, schmutzige Kinder blicken auf der Seite der Leinwandblache heraus, und eines der Kleinen schreit: «Mutter, Millich, dort ist Millich!» Der Wagen steht, und der Hauderer stößt einen Fluch aus: «Hol's der Teufel, weiter fahren wir nicht!»

Cilgia bringt ein Becken gestockter Milch, sie tränkt die Kleinen, da tönt eine Stimme aus dem Innern des Wagens: «Fräulein, um Gotts und Maria willen gebt mir ein Tröpfchen – ich tu' verbrennen.» Der Hauderer, der rauhe Pejder Golzi, fährt auf: «Du dummer Hund, wenn du dich selber verrätst, so magst du sehen, wie du weiterkommst – wir bringen dich nicht mehr vorwärts!» Er öffnet die Blache, er reißt einen blutbefleckten, nassen jungen Mann aus dem Wagen und eilt, sein Weib antreibend, mit dem Fuhrwerk Hals über Kopf gegen Steinsberg, als wäre die Hölle hinter ihm her.

Da steht der Flüchtling, ein junger blauäugiger Mann, voll Schmutz, Schlamm und Blut, und trinkt gierig Milch. Auf der Straße von Remüs schreitet langsam a Porta mit den Zöglingen heran, strömen Leute, die von den freien Punkten Ausschau gehalten haben, und der Ruf «Die Franzosen kommen – die geschlagenen Franzosen!» verbreitet sich durch die Frühlingsdämmerung. –

So weit sind Cilgia die Bilder des erregten Abends in eilender Hast vorübergezogen, da tritt eine zierliche Blondine, die einzige, zugleich die jüngste in der Schar der jungen Mädchen, auf Cilgia zu, und die anderen begleiten sie mit neugierigem Blick.

«Fräulein», sagt sie errötend, «wir wollten Euch nicht stören, aber wir sollten unsere Plätze wählen!»

Ein Lächeln gleitet über Cilgias Gesicht. «Ihr seid gewiß Menja Driosch!» und ein herzgewinnender Blick streift das Mädchen und seine vergißmeinnichtblauen Augen.

Es verwirrt sich und fragt: «Woher kennt Ihr mich?» Schüchtern klingt ihre Stimme.

Um Cilgias Lippen und Augen zuckt es von Schalkheit: «Kommt nur und zeigt mir das Gemach, wo ich die Gäste zu erwarten habe.»

«Nein, Ihr müßt selber wählen, wir haben es so verabredet.»

Lieblich wie eine Hagrose glüht das sechzehnjährige Kind.

«So kommt, Menja, wir wollen uns das Haus ansehen.» Und Cilgia legt den Arm leicht um die Hüfte des Mädchens.

Sie wandern durch die Säle und Gemächer des Palastes. Stukkatur und gemalte Wappen mit lateinischen Spruchbändern schmücken die Decken, altes braunes Getäfel mit hübschen Friesen die Wände, Glasmalereien mit samtroten Schildern die Fenster, geschnitzte Stühle stehen vor sauber gedeckten, schweren Tischen und auf diesen altes, schönes Venezianer Geschirr, auch zinnerne Kannen und Becher. Dazu auf bemalten Platten hochgeschichtete Haufen Biskuits und Kuchen.

«Das gefällt mir», sagt Cilgia, «ein ganzes Volk bei seinem Landammann zu Gast!»

Menja Driosch, die liebliche Blondine, sieht sie fragend an, wo sie denn ihre Aufstellung wünsche, aber erst in einem weit zurückliegenden, halbversteckten Gemach sagte Cilgia: «Wenn Ihr einverstanden seid, so will ich hier die Gäste erwarten!»

«Wählt doch ein schöneres Gemach, Fräulein!»

«Laßt es gut sein, Menja!» bittet Cilgia.

Mit einer feinen, liebkosenden Bewegung fährt sie der Sechzehnjährigen über das in Seidenfäden fliegende Blondhaar, wirft einen vorsichtigen Blick um sich und sagt: «Woher ich Euch kenne, Menja, habt Ihr gefragt? Aus den Versen eines jungen Mannes, der das Ladin in kunstvolle Stanzen gießt und Blumen um den Namen Menja windet! Was er geschrieben hat, hat er mir gezeigt!»

Purpurröte steigt Menja ins blühende Gesichtchen, und mit leuchtenden Augen weidet sich Cilgia daran.

«Ihr seid gewiß keine andere als Cilgia Premont von Fetan; von Euch hat mir Konradin viel Liebes und Gutes erzählt», ruft Menja mit ihrer reinen Stimme, und zur Verlegenheit tritt die Überraschung. «Mein Vater hat gestern, als er von Baron von Mont zu Mals in Tirol zurückkehrte, auch von Euch gesprochen. Er sollte dem reichen Lorenz Gruber im Suldental berichten, ob Ihr von Puschlav seid.»

«Lorenz Gruber im Suldental.» – Cilgia sieht vor sich hin und wird ihrerseits verlegen. Das ist gewiß wieder eine Erinnerung an den ereignisvollen Abend. Kommt denn alles in Samaden zusammen?

«Er will einmal», fährt Menja fort, «wenn die Welt etwas friedlicher ist, zu uns nach Sankt Moritz kommen und auf der Reise Euch in Fetan besuchen.»

«Ich wohne jetzt zu Pontresina, bei meinem Onkel, dem Pfarrer Taß», berichtigt das Mädchen.

«Das trifft sich aber schön, der Herr Pfarrer ist ja

ein guter Freund meines Vaters», sagt Menja Driosch herzlich erfreut.

Cilgia ist wie auf Kohlen, sie will nichts verraten und hätte doch gern mehr über Lorenz Gruber gefragt.

Da hört man den Trommelschlag des Umzuges, der wieder auf den Platz kehrt, und die Mädchen eilen durch den geräumigen Flur ans Fenster, wo sie den freien Überblick über die Landsgemeinde haben.

Mit entblößten Häuptern und in lautloser Stille ordnet sich das Volk im weiten Ring, lauter ernste Gesichter.

Die Landsgemeinde ist wie ein Gottesdienst im reinen Firnenglanz der Bernina. Nach einer kurzen, markigen Ansprache nimmt der alte Landammann Romedi den neuen in Eid: «Junker Rudolf von Flugi, schwört Ihr, daß Ihr als Landammann die Gesetze und Satzungen des Volkes halten und daß Ihr unparteiisch richten und regieren wollt nach bestem Wissen und Gewissen?»

Der Junker legt die drei Eidfinger auf das Schwert, das vor ihm über dem Landbuch gekreuzt ist, und spricht mit tiefer, weittragender Stimme: «Ich schwöre, daß ich als Landammann die Gesetze und Satzungen des Volkes halten und unparteiisch richten und regieren will, nach bestem Wissen und Gewissen. Ich schwöre es, so wahr mir Gott helfe!»

So werden auch der Landschreiber und die dreizehn Richter des Hochgerichts beeidigt, und dann heben sich die Hände und Finger des Volkes, und dem Eid des Gehorsams folgt die Formel: «Wir schwören es, so wahr uns Gott helfe!» Die vielen Stimmen verwirren sich und tönen, als ginge Windesbrausen über den Platz dahin.

Cilgia, die zuerst nur einen kühlen Eindruck von der Landsgemeinde empfangen hat, ist tief ergriffen. Das Bild des Völkleins, das, in Luft und Sonne tagend, die ewigen Berge und Gott im Himmel zu Zeugen seines wankellosen Willens nimmt, bewegt sie.

Der neue Landammann, der würdige Junker von Flugi, hält nun seine Rede. Er dankt Gott, daß er die Prüfungen des Krieges nicht schwerer gemacht habe, und wendet sich dann ans Volk: «Ein Lob aber auch der engadinischen Treue! Unter den schwersten Umständen blieb jeder von euch, liebe Mitlandsleute, der Verantwortung für alle anderen bewußt. Ihr habt manchmal der zürnenden Faust, selbst den weichen Stimmen des Mitleids Halt geboten, die Neutralität gegen eine übermütige Soldateska im großen und kleinen gehalten und damit dem Tal die Geißel der Brandschatzung, das Entsetzen des Standrechts und damit unendliches Leid erspart.»

Cilgia ist es, als dringe ein großes, schmerzhaft blendendes Licht gegen sie. Ihre Brust atmet heftig. Sie hat es wohl vorher schon gefühlt, aber jetzt hat sie es laut aus berufenstem Munde gehört: Ihre Tat zu Fetan ist ein Verrat an einem feierlich gegebenen Treuwort des Volkes; wenn sie bekannt wird, ist sie eine gräßliche Gefahr für das Engadin. Und eben rät der Landammann, Vorsicht zu bewahren, da noch Späher genug im Lande stehen!

Sie hört es nur undeutlich, wie seine Rede weitergeht, vor ihren inneren Augen steht wieder der Flüchtling, wie er bei dem Ruf: «Die Franzosen kommen – die geschlagenen Franzosen!» eine schwache Bewegung der Flucht macht, in die Knie sinkt und in dunklen, unverständlichen Lauten stöhnt, bis sie plötzlich und deutlich die Worte «Vater! Mutter» hört. Die Worte und der Anblick des Hilflosen foltern sie, und sie wendet sich an Markus Paltram, der bisher dem Vorgang mit kühler Ruhe zugesehen hat, so grad, als wenn ein Mensch in höchster Todesnot für ihn etwas Alltägliches wäre. «Ratet, helft! Wir können den Unglücklichen doch nicht opfern.» – «Dem ist nicht zu helfen, der einzige offene Weg geht über das Sesvenna-Gebirge. Den erträgt der Tiroler da nicht, er ist ja schon halb tot», antwortete Markus Paltram. Dem Flüchtling laufen die Tränen des Elends über das Gesicht, und in der Ferne sprengen französische Reiter die Berglehne her. Sie weiß selber nicht mehr, was sie tat. «Seid barmherzig, Markus Paltram; wenn Ihr nicht um des Flüchtlings willen barmherzig sein wollt, seid's um meinetwillen!» So fleht sie ihn an. Da steht er auf und sagt mit einem seltsam höflichen Lächeln und einem sonderbaren Blick: «Wohlan – um Euretwillen, Fräulein Premont! Es kann den Kopf kosten, aber für Euch reut er mich nicht. Ich führe den Burschen durch das Waldtal der Clemiga ins alte Bergwerk von S-charl. Dort mag er ruhen, bis er wegfähig ist, oder in Frieden sterben. Ich verlasse ihn nicht, auf mein Ehrenwort nicht!»

Und fast barsch wendet er sich an den Flüchtling: «Hängt Euren Arm um meinen Hals und vorwärts!»

«Gott geleite euch!» Die beiden, der Tiroler auf Paltram gestützt, sind noch kaum bei den Uferstauden eines Bächleins, die sie schützen sollen, angekommen, so haben schon einige Fetaner das Fluchtunternehmen entdeckt; zum Glück erschweigt der Zornschrei der um ihr Dorf geängstigten Bauern in der Furcht vor den Franzosen, die jetzt Fetan besetzen.

Ein wilder Abend folgt. Überall Lichter, Gefluch der Hauptleute, Gestöhn Verwundeter, Hufschlag und Pferdegewieher; im Lehrsaal des Instituts sitzt der geschlagene General am Pult a Portas, und die Offiziere, die Befehle holen, gehen ein und aus.

Bei ihm besorgt der Philanthrop einen Paß durch die Wachen von Zernez.

Jeden Augenblick fürchtet Cilgia, daß die Kunde komme, ein Fetaner habe die Tat Markus Paltrams verraten, sie werde zu einem Verhör gerufen, es werden Häscher nach den Wandernden ausgeschickt. Doch nichts geschieht!

Um Mitternacht kniet sie in ihrem Kämmerlein.

Über den Domen des Sesvenna-Gebirges, hinter dem das Tirol liegt, steht die Mondsichel, und über dem dunklen S-charl-Tal zieht die Bergwand entlang ein Nebelchen, ein Nebelchen wie ein Reiter in weißem, fliegendem Mantel. Dort gehen Paltram und der Tiroler! –

In ihr tiefes Sinnen über alles damals Erlebte klingen jetzt die letzten Worte der Landammannsrede: «Und also, liebe getreue Vorsteher und Mitlandsleute, lade ich euch nach altem Brauch zu einem kleinen Imbiß ein und bitte die Ehrenjungfrauen im Planta-Haus und in den anderen Häusern der Nachbarschaft eurer zu warten.»

«Hoch der Landammann – hoch – hoch!» schallt es, und bald erdröhnt das Planta-Haus unter den Schritten der zuströmenden Gäste; doch dauert es eine Weile, ehe sich der erste in das Gemach Cilgias findet, die vor ihr helles und blumiges Kleid eine blitzblanke Schürze gebunden hat.

«Ihr, Herr Konradin – das ist hübsch! Die Poesie hat man immer gern. Doch denkt, ich habe Menja Driosch, Eure Flamme, kennengelernt.»

Der Angeredete ist ein Jüngling von zwanzig Jahren, nicht besonders hübsch, etwas mißfarbig, sommersprossig und, obgleich er den Zweispitz und den Degen des Junkers trägt, von linkischer Art. Ein Aufleuchten geht über sein gutmütiges Gesicht, allein es erlischt rasch, und traurig sagt er: «Ich wage es heute nicht einmal, Menja grüß' Gott zu bieten. Mein Vater grollt dem ihrigen so schwer!»

«Er hat sie doch als Ehrenjungfrau geladen», bemerkt Cilgia teilnehmend.

«Das wohl. Die Väter sind zwei vornehme Gegner, aber darum nicht weniger hart gegeneinander. Es geschah nur, um keine Todfeindschaft heraufzubeschwören, und aus dem gleichen Grund hat Driosch die Menja hierhergehen lassen. Denkt, wir wohnen in

Sankt Moritz Fenster gegen Fenster, an der gleichen Straße. Es muß jeder etwas überwinden.»

«Da seht Ihr sie doch häufig», scherzt Cilgia. «Aber sagt, was haben denn eure Väter gegeneinander?»

«Ach, Fräulein Cilgia – ein alter Handel um die Sauerquelle von Sankt Moritz; mein Vater hängt an den Zeiten, die vergangen sind, der Menjas an denen, die kommen sollen; die unglückselige Gefangennahme des meinen ist dazugetreten, er redet sich ein, niemand als Driosch habe ihn an die Franzosen verraten. Die Wahrheit ist: Es hat gar keinen Verrat gebraucht, denn es ist landbekannt, daß mein Vater an Österreich hängt und die Franzosen nicht leiden mag, obgleich mein Bruder Alfons im Dienst Napoleons steht. Wißt aber, Fräulein Cilgia, Driosch siegt, er hat die Jugend für sich. Sagt ehrlich, hat Euch heute die Rede meines Vaters gefallen?»

Mit lebhaften Augen und roten Wangen fragt es Herr Konradin.

Cilgia will nicht bekennen, daß sie die Rede, von den eigenen Gedanken gefangen, überhört hat, und bejaht freundlich.

Konradin von Flugi, der sich auf einen Stuhl gesetzt hat, steht auf.

«Ich hätte die Rede anders gehalten», zürnt er. «Es ist lächerlich, mit geheimen Hoffnungen, die sich nie erfüllen werden, das Volk zur Zufriedenheit, zur Bescheidenheit, zum Sichfügen in die Ratschlüsse Gottes zu mahnen. Unser Engadin hat noch nie gepraßt, und jetzt, wo es nichts mehr zu beißen hat, gehört ihm ein anderes Wort. Einen Spiegel soll man ihm vorhalten und die Krebsschäden aufdecken, die an seinem Mark nagen, und es mahnen: Die Zeit der großen, selbstgenügsamen Faulenzerei ist vorbei, das Herrenspiel von Jahrhunderten her ist aus. Das Veltlin ist gefallen. Wir wollen jetzt zu arbeiten anfangen. Laßt uns Straßen bauen, damit der Verkehr von Deutschland nach

Italien wieder wie in früheren Jahrhunderten über Bünden gehe; kündigt den Bergamasken unsere Alpen, damit wir selbst Alpwirtschaft treiben; laßt unsere Jugend Handwerke lernen, damit wir nicht jeden Kessel, der eine Beule hat, nach Chur oder Cleven zum Flicken schicken müssen, sucht das Heil nicht in der Auswanderung, die wohl etwas Geld zurückbringt, aber unser Volk langsam in der Fremde hinsiechen läßt! Freie, arbeitsame Engadiner im Engadin – das sei die Zukunftslosung! Einen Mann aber, Fräulein Cilgia, einen mutigen Mann sollten wir haben, der es ohne Menschenfurcht sagt, was not tut, und selber Hand anlegt.»

Mit schöner Lebendigkeit spricht der Jüngling.

«Werdet selbst der Mann, Herr Konradin», lacht ihn Cilgia mit einem vollen, warmen Blick an.

Allein die Glut auf dem Gesicht des jungen Mannes, die es mit einer Art Schönheit geschmückt hat, weicht der Trostlosigkeit und hält den glänzenden Augen Cilgias nicht stand.

«Ich habe kein Talent dazu», sagt er gedrückt, «ich bin ja doch nur ein Poet – ich könnte mit meinem Vater nicht brechen, ich bin nicht rücksichtslos genug: Ich bin der wohlerzogene Sohn eines Adelshauses, mit allen Gebrechen eines solchen Sohnes. Die Wiedergeburt des Engadins muß von einem herbeigeführt werden, der – hau es, stech es – seinen Weg geht. Und die wachsen nur in der Tiefe – in den Hütten!»

In diesem Augenblick öffneten zwei junge scheue Geschwister in schäbigem Trauergewand die Tür des Gemachs, wollten sich aber wieder zurückziehen.

«Kommt nur, Pia», rief Cilgia, «da sind ganze Haufen Kuchen für euch und Raum, wie ihr seht!»

Da setzten sich die beiden, Bruder und Schwester, schüchtern und beginnen an dem Gebäck zu knuspern.

«Es sind die Waisenkinder des verunglückten Fischers Colani, Pia ist unsere kleine wilde Ziegenhirtin, und ihr Bruder Orland will in die Fremde ziehen», wendet sich Cilgia an den Junker.

«Also auch ein Opfer unserer Mißstände», antwortet er bitter und verabschiedet sich, um seine Freunde aufzusuchen.

Cilgia wendet sich zu den Geschwistern und ermuntert sie zum Essen: «Du hast ja Wangen wie Alpenrosen, braune Pia!»

Das Kind, sonst eine wilde Hornisse, drängt sich zärtlich an den Bruder, wie wenn es sich die Gesichtszüge des schönen, gebräunten Burschen noch recht fest ins Gedächtnis prägen wolle.

«Sie hat so heiß, weil sie sich von der alten Golzin hat wahrsagen lassen», gibt an ihrer Stelle Orland Bescheid, ein frischer Junge, dem man es wohl ansieht, daß er sich durch die Welt schlagen wird.

«Und was prophezeit sie euch Gutes?» fragt Cilgia neugierig.

«Mir geht's übel, und ich bleibe ledig», gibt die braune Pia mit funkelnden Augen zurück, «mein Bruder aber wird angesehen und reich.»

Die kleine rassige Hummel spricht es mit felsenfestem Glauben und schlingt den schmalen Arm um den Hals des Bruders. «Wenn du angesehen und reich bist, so komme ich zu dir, Orland, und wenn ich schon tot wäre, so stände ich aus dem Grabe auf und käme zu dir, um zu sehen, wie es dir geht!»

Der Zärtlichkeitsausbruch überrascht Cilgia an dem Kinde, das in Pontresina als ein böser, kratziger Waldteufel voll toller Einfälle gilt, die sich namentlich gegen die etwas kindisch gewordene Großmutter richten. Pia liebt es, der Alten eine Menge Blumen ins schneeweiße Haar zu stecken und ihren Rock mit Tannenzapfen zu behängen, und wenn die Alte so durch das Dorf geht und alles lacht, beißt sie sich vor Vergnügen in die Finger. Jetzt ist sie ganz zahm und abschiedsergeben.

Allmählich füllt sich das Gemach Cilgias, doch weil es so entlegen ist, meist mit einfachen Leuten, Wegern und Säumern, und ihr bereitet es just Spaß, das verwitterte Werkvolk mit großer Liebenswürdigkeit zu bewirten. Während sie eine frische Platte Kuchen aufstellt, hört sie plötzlich den Namen Markus Paltram. Die Gäste sprechen von seinem Adlerschuß, und was sie nun weiter hört, fesselt sie so, daß sie ihre Pflichten als Wirtin völlig vergißt.

«Er ist ein Camogasker», behauptet ein struppiger Weger. «In der Nacht, als er zur Welt kam, gingen hoch oben in der Ruine Guardaval die Lichter hin und her, als ob ein Fest wäre.»

«Ich weiß, was ich weiß», prahlt der Säumer Tuons, der sein Birkenzweiglein aus dem Munde genommen hat und die Arme breit auf den Tisch stützt, «es wird bald genug eine Geschichte an den Tag kommen, die zeigt, was er ist.» Und er grinst geheimnisvoll.

Über Cilgias Gesicht verbreitet sich die Blässe der Angst.

Und Tuons erzählt weiter: «Ich habe seine Mutter als Mädchen wohl gekannt. Ich war zehn Jahre beim reichen Romedi zu Madulain im Dienst und hätte selber Lust für die stolze Gredy gehabt. Da hat sie aber an einem verworfenen Tag am Piz Mezzân, dort, wo kein Mädchen hingehen soll, gewildheut, da ist der Jäger gekommen. Sie hat, weil er so schön gewesen ist, das Stoßgebet vergessen – und dann, dann hat sie auf einmal den Küfer genommen, der ihr so lange umsonst nachgelaufen ist und den sie nie hat erhören wollen – Knall und Fall hat's Hochzeit gegeben. Markus war das erste Kind aus der Ehe.»

«Und mit fünfzehn Jahren», versetzt ein anderer, «hat Markus den Stutzen geführt wie ein Alter. Eines Sonntags, während das Dorf im Morgengottesdienst ist, fällt ein Schuß. Der Stillständer eilt aus der Kirche, um zu sehen, was vorgefallen sei. Markus Paltram hockt auf einem Baum, Rosius, der zweite unter den Buben, auf einem anderen, und der ruft: ‚Es ist nichts, Stillständer, mein Bruder hat mir nur das Tonpfeifchen des Vaters vom Mund weggeschossen!'»

Eine Bewegung des Erstaunens geht durch die Gesellschaft.

«Wartet, das Merkwürdige kommt noch», sagt Tuons. «Der Stillständer, der reiche Romedi, bei dem ich diente, nahm Markus Paltram wegen des gottlosen Spiels das Gewehr ab und verwahrte es zu Haus. Zu jener Zeit war aber in der Familie grad ein großes Unglück. Das Kind des Stillständers hatte sich bei der Wäsche aufs schrecklichste verbrannt und schrie in seinen Schmerzen, daß man es drei Häuser weit hörte. Unter dem Vorwand, daß er von der Mutter Lilienöl für die Verletzte bringe, kam Markus, der sein Gewehr zurückbetteln wollte, ins Haus. Er reichte dem hoffnungslos darniederliegenden Mädchen die Hand. Siehe da – plötzlich litt es keine Schmerzen mehr. Bis es starb, mußte Markus bei ihm bleiben, denn es bat in einem fort: ‚Markus halte mich, das tut so wohl.' Und das Mädchen, das ihn sonst immer gefürchtet hatte, sagte, wenn es wieder gesund und etwas älter geworden sei, müsse Markus sein Bräutigam werden. Nun frage ich: Ist das nicht wunderbar, ist das nicht die Macht des Camogaskers?»

«Und die Geschichte ist wahr», sagt wieder einer, «ich erinnere mich ganz gut daran, der Stillständer ist ja ein Vetter zu mir.»

Das Gemach Cilgias hatte sich inzwischen mit weiteren Gästen gefüllt, welchen sie aufwarten mußte; überall war frohes Getafel, Plaudern und Lachen.

Mitten in ihrer vielseitigen Tätigkeit verließ sie aber der Gedanke an das, was sie am Tisch der schwarzen Pia über Markus Paltram gehört hatte, nicht wieder.

Wohl sagt sie sich: Die Geschichten von Markus

Paltram sind ja trotz aller Versicherung der Erzähler erfunden. Aber seit Fetan kennt auch sie die dunkle Wucht seines Wesens und den Reiz seines geheimnisvollen Auges. – Wie er so eigenartig gesagt hat: «Wohlan, Fräulein Premont, um Euretwillen», ist ihr gewesen, wie wenn ihr jemand ein unsichtbares Netz übergeworfen hätte, das sie abschütteln müsse.

Wer ist denn Markus Paltram? Aus dem Gespräch der Männer weiß sie es: der Sohn einer Wildheuerin und – sieht man von der tollen Camogasker-Sage ab – der eines beschränkten Küfers. Ein junger Handwerker ist er, ohne Werkstatt und Arbeit.

«Ich aber bin Cilgia Premont, die Tochter eines Podesta.»

Mit einem Ruck hebt sie den stolzen Kopf. Da summt ihr die Rede Konradins von Flugi neu durchs Ohr: «Die Wiedergeburt des Engadins muß von einem herbeigeführt werden, der – hau es, stech es – seinen Weg geht. Und die wachsen nur in der Tiefe – in den Hütten!»

Plötzlich fühlt sie: Dieser Mann ist Markus Paltram – es gibt keinen anderen außer ihm! Ihr ist, als ob eine Stimme in ihrem innersten Innern es schreie: Nein, nein, wehrt sie sich, was geht mich Markus Paltram an?

Plötzlich hört sie die aufkreischenden Worte der schwarzen Pia: «Der darf nicht in unser Haus! Ich zerkratze ihn, wenn er kommt.» Und der kleine Waldteufel sträubt sich wie eine Wildkatze. Jetzt richtet sie ihre zornigen Augen auf Cilgia selbst: «Wenn uns der Pfarrer das zuleid tut, wenn Markus Paltram in unsere Hütte kommt, dann, Fräulein, beiße ich Euch einmal, daß Ihr ewig an mich denkt!»

Cilgia muß hell herauslachen, der braune Wildling mit seinen Raubtieraugen ist so schön in seinem grenzenlosen Zorn.

Bald lockt indes vom Landsgemeindeplatz Tanzmusik, die lustig durch die Fenster hereindringt, und die Gäste verlieren sich aus dem Gemach, auch die Hornisse Pia mit ihrem Bruder.

«Ich wünsche Euch herzlich Glück in der weiten Welt!» sagt Cilgia und gibt ihm die Hand.

Nun, die hellen Augen des Burschen bürgen dafür, daß es ihm nicht schlecht gehen wird. Fortunatus Lorsa und Menja Driosch kommen und holen Cilgia zum Tanz. Auf dem Landsgemeindeplatz wiegt sich bei den Klängen einer bäuerlichen Musik das junge Engadin bald im Ringelreigen, bald in Paaren. Um die Tanzenden steht ein dichter Ring und Knäuel von Zuschauern, aus den Fenstern des Planta-Palastes schauen die alten ehrwürdigen Herren auf die Lustbarkeit, und über die Dachgiebel der Nachbarhäuser blickt die Bernina, die sich im Abendsonnenstrahle rötet, auf das Völklein ihres Tales.

Ein Kreis von Bänken, die zum Ausruhen dienen, scheidet die Zuschauer von den Tanzenden. Dort sitzen eben Cilgia und Menja in einem Kranz von Gespielinnen, welche die Scheu vor der Fremden abgelegt haben.

Cilgia fühlt sich heimisch und glücklich.

Da lacht die zierliche Menja: «Seht, dort im Fenster linkshin stehen mein Vater und der Herr Pfarrer, Euer Onkel, gewiß erzählt er ihm von Mals, sie reden so ernsthaft! Schaut, Euer Onkel hat ja einen ganz roten Kopf.»

Auch Cilgia erglüht nun so heiß, daß sich Menja auf die Lippen beißt und denkt, sie habe wohl eine Torheit gesagt.

Zum Glück kommt gerade Fortunatus Lorsa mit seinen Freunden, die Mädchen zum Tanze zu holen. Cilgia liebt den Reigen, sie liebt alles, was die Kräfte spannt, und ist die anmutigste und begehrteste Tänzerin im Kreis. Sie tanzt eben mit Konradin von Flugi, der ein herzlich schlechter Partner ist, und die

Furcht, mit dem ungelenken Jüngling, den sie sonst wohl leiden mag, unansehnlich zu erscheinen, beengt sie.

Jetzt erblickt sie unter den vordersten Zuschauern Markus Paltram, der seine blauschwarzen Augen auf sie geheftet hält. Ihr ist, als ob ein höhnisches Lächeln über seine Lippen gehen müsse; aber wie sie mit Konradin einmal ganz nahe an ihm vorübergleitet, sieht sie in seinen Augen nichts als ein großes, zitterndes Verlangen.

Er wagt es nicht, mich um einen Tanz zu fragen, er tanzt aber auch mit keiner anderen. Der Gedanke gefällt ihr, sie will sich ihm dankbar erweisen, und er ist so wohlgekleidet, sieht so gut aus, daß sie sich mit ihm schon im Ring zeigen darf. Sie erliegt dem geheimnisvollen Reiz; wie das alte komische Musik- und Tanzmeisterlein ruft: «Die Mädchen wählen!», überwindet sie das Bedenken und knickst zur großen Überraschung ihrer jungen Freunde mit ihrer vollen Anmut vor einem Burschen, den sie nicht kennen.

Markus Paltram zögert einen Herzschlag lang, dann läuft ein Glücksstrahl über sein Gesicht, und nun wiegt sich das Paar in den Klängen der warmen Musik. Einige Leute aber drehen die Köpfe nach ihnen und fragen verwundert: «Wie kommt der Camogasker zu dieser Ehre?»

«Mit Euch geht es besser als mit Herrn Konradin», sagt Cilgia schon nach ein paar Takten, und er sieht zwischen frischen Lippen ihre weißen Zähne fröhlich blitzen.

Sie fand in seinen Zügen auch plötzlich das nicht mehr, was sie wie eine Warnung, wie eine rätselhafte Scheu von ihm abgestoßen hatte, sondern mit dem Gefühl der Sicherheit und erhöhten Lebens glitt sie an seiner Seite dahin; doch spürte sie es, wie er sie im leichten Tanz je länger, desto fester an seine Brust zog; sein heißer Atem streifte sie, und plötzlich sah sie in seinen Augen wieder ein Funkeln, vor dem sie erbangte.

«Nicht zu wild», flüsterte sie; als er aber ihrem Wunsche augenblicklich nachgab, da bereute sie ihre Mahnung fast. So hatte sie noch nie getanzt, an seiner Seite hatte das Spiel eine hinreißende Macht, es war ein Fordern und Nachgeben, ein Ineinanderrinnen der Bewegungen wie ein Lied und mehr, unendlich mehr als ein fröhlicher Kinderreigen.

Einmal flüsterte Markus Paltram: «Einen solchen Dank habe ich mir damals zu Fetan gewünscht. Aber habt Ihr auch bedacht, Fräulein Premont, wie gefährlich es ist, daß wir hier tanzen?»

«Gefährlich?» fragte sie.

«Die Geschichte von dem geflüchteten Tiroler geht um.»

Sie wußte aber in diesem Augenblick kaum etwas, als daß sie in ein glückstrahlendes Gesicht geschaut hatte, und mit glühendem Gesicht, mit wogender Brust erwiderte sie: «Es geht jetzt doch rasch zu Ende. Holt mich auch zu einem Tanz, Paltram. Ihr versteht Euch auf den Reigen ja so gut!»

Da lockten die Geigen wieder, der letzte Tanz in blauer Abenddämmerung war da, und nun kam Markus Paltram und erbat sich ihn. Rings um sie her wogten die Paare, selbst die braune Pia, der Waldteufel, drehte sich mit ihrem Bruder in der Runde, und wieder mahnte Cilgia ihren feurigen Partner: «Nicht zu wild!» Plötzlich aber sagte sie: «Seht, dort ist ein Streit!»

Ein Dutzend Burschen hatten sich am Rand des Tanzplatzes um den schwarzen Pejder Golzi, den fahrenden Glockengießer, geknäult und schrien: «Haut ihn, werft ihn zu Boden, er hat einen Tiroler Spion geführt!»

Neben dem Hauderer stand die Alte mit dem Kopf, der wie ein hautüberzogener Totenschädel aussah, und kreischte: «Die dort wissen es, wer ihn geführt hat – wir nicht!» Und sie wies mit ihrem langen dürren Arm und mit bösem Blick auf Markus Paltram und lenkte und zog den Knäuel in die Tanzenden. Ehe sie sich's versahen, standen Cilgia und Paltram in seiner Mitte, und das Aufhören des Reigens vermehrte die Verwirrung.

«Ja, der Camogasker, dem ist alles zuzutrauen! Schlagt ihn tot! Um den ist's kein Schaden!» So erheben sich die Stimmen.

Und die alte Wahrsagerin zetert am meisten gegen Markus Paltram, sie hetzt mit hexenhaftem Gekreisch. Die Stimmen schwirren ringsum, die Fäuste heben sich. Den Zornigen steht nichts mehr als die Gestalt Cilgias im Weg.

Paltram hat sie losgelassen, er weicht einige Schritte zurück, senkt den Kopf wie ein Stier, der auf seine Angreifer losgehen will, legt die Ellbogen an die Hüften, ballt die Fäuste, und die rollenden, funkelnden Augen, deren Weiß gespenstisch aufblinkt, suchen das erste Opfer.

Ein paar Mädchen, die in der Nähe stehen, schreien auf vor Entsetzen über die grausame, keuchende Wildheit im Gesicht des Burschen. Ein Unglück steht bevor.

Plötzlich faßt Cilgia ihren Tänzer am Handgelenk: «Ruhig Markus Paltram, mir zuliebe!»

Sie hält ihn mit der einen Hand zurück, sie stellt sich so vor ihn, daß sie ihm den Rücken zuwendet, und sagt zu den Leuten: «Ich bin die Schuldige! Ich schäme mich nicht. Wenn ihr schlagen wollt, so schlagt zu – ich stehe ja da!»

Ihre Brust wogt, sie ist blaß zum Verscheiden, aber ihre Augen sind hell, und ihre tiefe, wohltönende Stimme besitzt Kraft genug, daß man sie ziemlich weithin hört.

Wer will in ein so bildhübsches Gesicht und zwei so strahlende Augen schlagen?

Eine Verwirrung entsteht, die Angreifer sind unschlüssig. Gelächter ertönt: «Schaut, schaut! Die schöne Podestatochter von Puschlav und Paltram, der Camogasker! – Wie kommen denn die zusammen?»

Der Augenblick genügt, daß sich die jungen Freunde schützend um Cilgia sammeln. Lorsa scheint nicht übel Lust zu haben, seinerseits die Feindseligkeiten zu eröffnen, und eine Stimme ruft: «Das ist ja klar, die Herrenbuben helfen dem Herrenkind!» Viele, die im Kreis herumstehen, wissen auch nicht, worum es sich handelt, sie zürnen, daß die Landsgemeinde mit einem Streit geschändet werden soll, und machen sich bereit, über den ersten herzufallen, der einen Streich führt.

So steht Cilgia eine lange, bange Minute vor hundert Augen, Paltram, wie ein blutdürstiger Tiger, den man zähmen will, an der Hand. Und überraschend: Er folgt dem leichten, zitternden Spiel ihrer Hand und verbeißt seine schäumende Wut.

«Der Landammann! Der Landammann!» Vor dem alten, achtunggebietenden Herrn legt sich die Bewegung. «Narrheiten, ihr Leute! He, Musik, noch einen schönen Tanz – jawohl, jawohl, an einer Landsgemeinde streiten wollen! Ihr aber, Fräulein, und Ihr, Paltram, folgt mir!»

Die Musik spielt.

Die Haudererleute haben die allgemeine Verwirrung benutzt, um sich zu flüchten; aber Pejder Golzi ist zu einem Verhör ins Planta-Haus zurückgebracht worden, wo bereits der Landammann mit den Gerichtsherren, Cilgia und Paltram sitzen. Auf die Frage des Landammanns beginnt nun der halb scheue, halb freche Mann zu erzählen: «Wir flicken in Strada bei Martinsbruck, wo wir daheim sind, allerlei Lederzeug für das Militär und horchen auf die Schlacht. Wir haben den ganzen Tag noch keine Soldaten gesehen, da brechen plötzlich jenseits des Inns fünf Tiroler hervor, stutzen – einer wirft sich in den Inn, die anderen ihm nach, ein Dutzend Franzosen kommen auch aus dem Wald, schießen auf die Schwimmenden, und alle versinken vor unserem Blick. – So meinen wir wenigstens. Und die Franzosen sind wieder fort. Da bellt der Hund so stark. Wir schauen nach, ein Tiroler liegt unterhalb des Dörfchens am Ufer. Er stöhnt: ‚Rettet mich! Mein Vater, der reiche Lorenz Gruber aus dem Suldental, wird es euch vergelten.‘»

«Der reiche Lorenz Gruber aus dem Suldental?» – Der Landammann und die Gerichtsherren spitzten bei diesem Namen die Ohren und flüstern.

Der Hauderer aber fährt hastig fort: «Gewiß haben wir ihn nicht wegen des Geldes, das er aus der Tasche klaubt, auf den Wagen genommen, nein, weil mir mein Weib mit viel Worten von christlicher Barmherzigkeit den Kopf vollgemacht hat. Unter den Kindern haben wir ihn versteckt und sind bis nach Fetan gekommen, der Weg und die Angst haben uns aber so müde gemacht, daß wir ihn dort abgeladen haben. Das weiß die da.»

Damit zeigt der Kuhglockengießer auf Cilgia und fragt mit verdächtiger Demut: «Darf ich jetzt wieder gehen?»

«Das drängt nicht», versetzt der Landammann trocken.

Cilgia sitzt in glühender Scham vor den Herren und fühlt den Blick des Pfarrers, der, als ob er sich wärmte, am kalten Ofen steht, in Vorwurf, in großer Sorge und herzlicher Teilnahme auf sich gerichtet.

Er weiß aus dem Munde Drioschs wohl schon alles.

Die Gerichtsherren reden leise zusammen; es scheint Cilgia, als habe der Name Lorenz Gruber der Geschichte ein neues Gesicht gegeben, sie aber denkt mit heimlichem Verdruß: Jetzt ist der Geborgene nicht einmal ein Armer! Neben ihr steht mit zusammengezogenen Brauen Markus Paltram.

Da pocht es; auf das «Herein» des Landammanns

tritt sein Gegner, der Großviehhändler Driosch, ein frischer Vierziger, in den Saal und spricht: «Ich glaube, ich kann den Herren, die hier sitzen, eine Sorge abnehmen. Als mir mein Töchterchen Menja erzählte, was vorgefallen ist, war ich eben mit meinem Freund Casparis von Thusis, den wir alle als einen zuverlässigen Mann kennen, in der ‚Krone'. Er berichtet, daß gestern morgen der französische Gesandte von Chur abgereist ist. Er hat ihn selber mit drei Fuhrwerken Kisten und Schachteln fortfahren sehen. Und seine Stelle wird vorläufig nicht wieder besetzt, da sie mit dem Abzug Lecourbes ihre Wichtigkeit für die französische Regierung verloren hat.»

«Wir danken Euch, Driosch», sagt der Landammann kühl und höflich, «die Mitteilung ist wertvoll. Wir brauchen uns jetzt mit der Angelegenheit amtlich nicht weiter zu befassen, denn wo kein Kläger ist, ist kein Richter.»

Und zu Pejder Golzi: «So, jetzt könnt Ihr gehen.»

Da flüchtete sich der Hauderer über Kopf und Hals.

Den Gerichtsherren aber sah man es wohl an, wie ihnen mit dem Bericht Drioschs ein Stein vom Herzen gefallen war. Man war aus der furchtbaren Zwangslage befreit, eigene Angehörige, die man im innersten Selbst nicht verurteilte, unter dem Druck einer fremden Macht zur Rechenschaft zu ziehen und einen gewissen vorgreifenden Eifer zu heucheln, damit nicht das ganze Tal wegen Neutralitätsbruch in empfindliche Strafe gerate.

Cilgia Premont und Markus Paltram wurden in Gnaden, ja mit bewunderndem Lächeln entlassen.

Die Frühlingsdämmerung war eingebrochen, und das Volk wandte sich, als es noch rasch den befriedigenden Ausgang des Vorfalls gehört, seinen Heimatorten zu. Die Namen Cilgia Premonts und Markus Paltrams liefen, zusammengekettet durch das Ruhmesgeschmeide einer kühnen Tat, mit den Heimkehrenden auf den Straßen des Oberengadins. Am meisten schwärmten die jungen vornehmen Freunde aus dem Institut a Portas für Cilgia Premont.

«Natürlich! Das ist sie. Aber wie hat es nur geschehen können, ohne daß jemand aus der Anstalt etwas gemerkt hat?»

Und sie frischten mancherlei Erinnerungen auf, wie glücklich Cilgia Premont immer zwischen den Wünschen der Zöglinge und dem festen Willen des Philanthropen vermittelt habe, der den fröhlichen Vorstellungen seiner einzigen Schülerin, seines Lieblings, nicht zu widerstehen vermochte. Konradin von Flugi war Feuer und Flamme für sie. Er schmiedete schon an einer Ode auf Cilgia. Mit Recht. Keiner hatte mehr Grund, ihr dankbar zu sein, als er. Mädchenhaft mütterlich hatte sie den unreifen, linkischen Jüngling in ihren besonderen Schutz gestellt und manches Donnerwetter a Portas vom Haupt des Zerstreuten abgewandt, der durch ein gewisses unordentliches Wesen immer zu Tadel Anlaß gab. Sie war die einzige Vertraute seiner keimenden Dichtkunst, die einzige, die wußte, daß sein empfängliches Herz durch eine tiefe Neigung zu der jungen, blonden Nachbarin in Sankt Moritz, Menja Driosch, gefangen war. Er glühte in Verehrung für Cilgia Premont, aber er vollendete die Ode nicht, denn es fiel ihm ein, wie hellauf sie ihn auslachen würde, wenn sie die Verse zu Gesicht bekäme.

Im Schein der Frühlingssterne, die über den Scheitel der blaßschimmernden Bernina zogen, ritt Pfarrer Taß mit seiner Nichte heimwärts. Es wollte ihn kränken, daß ihn Cilgia nicht gleich bei ihrer Ankunft ins Vertrauen gezogen hatte, aber es war mit dem Mädchen nichts anzufangen. Auch zwang ihn die Kraft, mit der sie geschwiegen hatte, zu großer Achtung vor ihr: sie war doch eine echte Bündner Natur, eine von den Frauen, die stehen und schweigen können wie der Fels des Hochgebirgs!

Sie hatte ein Erlebnis, eine Tat hinter sich!

Und der sonst so still-fröhliche Pfarrer Taß seufzte. Sein eigenes ruhiges Leben kam ihm wie ein langer Traumwandel vor. Er suchte im Reiten Cilgias Gesicht zu erkennen, aber er sah in der Dunkelheit nur unsichere Umrisse.

In seinem einsamen Dasein war die frische Gestalt ein später Sonnenstrahl, und doch fühlte er ihr rotblütiges, heißes Wesen wie eine Bürde der Sorge. Gehen so hoffnungsreiche Menschenkinder nicht den härtesten Weg, brechen sie sich, nachdem sie alle Hindernisse übersteigen, zuletzt nicht doch die Flügel?

In der Ferne ertönen die Freudenjauchzer heimkehrender Burschen.

Da fand auch der Pfarrer seinen herzlichen, heiteren Ton wieder: «Kind, was sind das für Geschichten! – Ja, a Porta hat recht damit, was er über dich sagt.»

«Was sagt er denn?»

«Du seiest eine von denen, die man nie ganz ergründet – deine harmlose Schelmerei und Fröhlichkeit sei bei dir nur der Werktag; du habest aber für dich immer noch einen Sonntag von Gedanken, und die fliegen so hoch und so tief, daß man einen stillen Kummer um dich nie ganz loswerde.»

«Das hat a Porta, mein verehrter Lehrer, sehr hübsch gesagt», versetzte Cilgia mit einem Anflug von Spott.

«Und wenn nun Sigismund Gruber, euer Flüchtling aus Tirol, als Freier zu dir kommt, was sagst du ihm, Cilgia?»

«Ich kann noch keinen Freier brauchen», lachte sie voll Mädchenübermut.

«Der junge Gruber kommt aber, Driosch sagt's. In aller Not hat er sich zu Fetan in deine Augenlichter verschossen, und der Alte ist nicht dagegen, denn er hat deinen Vater gekannt.»

Cilgia schwieg eine Weile, dann sagte sie nachdenklich und warm: «Gott sei Dank, daß die Last des

Geheimnisses von mir genommen ist! Ich fürchte aber, Onkel, daß ich mit einem Mann nicht glücklich würde, den ich um sein Leben habe winseln sehen. Ich habe so wunderliche Vorstellungen von der Liebe. Ich meine, ich sollte zu einem Mann empor sehen können wie zu einem Berg, und es müßte von ihm Firneschein ausgehen für mich und viele. Dann könnte ich ihn lieben und ihm dienen wie eine Magd. Ja, ich fürchte, ihn liebte ich nur zu sehr!»

Die Lichter von Pontresina schimmerten, und die Pferde hielten vor dem Pfarrhaus von selber an.

«Gott mit der Landsgemeinde und allen, die daran teilgenommen haben!» sprach der Pfarrer.

3

Der Sommer ist gekommen.

Pfarrer Taß ist nach Sankt Moritz zu einer Konferenz gegangen. Cilgia sitzt am offenen Fenster, ein Buch auf ihren Knien. Der Duft der Nelken, der Lielingsblumen der Engadiner Frauen, strömt durch das Pfarrhaus, die Stille des Nachmittags brütet in dem mit Lärchen- und Arvenholz ausgetäfelten Gemach und webt um die einfach geschnitzten, mit Blumen bemalten alten Möbel.

Das Mädchen blickt vom Buche zu zwei alten Gemälden auf, die trotz der wurmstichigen Rahmen, und obgleich die Farben im Lauf der Zeit nachgedunkelt sind, den vornehmsten Schmuck des Gemaches bilden und auf den ersten Blick die Hand eines Meisters verraten. Es sind zwei Gegenstücke.

Das eine stellt einen scharfgeschnittenen Männerkopf von asketischem Ausdruck dar. Die starkgebaute Stirn ist eisern, die Lippen sind schmal und hart, in den schwarzen Augen sitzt ein Funke Fanatismus, aber es liegt ein starker Zug geistiger Größe in dem Kopf, der einem Manne zwischen den Vierzig und Fünfzig angehört. Die weiße Halsbinde und der Predigtrock verraten den protestantischen Pfarrer. Das Gegenstück ist ein wunderbar süßes und keusches Frauenantlitz mit allen Reizen der Jugend und tiefer Innerlichkeit. Ein einfaches Blütenkränzchen zieht sich über der reinen Stirn durch das dunkle Haar, die Stirn selber aber weist deutlich eine lange Spur von Narbenmalen, die das süße Gesicht etwas entstellen, doch in den mandelförmigen dunklen Augen liegt der Friede einer Verklärten.

In den unteren linken Ecken beider Bilder stehen in Karminschrift einige Worte.

Affligebat eam et subjectus est! – Er schlug sie und unterlag! lautet die Unterschrift des Männerbildnisses, *Amabat eum et vicit!* – Sie liebte ihn und siegte! die des Frauenbildes.

Cilgia hing an den beiden Gemälden, und wenn sie einsam war, konnte sie sich andächtig in das der Frau vertiefen und über die merkwürdige Geschichte sinnen, die in den Sprüchen angedeutet war. Die meisten Besucher des Pfarrhauses aber glitten mit einem Wort oberflächlicher Teilnahme über die wertvollen Bilder hinweg. «So, so», sagten sie, «das sind Paolo Vergerio und Katharina Dianti, der erste reformierte Pfarrer von Pontresina und seine bessere Hälfte.»

Nur einer war gebannt wie sie vor dem hohen Liebreiz des Frauenbildes stehengeblieben und hatte die Augen fast nicht mehr davon lösen können: Markus Paltram, der vor einiger Zeit gekommen war und dem Pfarrer mit einem Wort des Dankes angezeigt hatte, daß er jetzt im Haus des Fischers Colani eingerichtet sei und seinen Beruf aufgenommen habe.

Cilgia hatte versprochen, daß sie ihm die merkwürdige Geschichte des Paares erzählen werde. Aber seither hatte sie ihn nicht wieder gesehen.

Von der Straße ertönte in der Nachmittagsstille, die mählich in die des Abends überging, plötzlich fröhlicher Gesang. Cilgia schaute neugierig hinab. Ein Trupp Heuer und Heuerinnen aus Tirol zog unter der Anführung eines langen, hageren Burschen, der die Sense auf der Schulter im Takt zu dem Lied regte, in das Dorf. Die Mädchen trugen grüne Troddelhüte, kurze Röckchen, bunte Mieder und weiße, gestreifte Ärmel und sangen, wie es die Sitte beim Einzug in die Dörfer forderte.

Der Anführer, der sich zwar noch als junger Bursche gebärdete, aber wohl schon gegen die Vierzig rückte, rief zu Cilgia empor: «Jungfrau, wo wohnen denn Markus Paltram, der Schmied, und die Jungfrau Premont?»

«Die bin ich selbst, und Paltram wohnt oberhalb des Dorfes in der Hütte, an der ein Wasserrad ist.»

«Ich danke Euch, ich wollte nur die sehen, die Sigismund Gruber gerettet haben.»

Damit zogen die Tiroler weiter.

«Ich gehe die Gloria und die Gioja abholen», rief Cilgia ein Stündchen später in die Pfarrküche, wo Rosina, die stämmige Magd, hantierte.

Das Mädchen schreitet auf dem rauhen Pflasterweg, der zwischen den alten Stein- und Holzhäusern von Pontresina hindurchführt, gegen das Kirchlein Santa Maria hinauf, das oberhalb des Bergdorfes einsam und verträumt am Wiesenhang unter dem Wald des Piz Languard liegt.

So tut sie jeden Abend. Den Strohhut am Arm, das Haupt frei, grüßt sie die Dörfler. Nur eben spürbar gibt sie sich vornehmer als die sonstigen Leute des Tals. Sie trägt ein ebenso einfaches Kleid wie die anderen Mädchen, aber statt des roten Baumwolltuchs, das sie am Werktag in den Miederschnitt setzen, verwendet Cilgia ein feines weißes Triestiner Gewebe, und die kleine Kunst genügt, daß man meint, sie sei immer in duftigem Sonntagsstaat.

Hinter ihr reden die Dörfler. Das Abenteuer von Fetan hat den günstigsten Ausgang genommen, den man sich denken kann. Obgleich es landauf, landab erzählt wurde, ist keine Klage aus Frankreich eingelaufen.

Und was für einen haben Cilgia Premont und Markus Paltram dem französischen Standrecht entzogen? Den jüngeren Sohn des bekanntesten und reichsten Tiroler Händlers.

Man höre nur Säumer wie Tuons über den Vater des Flüchtlings erzählen: «Lorenz Gruber ist der Holzkäufer der Salzpfanne in Hall; die Leute im vorderen Tirol nennen ihn deswegen nur den ‚Waldtöter‘, und es geht die Redensart, die Tannen fängen an zu zittern, wenn er durch den Wald schreite. Dazu ist er in Handelssachen der Vertrauensmann tirolischer Klöster, und wenn auf den Straßen zwischen Landeck, Bozen und Tirano eine Fuhre geht und man fragt: ‚Wessen ist der Saum?‘, so lautet die Antwort immer gleich: ‚Lorenzen Grubers auf dem Suldenhof im Suldental.‘»

Von dem Sohn freilich weiß man nur wenig: Er hilft mit seinem Bruder dem Vater im Handel. Aber das weiß man, das Sigismund Gruber kein Spion, sondern ein ehrlicher, tapferer Landstürmler gewesen ist.

Davon plaudern die Leute, wenn Cilgia am Abend mit ihrem Buch zum Kirchlein Santa Maria emporwandert.

Vom ersten Tag an, da sie nach Pontresina kam, liebte sie das stimmungsvolle, altehrwürdige Gotteshaus, den Kirchhof darum her, über dessen Gräberterrassen Gras und Nelken fluten, und den weiten, friedevollen Blick der Aussicht. Unter dem altväterischen Bergdörfchen rauscht, halb in Wald und Kluft verborgen, der Bernina-Bach und stäubt seinen Wasserduft empor. Jenseits klettern die Tannen wie kämpfende Helden an jähen Felsen, und hinter ihnen schimmern am Abend rosenrot die höchsten Spitzen des Bernina-Gebirges, ein Riesenblumenkelch voll Schönheit und Licht.

Heute freilich sind die Berge nicht so klar, durch goldene Wolkenränder zieht die Sonne Wasser, die Spitzen sind umzogen mit blauem Rauch.

Cilgia sitzt auf dem Bänkchen am Tor, und nicht weit von ihr gräbt der alte Mesner, das graue, dürre Männchen, ein frisches Grab für einen Viehknecht, der lahm und nichts mehr nütze war.

Cilgia verbinden lieblichere Vorstellungen als die des Todes mit Santa Maria. Unter dem steinernen Torbogen des Kirchleins, dem die Jahreszahl 1497 eingehauen ist, ist jenes Liebespaar hindurchgeschritten, dessen Schicksal wie ihr eigenes Gedenken goldene Fäden zwischen Adria und Hochland zieht, Paolo Vergerio und Katharina Dianti, die vornehme Istrianerin, die nach Pontresina hinaufgestiegen ist, um die erste protestantische Pfarrerin des Ortes zu werden.

Und am Tor, durch das die Eltern als Brautpaar getreten sind, gedenkt sie ihrer eigenen sonnigen Kindheit zu Triest. Ein Garten taucht vor ihr auf mit dunklem Lorbeer, rankenden Rosen und wächsernen Kamelien, ein weißes Haus mit glyzinienumwucherten Veranden, und durch Bäume und Gebüsche sieht sie die weißen Segel der blauen Adria. Weiße, schwankende Segel auf azurnem Grund! Wenn sie aber darüber in die Händchen patschte, so sagte die Mutter: «Schwälbchen, es gibt noch etwas, was weißer ist als die Segel, das sind die Firne des Engadins. Und inniger als die Adria strahlen die Seen des Inns.»

Ja, wenn man durch die Täler und das Gebirge wandern dürfte! Aber der Onkel ist so schwer beweglich, und allein läßt er sie nicht gehen.

Und jetzt kommt noch der alte Gruber mit einer Liebeswerbung für seinen Sohn. Torheiten, man reißt doch einen Landstürmler nicht deshalb aus Feindeshand, um sein Weib zu werden! Was geht sie der junge Gruber an?

Da tönt das helle Klingling eines Schmiedehammers in den Frieden des Kirchleins: Paltrams Hammer. Sie macht eine rasche Bewegung, wie wenn sie eben jetzt auch etwas tüchtig angreifen möchte. Dort unten, halben Weges zwischen der Kapelle und der Straße, die zum Bernina-Paß führt, steht die Hütte, die er mit Hilfe des Pfarrers erworben und in der er seine Werkstätte eingerichtet hat. Er hat das baufällige Haus mit eigener Hand ausgebessert, den raschen Wiesenbach an seine Mauer hingezogen und ein selbstgezimmertes kleines Wasserrad, das ihm den Blasebalg der Esse treibt, dareingesetzt.

Mit wahrer Wonne horcht Cilgia dem hellen Klingen des Hammers, nicht gerade weil es von Paltram kommt, sondern weil es die Stimme emsiger, nützlicher Arbeit ist, und ihre goldbraunen Augen glänzen.

Ja, so ein Schmied hätte sie auch sein mögen!

Der Mesner hatte das Grab fertiggeschaufelt und hört, in der Grube auf den Spaten gestützt, ebenfalls dem Hammerschlage zu.

«Wenn nur die Madulainer Geschichten nicht wären», sagt er, aus der Grube steigend, «so stünde alles um Markus Paltram gut. Er gewinnt zusehends an Boden und Vertrauen, und man lobt seine Arbeit. Fragt den Kronenwirt in Samaden. Der hat eine alte Uhr seit drei Jahren bald nach Cleven, bald nach Chur geschickt, und sie ist nie ordentlich gegangen. Da gibt er sie Paltram. Und jetzt geht sie so sicher wie die Sonne.»

«Was spricht man denn in Madulain von Paltram?» fragt Cilgia.

«Ja, das sind andere Geschichten», versetzt der Mesner.

«Wer war denn seine Mutter?»

«Ein merkwürdiges Weib. Hört nur: Am liebsten spielte der Bube auf der Ruine Guardaval, die wie ein Raubvogelhorst über dem Dorf steht, und er schleppte auch seine jüngeren Brüder dort hinauf, wo sonst niemand etwas zu suchen hat. Eines Tages nun sah man etwas Entsetzliches. Markus und sein Bruder Rosius schoben einen Sparren aus den Mauern der Ruine, legten ein Brett darüber und schaukelten darauf zwischen Himmel und Erde.»

«Ich denke, kühne Buben hat's im Engadin immer gegeben», neckt Cilgia den Erzähler.

«Ja, aber jetzt die Mutter», mahnt der Mesner mit einer abweisenden Bewegung gegen die Unterbrechung. «Der Küfer legte einen Strick bereit, um die Buben zu züchtigen, wenn sie von dem Felsen herniederstiegen. Sein Weib aber klatschte in die Hände und sagte: ‚Mann, sei kein Narr und freue dich, daß Rosius, der Feigling, die Schlafmütze, neben Markus ein beherzter Kerl wird.‘ Und sie ließ den Buben nichts geschehen.»

«Diese Mutter gefällt mir», sagt Cilgia fröhlich, «erzählt mir mehr von ihr.»

«Damals, als es geschah», fährt er fort, «war Markus noch ziemlich klein. Als er etwas größer war, brachte er von Guardaval herab häufig junge Vögel, die er zähmte. Einmal auch eine rotschnabelige und rotstrumpfige Bergkrähe, die ihm sehr lieb wurde. Denn wo er stand und ging, hüpfte sie ihm nach. Der Vater, der Küfer, aber hatte einen prächtigen gestreiften Kater, und der fraß die Krähe auf. Markus unterdrückte seinen Zorn. Als aber der Kater beim Mittagstisch auf die Bank sprang, sich neben den Küfer setzte und miauend seinen Anteil vom Mahle heischte, legte Markus den Löffel auf die Seite. Er sagte kein Wort, packte das Tier am Hinterkopf und den hinteren Läufen, streckte sie, obgleich es die Krallen der Vorderfüße tief in sein Handgelenk verbohrte, so auseinander, daß es, ohne einen Laut von sich zu geben, verschied. Es in eine Ecke schleudernd, zürnte er: ‚Da, Vater, habt Ihr Euern Maudi, er hat mir meine Krähe gefressen.‘ Der Grimm loderte in den Augen des Küfers, ebenso kurz erwiderte er: ‚Du bist nicht mehr mein Sohn, Markus!‘ Von da an redeten sie kaum mehr ein Wort zusammen. Markus ging mit den Gemsjägern und war als halbwüchsiger Bube schon der beste Schütze im Engadin.»

«Das habe ich gehört», sagt Cilgia, «und auch, wie er einem arg verbrannten Kinde die Schmerzen gestillt hat. Was haltet Ihr von dieser Geschichte, Mesner?»

«Sie ist höchst geheimnisvoll», und er zuckte die Schultern, «es blieb aber nicht bei diesem einzigen Mal, sondern er hat seine heilende Kraft in Blick und Händereichen oft bewiesen. Man rief ihn häufig ins Dorf und in die Umgebung zu Kranken, er ging aber erst, wenn ihn seine Mutter bat: ‚Markus, versuch's!‘ Dann ging er ohne Widerspruch.»

«Das ist ein schöner Zug an ihm», versetzt Cilgia warm.

Der Mesner hebt belehrend den Zeigefinger: «Mutter und Sohn liebten sich, wie man das selten sieht, sie redeten nur mit den Augen und verstanden sich, sobald aber der Küfer den Markus sah, gab's zwischen den beiden Feuer, und es war ein Glück, daß der Junge später nach Frankreich ging, sonst hätten sie eines Tages die Fäuste und Waffen gegeneinander erhoben, denn der Küfer erzählte jedem, der es hören wollte, Markus sei nicht sein Bub, sondern ein Camogasker.»

«Ein Camogasker», sagt Cilgia vorsichtig und gespannt, «ich würde gern einmal genau wissen, was das ist.»

Der Mesner kratzt sich in den dünnen Haaren: «Sprecht mit dem Pfarrer darüber, Fräulein. Er hat eher als ich die rechten Worte, es für so zarte Ohren wie die Euren zu stimmen.»

«Gut, so erzählt mir weiter», und Cilgia senkt den Kopf in einer kleinen Enttäuschung.

«Es ist merkwürdig», fährt der Mesner fort. «Wie sich das Gerücht, daß er ein Camogasker sei, verbreitete, änderte sich sein Blick, der vorher wie der anderer Leute gewesen war. Man begann ihn zu fürchten. Seiner Mutter aber blieb er so ergeben, daß er sich ein Auge hätte ausstechen lassen, wenn sie ihn darum gebeten hätte. Und seht, Fräulein, daran erkennt man nun die Söhne des Ritters von Guardaval – sie können, wenn sie wollen, für ein Weib alles tun, aber nie von einem Mann einen Rat annehmen. Sie werden groß im Leben, aber einmal müssen sie die schlagen, die ihnen die liebsten sind.»

«Das ist ja gräßlich!» versetzt Cilgia erschreckt.

«Ich gehe, Fräulein», sagt der Mesner. «Ich möchte gegen Markus Paltram nicht unchristlich sein. Ich ärgere mich aber, daß er in sechs Wochen nur zweimal zur Kirche gekommen ist. Seht, es kommt schon ein starker Wind!»

Damit nimmt der Alte die Grabwerkzeuge auf die Schulter und geht grüßend dem Dörfchen zu. «Die Geißen», sagt er zum Abschied, «müssen jetzt bald vom Berg steigen, sonst geraten sie in das Wetter, das hinter der Bernina rüstet.»

Cilgia setzt sich nachdenklich auf die Bank am Tor. An das Gerede vom Camogaskar glaubt sie nicht. Ihr kluger Vater hat dergleichen Dinge immer verworfen. Sie steht auf und wandelt in tiefem Sinnen zwischen den Gräbern. Der mutige Mann, dessen das Engadin bedarf, ist kein anderer als Markus Paltram, nicht etwa einer ihrer Freunde von Fetan – nein, Markus Paltram! Auch ihr Vater ist aus einem verachteten Jungen der spätere Mann von großem Ansehen geworden. Aber für Markus wäre vorher eines nötig: Sonne, Sonne müßte man diesem einsamen und freudlosen Leben geben, es müßte ihn eine lieben, wie ihn seine Mutter geliebt hat. Dann würde er steigen!

Das helle Klingling seines Hammers tönt in ihre Träume. Auf den Arven am Waldrand krächzen schon die Raben, die in den Bergwald heimwärts fliegen, und mit Geschell und Gemecker kommen die fröhlichen Berggeißen, ihrer über hundert, schwarze, weiße und gefleckte, die meisten mit lustigen Bärten. Schon gesättigt, naschen sie immer noch, sie steigen auf jeden Felsblock, der am Wege liegt, und halten mit schalkhaften Augen Ausschau, und mit den Mutterziegen spielen die Zicklein.

Mit einem Strauß Löwenzahn und Disteln pflegt Cilgia Abend um Abend die Tiere zu empfangen. Sie hält ihn hoch, und wohl ein Dutzend umringen sie und haschen nach dem Büschel, das sie ihnen mutwillig vor den Mäulern wegzieht. Gioja und Gloria, die Pfarrersziegen, drängen sich am nächsten an sie, sie haben gute Freundschaft mit ihr geschlossen, sie erwischen den Strauß.

Mit der Herde kommt Pia, die kleine braune Hirtin. Sie trägt einen durchlöcherten Strohhut, das Mieder ist über der jungen Brust unordentlich geknüpft, das rote, kurze Röckchen ausgefranst, an den Füßen klappern die klobigen Holzböden, sie trägt einen leichten Bergstock und auf dem Rücken den mit Murmeltierfell überzogenen Speisesack.

Häßlich ist die Pia Colani nicht, aber eine wilde, böse Hummel. Gerade das reizt Cilgia, immer wieder mit ihr anzubändeln.

«Hast du Bericht von deinem Bruder Orland?»

«Gewiß habe ich», erwidert die Kleine stolz und mit funkelnden Augen. «Er schrieb aus Basel, er fährt auf einem Rheinfloß – ich weiß nicht, was das ist – nach Holland.»

«Und wie verträgst du dich jetzt mit deinem neuen Hausgenossen, dem Schmied?»

Pia macht eine komische Gebärde des Abscheus. Sie ist die erbitterte Feindin Paltrams und hat sich gegen seinen Einzug ins väterliche Haus wie eine Wütende gesperrt, obgleich der Pfarrer dafür gesorgt hat, daß sie und ihre Großmutter darin wohnen bleiben können.

«Fräulein», zischt die Kleine mit ihrem Mund voll schöner Zähne, «eines Tages beiße ich Euch schon. Was ich in Samaden gesagt habe, gilt! Ihr seid auch schuld, daß er da ist.»

Und sie schleuderte wilde Blicke gegen Cilgia.

«Sei doch ein bißchen lieb, Pia!» schmeichelt Cilgia mit herablassender Zutraulichkeit.

«Nein», schreit das Waldteufelchen, «der geht ja jede Nacht zu seinem höllischen Vater. Sobald die Dämmerung eingebrochen ist, hängt er das Gewehr um, und erst nach Mitternacht, oft erst gegen Morgen kehrt er zurück.»

Die Herde Pias drängt vorwärts, das Gewitter naht, das Gespräch findet ein rasches Ende. Hinter Cilgia laufen die Pfarrersziegen gegen das Dorf und verwundern sich, daß ihre Freundin so karg an Wort und Scherzen ist.

Paltram zur Nacht heimlich in den Bergen? Es mußte schon so sein, denn er schenkte in die Pfarrküche dann und wann Schneehühner oder Alpenhasen. Und die schoß er nicht am hellen Tag, sondern eher im Mondschein, denn man sah nie, daß er seine Arbeit versäumte. Dieses dunkle Wesen gefiel Cilgia nicht.

Als sie den Ziegen den Stall öffnete, fielen die ersten Tropfen, und in den Bergen hallte der Donner. Früh sank die Nacht herein. In der Stube erwartete sie der Pfarrer, der schon eine Weile von Sankt Moritz zurückgekehrt war, und reichte ihr, als sie eintrat, beide Hände.

«Viele Grüße von drüben, und darüber, daß ich dich nicht mitgebracht habe, regnete es Vorwürfe. Von Samaden her sind alle voll guten Sinns für dich! Und der alte Gruber aus dem Suldental ist bei Driosch eingerückt.»

Cilgia errötete.

«Er ist ein gewaltiger Mann an Leib und Seele», fuhr der Pfarrer fort. «Als er wünschte, dich kennenzulernen, lud ich ihn auf morgen mittag zu uns als Gast ein. Ich denke, ich denke –!»

Mit fröhlichen Augen blinzelte der Pfarrer gegen Cilgia.

«Ihr führt mich jetzt schön in die Klemme», erwiderte sie, halb im Scherz, halb im Ernst, und der Pfarrer wollte eben etwas Scherzhaftes entgegnen, da fiel ein Blitz und Donnerschlag, daß es bis in den Ofen-winkel leuchtete und die Fenster zitterten. Mächtig und prächtig zog das Gewitter durch die Nacht, und als sie aus dem Fenster blickten, sahen sie an der Berg-wand jenseits des Bernina-Baches eine züngelnde Flamme. Der Blitz hatte in eine alte Arve geschlagen, sie brannte wie eine Fackel und beleuchtete die schrof-fen Felsen mit blutigem Schein.

«Ein Camogasker-Feuer», sagte der Pfarrer.

«Camogasker-Feuer? Wißt Ihr, daß man Markus Paltram einen Camogasker nennt? Erzählt mir doch, was ein Camogasker ist?»

«Wegen Markus Paltram, Cilgia, möchte ich dir die Sage nicht vorenthalten.»

Er prüfte sie mit einem Seitenblick, räusperte sich, und während draußen das Nachtgewitter wütete, horchte Cilgia mit gespannten Sinnen der Erzählung.

«Es gibt», hob der Pfarrer an, «mehrere untereinan-der ziemlich verschiedene Fassungen der Sage, ich be-richte sie dir in derjenigen, die aus dem Camogasker, dem Burgherrn von Guardaval, keinen unbegreiflichen Wüterich macht, sondern sein Wesen zur Not erklärt. Danach hatte das Volk im Anfang großes Vertrauen auf den Ritter gesetzt, und leutselig lud er es zu Festen auf sein Schloß, wo fahrende Sänger die Harfen schlu-gen. Eines Tages aber erfuhr er, daß er nicht der Sohn des Ritters sei, den er als Vater verehrte und der im Morgenland als Streiter für das Heilige Grab gefallen war, sondern der Abkömmling eines gemeinen Man-nes, des Kastellans. Den Kastellan ließ der junge Rit-ter über die Felsen werfen und die Gebeine der Mutter aus dem Grab. Sein Sinn wandte sich. Er haßte die Menschen; er ging oder ritt einsam durchs Gebirg, und in gottlosen Zornausbrüchen verlangte er die härtesten Fronden von den Männern, in rauschender Leiden-schaft die Opfer der Töchter des Landes, mit seinem Blick umspann er sie wie mit Zauber und vergiftete ihr Wesen, daß sie Vater, Mutter und Ehre vergaßen und sich selbst an den Burgweg setzten, damit er sie sehen möge.»

Da unterbrach plötzlich ein seltsamer Laut die Aufmerksamkeit, die der Pfarrer seinen eigenen Worten schenkte.

Empört und blaß vor Zorn saß ihm Cilgia gegenüber.

«Gefällt dir die Sage nicht?»

«Nein, aber ich möchte sie jetzt doch zu Ende hören. Erzählt nur weiter, Onkel», versetzte sie mit blitzenden Augen.

«Es ist nicht mehr viel», erwiderte er. «Nachdem der Unhold eine Weile so gewütet und Elend über die Bevölkerung gebracht hatte, erschlug ihn der Vater eines Mädchens auf seinem Schloß. Seither ist der Ritter der gespenstische Wildjäger, der vornehmlich im Camogasker Tal haust, aber von Zeit zu Zeit über die ganze Bernina zieht. Mit Unglücksfällen auf den Alpen kündigt er sich an, mit Sturm fährt er daher, auf einem Pferdegeripp reitet er in Blitz und Donner, Tiergerippe sausen und rascheln vor ihm. Einige Male im Jahr, an verworfenen Tagen, mag's aber geschehen, daß er sich wie ein Lebendiger aus brütender Sonne, aus wispernder Luft und steigendem Erdduft auferbaut und als ein höllisches Wunder vor Hirtinnen und Wildheuerinnen erscheint. Zuerst sehen sie nur zwei brennende Augen – sprechen sie nun nicht rasch ein Stoßgebet, so sind sie verloren. Und die Kinder dieser Stunden nennt man wie ihn selbst Camogasker.»

Gepreßt und blaß fragte Cilgia: «Und was haltet Ihr, Onkel, von der Sage?»

«Ich habe Studien darüber gemacht, doch die Quellen sind zu spärlich, als daß sich über ihren geschichtlichen Wert etwas sagen ließe. Sicher ist nur, daß manche Zusätze erst später auftauchten, so der Glaube an die Camogasker Kinder. Er tauchte erst zur Zeit der Hexenverfolgungen auf, als Frauen im Wahnsinn der Folterqual bekannten, daß ihnen der Wildjäger erschienen sei.»

In Cilgias Zügen stand die Ungeduld.

«Was Ihr sagt, Onkel, ist wohl merkwürdig, ich meine aber nicht, welchen Wert die Sage für die Engadiner Geschichte hat, sondern ob Ihr einen tiefern Sinn darin findet!»

Der letzte Teil ihrer Rede klang herausfordernd, und etwas wie zürnende Kampflust stand in ihren Augen.

«Kind, Kind, was regst du dich wegen dieser alten Geschichte auf?» Und der Pfarrer schüttelte den Kopf.

Cilgia aber erhob sich im Eifer der Jugend: «Spürt Ihr denn nicht, Onkel, was für eine schändliche Demütigung diese Sage für uns Frauen ist. Sich an den Weg setzen! Ich würde sie anders erdichten!»

Sie stand mit brennenden Wangen, so daß der Pfarrer über ihre Heftigkeit erschrak.

«Ich würde sagen: Als der Ritter die Schuld seiner Mutter erfahren hatte, zweifelte er wohl an der Hoheit der Frauen. Es wuchs aber ein Mädchen im Volk, das widerstand ihm und besiegte ihn mit seiner Liebe, seiner Standhaftigkeit und Reinheit.»

Ein herrliches Metall bebte in ihrer Stimme, und erstaunt wie zu Samaden sah der Pfarrer zu seiner Nichte auf.

«Kind – was liegt alles in deinen siegreichen Augen!» versetzte er erschrocken. «Cilgia, dich und dein Geschlecht habe ich gewiß nicht beleidigen wollen, als ich dir die Sage erzählte. Nein, gewiß nicht!»

Sie streckte ihm mit einem guten Lächeln die Hand hin.

«Ich halte aber die Sage», fuhr der Pfarrer fort, «nicht für wertlos. Es gibt in unseren Bergen, in stillen Wäldern verborgen, abgründige Seen; abgründig gähnen die Spalten der Gletscher; Abgründe sind im Volk;

und wenn du in der Geschichte Bündens blätterst, so wirst du die Gestalten schon erkennen, die den unerforschlichen Seen und den unergründlichen Spalten gleichen. Überall aber hat die Natur zu den Gefahren die Warnung gestellt: Um die Seen ohne Grund schwankt das Ufer gelb und falsch; flimmert der reine weiße Schnee der Berge, wo unter ihm die Eiskluft verborgen liegt – und der Ruf Camogasker! ist ein Schild, den die feine Witterung des Volks vor abgründigen Seelen erhebt.»

Cilgia war sehr ernst: «Ist es nicht auch denkbar, Onkel», fragte sie nachdenklich, «daß das Volk irrt, einmal einem ungerecht das Wort Camogasker zuschreit und den Fluchfaden des Mißtrauens um ihn zieht? Dann sagt sich der Getroffene: Gut, wenn ihr mich zum Camogasker macht, so will ich einer sein! Und er geht in Wut und Verzweiflung hin und wird ein Abgründiger.»

«Es ist kein Fertigwerden mit dir, Kind!» versetzte der Pfarrer.

Nichte und Onkel redeten noch lange in der Nacht. Die Brandfackel an der Bergwand war verloht, das Gewitter braute nur noch im Roseg-Tal.

«Und morgen kommt also Lorenz Gruber!» sagte der Pfarrer zum Gutenachtgruß.

4

Der Gast aus Tirol ist da und hat von Cilgia schon seinen Übernamen bekommen. Den «Erzvater» nennt sie ihn im stillen bei sich.

Sein schwerer, prunkender Gurt mit dem reichen, silbergetriebenen Schmuck und die Taler, die er statt der Knöpfe am Rock trägt, haben ihren Widerspruch geweckt.

Mit rollender Baßstimme, die seinem Bericht ein eigenartiges Gewicht und Ansehen gab, erzählte Gruber.

«Ja, und so ist's halt gegangen. Wie's auf allen Kirchen stundenlang gestürmt hat, da sind auch meine zwei Buben mit den Büchsen davongeeilt. Es war wohl so Pflicht. Der ältere, der Frau und Kind hat, ist zur rechten Zeit wiedergekommen – aber der Sigismund, das Büberl, nicht.»

«Das Büberl?» warf Cilgia drollig ein. «Er ist ja ein großer, starker Mann.»

Der Alte streichelte den breiten, grauen Bart, der die Brust bedeckte, sah sie mit einem verwunderten Blick an, als mißbillige er die Unterbrechung, der Pfarrer lachte für sich, und Cilgia tat, als bemerke sie den Tadel in den von schweren, dreizackigen Brauen verschatteten Augen, die Furchen auf der mächtigen Stirne Grubers nicht, und blickte ihn mit ihren schönen, großen Augen schelmisch zutraulich an.

Da fuhr er fort: «Das Büberl, sage ich, Fräulein, weil er der Jüngste geblieben ist. Und mein Bub ist er halt sein Lebtag, sogar wenn er siebzig wird. Also, wir sitzen eine Nacht auf, zwei, warten auf ihn, beten, die Alte und ich, und je länger, je ängster ist uns worden.

Und die Toten haben sie gebracht von Finstermünz herauf, Tag und Nacht, und wenn wieder eine Fuhre gekommen ist, so haben sie das Glöcklein geläutet. Ich und meine Alte haben bei jedem neuen Stoß gedacht: Jetzt bringen's ihn. Und der Pfarrer ist gekommen und hat gesagt: ‚Lorenz Gruber', hat er gesagt, ‚ich täte die Kerzen für den Sigismund anzünden, er ist unter den sechs gewesen, die am Inn hinauf versprengt worden sind. Er wird ins Standrecht kommen sein, und wo er ruht, das weiß der im Himmel.' Dämlich ist mir worden, und die Kerzen haben wir um sein Bett angezündet und doch keinen Toten gehabt.»

Der Erzähler mit seinem gemütswarmen Ton gefiel Cilgia immer besser. Nein, Lorenz Gruber war kein Protz – und teilnahmsvoll ruhten ihre Blicke auf dem derben Gesicht, das so viel Wärme nicht vermuten ließ.

«Ich liege so die vierte Nacht, schlaf' nicht, denk' an den Sigismund, wo ihn wohl der Boden deckt, die Alte schüttet in des Buben Kammer dem Herrgott ihr Herz aus, und ich denke grad: Es nutzt dir nichts! – Da pocht es an die Türe: ‚Mutter! Mutter!' – Es ist der Sigismund. Wir ziehen den Buben in die Stube, er hat den Kopf verbunden, die Wangen glühen im Fieber wie Rosen, aber er lebt. Geweint hat die Alte vor Freude. Drei Wochen ist er dann noch gelegen, ruhelos und sinnlos hat er geredet, und ich und meine Alte haben gesagt: ‚Irre ist er worden von dem vielen, was er erlebt hat.' Wie er aber wieder zu Verstand gekommen ist, hat doch alles Sinn gehabt, was er in den Fiebern zusammengeschwatzt hat. – Und was hat er geredet, Fräulein?» unterbrach der Erzähler sich selbst und sah Cilgia vielsagend und mit gutem, väterlichem Blick an; sie aber erhob sich etwas unsicher, machte sich mit dem Geschirr auf dem Tisch zu schaffen und war zum Rückzug in die Küche bereit.

Da legte Gruber seine schwere Pranze auf ihre

leichte Hand. «Geht nicht, Fräulein, tut mir das nicht zuleid; ich bin ja eigens wegen Euch ins Engadin gekommen!»

Wie artig dieser alte Tiroler Bär bitten konnte, wie die gescheiten Augen aus dem verwetterten Gesicht leuchteten! Und jetzt nahm er aufstehend ihre Hand.

«Ich will keine großen Geschichten machen, Cilgia. Ich kann nicht gut ‚Fräulein‘ sagen, aber –!»

Da bebte die tiefe Stimme des Alten unsicher. Er ließ ihre Hand los und wandte sich ab, und eine feierliche Stille entstand.

«Es geht mir halt, wie's meinem Buben gangen ist», sprach er, indem er sich gefaßt zurückwandte, «er hat gesagt, es sei ihm noch kein Muttergotteskind im Tiroler Land so lieblich erschienen wie Ihr.»

Cilgia wußte nicht, wohin blicken vor Scham und Verlegenheit.

Der schwerfällige Gruber tappte zu seiner Geldkatze, schloß sie auf und wandte sich wieder an sie: «Darf ich Euch das geben, Cilgia, es ist eine Arbeit des Goldschmiedes Iffinger zu Innsbruck. Ich habe ein paar Worte für Euch dareingraben lassen.»

Und in seinen klobigen Fingern hielt er ihr ein kunstreiches Halskettelchen mit einem Medaillon hin, öffnete es behaglich, und sie las: *Cilgia Premont zum Andenken an eine Rettung in Fetan. Der dankbare Vater: Lorenz Gruber.*

Sie wurde rot, dann blaß, aber als er ihr die Kette mit väterlicher Freude um den Hals legen wollte, wehrte sie ihm: «Es geht nicht, Herr Gruber, ich danke Euch vielmal, aber ganz bestimmt lehne ich das Geschenk ab.»

«Ihr weist es ab?» grollte Gruber, und der Pfarrer mußte seiner Nichte zu Hilfe kommen. Er meinte, er habe sein Lebtag nichts Fröhlicheres erlebt als den Kampf zwischen dem alten Schwerenöter und der fröhlichen Nichte. Denn man sah es Gruber wohl an, daß er eigentlich nur zu befehlen gewohnt war und sich wunderte, wie ein so junges Mädchen mit ihm zu spielen und ihm zu widersprechen wagte, aber er war ganz vernarrt in sie.

Sie war in gründlicher Verlegenheit und mußte einen Mann, den sie zuerst in Mädchenübermut zu leicht gewogen, ernst nehmen.

«Zwingt mich nicht, Herr Gruber», und in ihren Augen blitzte es; «ich würde Euch und mir selbst böse, wenn ich Euch nachgäbe. Verderbt mir die Erinnerung an Euch nicht durch ein aufgedrängtes Geschenk.»

Dabei blieb's. Der stolze Gruber mußte Kettelchen und Medaillon wieder in seine Geldkatze stecken. Er murrte und grollte, sie aber heftete ihm eine Nelke ins Knopfloch, und der Pfarrer verging fast vor Wohlgefallen an den beiden.

«Herr Gruber, Ihr seid daheim gewiß ein strenger Herr, aber Ihr seht, ich bin so ein loser Vogel, den man nicht an ein Kettelchen legen kann.»

Sie sprach es so lustig, daß er lachen mußte, und ihr in die sonnigen Augen blickend, sagte er: «Ja, die habt Ihr noch wie zu Puschlav!»

«Haben wir uns zu Puschlav schon gesehen? Ihr kommt mir auch so bekannt vor», fragte sie neugierig und ernster.

«Ja, ich besuchte einmal auf der Durchreise Euern Vater, den Podesta. Ich habe Euch gut in der Erinnerung.»

«Das ist merkwürdig», sagte Cilgia mit schelmischem Erstaunen, «so ein dummes Kind, wie ich damals war!»

«Ebendas wart Ihr nicht», lachte der Tiroler. «Ich kam vom Gasthaus, die Lampe brannte auf Eurem Tisch, der Herr Podesta las, und Ihr schriebt lange Rechnungen auf dem Papier. Ihr wart, während wir redeten, sehr ernst, sehr fleißig. ‚Cilgi, es ist Zeit, daß du zur Ruhe gehst‘, sagte Euer Vater. Ihr legtet ihm das Papier hin, ein Gutenachtkuß, wir plauderten weiter, und während des Gesprächs prüfte Euer Vater die Arbeit. Da strecktet Ihr nach einer Weile noch einmal den Kopf durch die Türe: ,Vater, stimmt's?' – ,Jaja, Kind, du hast ganz gut dividiert', antwortete er, eine drollige Kußhand noch, und verschwunden wart Ihr.»

«Wie Ihr aber das alles noch genau wißt!»

«Das ist kein Wunder, Cilgia. Ihr kamt mir damals wie eine kleine Hexenmeisterin vor. Wißt, der alte Gruber setzt seine Hunderttausende im Jahr um, ohne daß er auf dem Papier rechnet. Vor denen, die's können, hat er aber gewaltigen Respekt!»

«Wer führt Euch denn die Bücher?» fragte Cilgia.

«Das ist das ganze Buch», sagte Gruber und strich sich über die breite, hohe Stirn, die in eine leichte Glatze überging. «Solange es hält, ist's gut, aber nachher – ja, da kommen meine Buben nicht mehr draus. Den Wirrwarr möcht' ich nicht mit erleben.»

«Ich behielte nicht soviel im Kopf», meinte Cilgia.

«Ihr habt halt andres drin! In drei oder vier Sprachen wechselt Ihr die Unterhaltung wie unsereiner Hut und Pelzkappe – das habe ich damals an dem kleinen Jüngferchen auch schon gesehen. Ich aber habe, wenn ich ins Italienische komme, Mühe, mit den Händlern das Dringendste zu parlieren. Es haut's mir nicht.»

«Es ist nicht unser Verdienst», antwortete Cilgia fröhlich, «daß wir Bündner mit den Sprachen leidlich durch die Welt gehen, sondern Gottes Güte. Kennt Ihr die Geschichte?

Als Gott die Welt erschaffen hatte, sandte er einen Engel aus, damit er den Samen der Sprache unter die Völker streue. Doch weil die Welt so weit ist, wurde es, bis der Engel über das Bergland flog, dämmernder Abend, und er sah die Menschen in den tiefen Tälern nicht. Am Morgen entdeckte Gott ein stummes Volk, und er sandte den Engel zum zweitenmal aus, daß er auch diesem eine Sprache gebe. Doch siehe, wie der

Engel auch über den Bergen hin und her schwebte und in seinem Sack wühlte, waren doch nicht mehr genug Körner für eine ganze Sprache da, nur einzelne Samen von denen, die er am Tag vorher zu freigebig verteilt hatte. In seiner Not schüttelte er diesen Rest in die Täler, und die Bündner begannen, wie eben der Wind die Samen geweht, in allerlei Sprachen zu reden. Und sagte der Bergeller am heißen Sommertag ‚Fa caldo‘, so fuhr der Davoser auf: ‚Was kalt? Willst mich verhöhnen – warm ist's heute.‘ Sie begannen zu streiten, wer recht habe, und weil jeder nur seine Sprache verstand, ging der Zank im Bergland nie aus. Das jammerte Gott, in seiner großen Güte wollte er aber auch den Engel der Sprache, der den Wirrwarr angestiftet, nicht kränken und sandte darum heimlich in der Nacht einen zweiten Engel aus, damit er das Werk des ersteren verbesserte. Und der legte jedem Schläfer in den Hütten ein Korn auf die Lippe. Das enthielt die Kraft, die Sprache der anderen wie Spiel zu lernen und zu verstehen. Und das Volk lernte und verstand, und es ist also nicht unser Verdienst, Herr Gruber, sondern Gottes Güte, daß wir mit mehreren Sprachen leidlich durch die Welt gehen.»

Halb scherzhaft, halb ernsthaft und mit glänzenden Augen erzählte ihm Cilgia das alte Märchen.

Der alte Lorenz Gruber sagte: «Haltet zugut, Cilgia, für das Fabulieren habe ich den Sinn nicht; es mag ja wohl für die schön sein, die es verstehen – aber Rechnen und Sprachen schätze ich, weil man damit auf dem Markt leichter zu Gulden und Dublonen kommt.»

«Ihr seid aber ein Trockener», spottete sie.

«Ja, das sind wir allesamt auf dem Suldenhof. Das Gewerbe und das Geldzählen verstehen wir, in Kisten und Kästen haben wir's auch. Und eben deswegen habe ich eine Idee.»

Er blinzelte Cilgia so gütig, so wichtig und vielsagend an, daß sie unruhig wurde.

«Herr Gruber», sagte sie lachend, «es ist draußen Sonnenschein – gegessen und getrunken haben wir –, möchten wir jetzt nicht ein wenig spazierengehen? Ihr wißt es vielleicht, daß der junge Büchsenschmied, der Euren Sohn über das Sesvenna-Gebirge geführt hat, auch hier im Dorf wohnt – wollen wir ihm nicht grüß' Gott sagen?»

«Bin ich einmal in Pontresina, so gehört es wohl zum Anstand», erwiderte der alte Gruber kühl und kratzte sich im Haar.

Um einem zu vertraulich werdenden Gespräch die Spitze abzubrechen, war sie auf den Vorschlag verfallen, mit ihm den Besuch bei Paltram zu machen; vielleicht suchte sie auch selbst eine unverfängliche Gelegenheit, einmal einen Blick in die Werkstatt des Schmieds zu werfen. Auf der Straße legte sie zutraulich ihren Arm in den des Gastes. Das gefiel dem Alten über die Maßen, und stolzer war der gewaltige Mann mit dem silbernen Gurt und dem wallenden Bart wohl noch nie mit seinem schweren, langsamen Bärenschritt durch ein Dorf gegangen.

«Habt Ihr etwas gegen Paltram, daß Ihr seiner noch mit keinem Wörtchen gedacht habt?» fragte Cilgia.

«Das nicht», erwiderte Gruber gelassen. «Es kränkte mich nur, daß er damals nicht in unser Haus getreten ist, obgleich er vor der Tür stand; er hätte nicht so stolz zu sein brauchen. Denkt, wir haben nicht einmal gewußt, wie er hieß, bis ich ins Engadin kam.»

Da begegnete ihnen der Tiroler Bursche, der gestern die Schar der Heuer und Heuerinnen angeführt hatte; er zog auf einem Schlitten, wie sie im Gebirgsland auch im Sommer als Lastfuhrwerke üblich sind, ein Fuder Heu und grüßte verlegen. Ebenso knapp war der Gruß Grubers.

«Der Mann sprach heute früh mit mir von Euch», versetzte Cilgia.

Da zuckte der alte Gruber merkbar zusammen, er

faßte sich aber und sagte gleichgültig: «Es ist ein von mir entlassener Knecht, den ich ein paar Jahre zu lange im Hause gehabt habe – man kennt ihn unter dem Namen des Langen Hitz weit und breit. Zur Arbeit ist er tüchtig wie kein anderer, sonst ein Erzgalgenvogel.»

Im Lederschurz und dunkel bestaubt von der Arbeit trat ihnen Markus Paltram, der junge Handwerker, stolz und bescheiden zugleich entgegen.

Cilgia stand etwas abseits von den Sprechenden und beschaute eifrig eine Zeichnung des Büchsenschmieds.

«Was ist denn das, Paltram? Ich werde nicht klug aus dem Riß.»

«Es ist eine Erfindung eigener Hand, Fräulein Premont, ein neues Doppelgewehrschloß – einfacher und zuverlässiger, als man es bis jetzt hat.»

Und er erklärte ihr den sinnreichen Mechanismus.

Lorenz Gruber horchte seinen Worten mit Spannung zu und erwärmte sich sichtlich für Markus Paltram.

«Hört», sagt er plötzlich, «verfertigt mir ein Gewehr nach diesem neuen Plan – für die Franzosen, wenn sie wieder ins Tirol einbrechen!»

Und Cilgia half ihm, den mißtrauischen Schmied, der in dem Auftrag ein Dankgeschenk witterte, zu bestimmen, daß er an die Ausführung gehe. Ihrer Überredung gelang es.

Nach dem Besuch schritt sie mit dem alten Gruber gegen Santa Maria empor. Aber ihr Gast war auffällig still.

«Wie gefällt Euch Paltram?» fragte sie.

«Das ist's eben, worüber ich nachdenke. Er ist anders, als Sigismund ihn mir beschrieben hat – ich glaubte, sein Führer sei ein ganz geringer Vagabund –, nun ist es ja einer, dem man es von weitem ansieht, daß er im Leben vorwärtskommen wird.»

«Glaubt Ihr das wirklich, Herr Gruber?» fragte Cilgia, lebhaft über das Lob erfreut.

Da stand er still und sagte mit großem Selbstgefühl: «Ich schaue eine Tanne nur ein einziges Mal an, dann weiß ich, was sie wert ist, und anders halte ich es nicht mit den Leuten. Ein Blick, und sie sind abgeschätzt. Wartet, bis dieser Paltram Oberluft hat – der wird ein Mann, daß es eine Freude ist.»

Endlich ein gerechtes Urteil! dachte Cilgia und lächelte vor Vergnügen.

Sie waren bei Santa Maria angekommen und setzten sich dort auf die Bank am Tor. Der alte Gruber räusperte sich mehrmals, als steckte ihm etwas im Hals, dann sagte er ernst: «Ich habe so eine Idee, Cilgia. Wenn meine Buben dazuschauen, so fehlt's ihnen nicht an Geld und Gälten. Ich hab' aber auf meinen vielen Reisen auch gemerkt, daß das nicht alles in der Welt ist, und darum tät' es mich halt gefreuen und wär' mein Ehrgeiz, wenn ich auf den alten kernhaften Gruberstamm ein frisches Zweiglein setzen könnte, so etwas Feines, Herrenmäßiges – so ein liebes Wesen wie Euch! Das gehört zum Geld und gibt dem Haus Ansehen.»

Cilgia brannten die Wangen, sie dachte an Flucht. Lorenz Gruber aber nahm ihre Hand.

«Der alte Gruber macht nicht wegen jeder eine so weite Reise wie Euretwegen — und Ihr dürft ihm schon Rede und Antwort stehen. Mein Büberl ist vernarrt in Euch, der Vater ist's auch – und weil der Herrgott es in Fetan so wunderbar gefügt hat und Ihr mir als kleines Mädchen schon so gut gefallen habt, sagt nicht nein, Cilgia, werdet meine Schwiegertochter, wir werden Euch auf Händen tragen!»

Mühsam und bewegt sprach es der alte Mann. Cilgia senkte zuerst die Augen, hob sie dann wieder und schaute ihm ruhig und fest ins Angesicht.

Ernst, doch freundlich sagte sie: «Herr Gruber, ich danke Euch. Glaubt aber nicht, daß ich mich nur ziere, wenn ich Euch mit einem festen Nein antworte. Es ist

›mir Ernst – ich bringe noch keine Heiratspläne in den Kopf.»

Sie sagte es halb verzweifelt, sie schaute ihn innig vertrauend und lieb an; ihre Augen baten, daß er sie verstehen möge.

Der alte Gruber aber schluckte und schluckte.

«Hat Euch der Lange Hitz etwas Nachteiliges von uns gesagt?» grollte er halb zornig, halb gedrückt.

«Nein, gewiß nicht.» Und Cilgia sah ihn erstaunt an.

Gruber fühlte es, daß seine Bemerkung eine Erklärung forderte.

«Mein Sigismund», sagte er, «ist ein braver und wackerer junger Mann, nicht gerade ein Stadtherr, aber doch sehr ansehnlich von Gestalt. Er ist tüchtig im Geschäft und trägt dem Gulden und dem Kreuzer Sorge, ohne ein Geizkragen zu sein. Ich habe aber den Fehler begangen, daß ich ihn zu früh unter die Knechte gab. Da hat ihn der Lange Hitz zu törichten Jägergeschichten verführt, wie sie etwa unter Holzhackern, wenn die Leute wochenlang sich selbst überlassen bleiben, gepflegt werden. Darauf jagte ich den Langen Hitz fort, und nun habe ich wohl nicht mit Unrecht den Verdacht, daß er mit seinem frechen Mundstück den Suldenhof nicht lobe.»

«Ich liebe die Jagd nicht», bemerkte Cilgia. «Das kommt von meinem Vater her.»

Da lächelte Gruber: «Sigismund habe ich die Lust dazu ausgetrieben – ich bin gegen meine Buben scharf wie ein Messer, wenn mir an ihnen etwas nicht gefällt.»

«Das glaube ich», erwiderte Cilgia, «aber lieb könnt Ihr gewiß auch mit ihnen sein.»

«Daß ich's kann, Cilgia, da seid sicher! Ich möchte es meinem Sigismund von Herzen gönnen, wenn er ein feines, gutes Weib wie Euch bekäme. Und heute, als ich Euch sah, da war es mein höchster Wunsch, daß Ihr mir eine gütige Antwort gebt. Und nun lautet sie so!»

Der alte Gruber sagte es herzlich und betrübt. Dann sah er Cilgia wieder hoffnungsvoll an: «Oder darf ich Sigismund doch einmal zu Euch nach Pontresina senden?»

Cilgia antwortete mit leisem Kopfschütteln. Eine Weile darauf sagte sie: «Wir sollten, denke ich, ins Pfarrhaus zurückgehen!»

Sie zerbrach sich den Kopf, wie sie den alten Mann, den sie hatte enttäuschen müssen, fröhlicher zu stimmen vermöchte.

Als er sich zum Abschied rüstete, bestürmte er sie noch einmal, daß sie doch das Kettelchen mit dem Medaillon annehme, er werfe es sonst in den nächsten Bach.

«Damit Ihr nicht glaubt, daß ich ganz ungehorsam sei», sagte sie plötzlich in alter Schelmerei, und er legte es mit seinen klobigen Händen um ihren schönen Hals.

«Ich habe schon gedacht, daß Ihr gegen einen alten Mann nicht hartherzig sein könnt.»

In herzlicher Freude schüttelte er ihr die Hände mit so kräftigem Druck, daß sie meinte aufschreien zu müssen.

«Geb's Gott», sagte er feierlich, «daß Ihr Euch auch im anderen und Wichtigeren noch zu uns wendet. Auf Wiedersehen, liebe Cilgia!»

Als er mit dem Pfarrer jenseits des Bernina-Brückleins verschwunden war, ging sie, wie jeden anderen Abend, beim Kirchlein Santa Maria die Pfarrersziegen abzuholen.

Aber sie war in gärender Erregung. Nein, nein – es lebte nichts in ihrer Brust, was für den Flüchtling von Fetan sprach. Soviel sie damals zu erkennen vermocht hatte, war er ein junger Mann, wie Hunderte im Lande umherlaufen, wohlgewachsen, blaue Augen, hübscher blonder Schnurrbart. Nichts sprach für ihn, als daß er dieses Vaters Sohn war. Und sie liebte ihre Freiheit und Unabhängigkeit. Während sie so überlegte und träumte, kam von seiner Hütte her Paltram. Er hatte seinen Schurz abgelegt, trug Halbsonntagsstaat und über dem Rücken das Gewehr.

Er überraschte sie mit einem «Guten Abend, Fräulein Premont!», und als sie den Kopf hob, sagte sie mit einem Lächeln der Verwirrung: «Wie sich das trifft, ich habe eben an Euch gedacht.» Sie errötete ein wenig über ihre Worte. «Sagt, seid Ihr mit dem jungen Gruber unartig gewesen, als Ihr ihn über das Sesvenna-Gebirge führtet? Das habe ich mich vorhin gefragt.»

«Gewiß nicht», sagte Paltram näher tretend, «nur einmal ist mir ein böses Wort entfahren – eins, das ich nicht bereue!»

«Erzählt doch», bat Cilgia.

«Wenn Ihr, wie man ja vielleicht aus dem Besuch des Alten erraten kann, den jungen Gruber liebhabt, dann ist es nichts für Euch. Ihr wäret mir später gram», versetzte er düster.

«Ihr dürft herzhaft erzählen», sagte Cilgia. «Kommt, wir gehen etwas den Waldrand entlang.»

Sie nickte ihm ungeduldig und ermunternd zu.

«Drei Tage», erzählte Markus Paltram, «lag Gruber in schweren Fiebern zu S-charl; am vierten schleppte ich ihn vorsichtig über die noch schwer im Schnee begrabene Scharte, und jenseits der Höhe, auf einem Vorsprung, machten wir halt. Tief unter uns lag in seiner Heide das Dorf Mals. Da sagte der Tiroler: ‚Dort unten wohnt ein guter Freund meines Vaters, geht dort nur hinab und meldet im Herrenhaus, bei Baron Mont, daß ich da oben liege. Er wird schon für mich sorgen.‘»

«Baron Mont – er war einmal im Institut zu Fetan und ich mit a Porta einmal in Mals», unterbrach Cilgia den Bericht des Büchsenschmieds.

«Ja, der Baron möchte die Malser Heide gern in Wiesen und Äcker verwandeln», versetzte Markus Paltram. – «Wir ruhten ein wenig und sahen in unserer Nähe an schneefreiem Hang ein Rudel Gemsen, die an einem nahen Felsen leckten. Ich sagte halb für mich: ‚Das wär' ein Schießen!' Da antwortete der Fiebernde verwirrt: ‚Da könnt' man die Gabel stellen' und sah mich listig an. Ich antwortete: ‚Bist du so ein Hund?' Und mit unserer Freundschaft war es aus.» Heftig schleuderte Paltram die letzten Worte heraus.

Erschrocken sagte Cilgia: «Von dem allem verstehe ich nichts. Aber, wie ich höre, habt Ihr ihn dann doch bis ins Suldental begleitet.»

«Er war Euer Schützling – und so rasch mein Blut ist, so wohl kann ich mich zähmen. Ich ging bis an die Haustüre des Suldenhofes mit – dem Gabeljäger –.»

In seinen Augen funkelte der Camogasker Glanz, eine peinvolle Stille entstand – erst nach einer Weile brach er sie: «Ihr seht, Fräulein Premont, ich hätte nichts sagen sollen; aber wenn Ihr hört, was die Gabel ist, werdet Ihr meinen Zorn verstehen.»

«Es ist gewiß etwas Entsetzliches?» fragte Cilgia kleinlaut.

«Die Gabeljäger», erzählt Paltram ruhiger, «sind die traurigen Tröpfe, die vor den Salzlecken mit Pfosten und Stricken eine breite Leiter befestigen und die Gemsen darin fangen. Die ersten Tage fürchten die Tiere das Gerät, aber wenn sich in der weiten Runde nichts rührt, so nähern sie sich doch salzlustig, betrachten die Gabel, gehen wieder fort, kommen aufs neue, werden vertrauensselig, die keckste stellt sich auf die Hinterfüße, steckt den Kopf vorsichtig in das oberste weiteste Viereck der Leiter, leckt am Felsen und kann den Kopf ganz wohl zurückziehen, da die Hörner in dieser Stellung stark nach rückwärts liegen. Andere folgen ihrem Beispiel. Ist das Salz in der Höhe erschöpft, so zwängen sie, unvorsichtig geworden, den Kopf in die mittleren und unteren Vierecke, die enger sind, ja oft dann noch, wenn sie ihn schief legen müssen, um überhaupt durchzukommen. Zurückziehen können sie ihn aber, wenn sie einmal zwischen den unteren, eng zusammengestellten Sprossen sind, nicht mehr; sie bleiben an den nach rückwärts gekrümmten Hörnern hängen, werden wahnsinnig vor Angst und gehen oft in einigen Stunden schon zugrunde, wenn nicht vorher der Schandbube kommt und die Sterbenden mit einem Knüppel erschlägt!»

«Und das triebe ein Sohn Grubers, unser Flüchtling von Fetan?» Cilgia war blaß vor Empörung.

«Ich beschwöre es nicht», erwiderte Paltram vorsichtig, «ich habe nur aus seiner Fieberrede den Verdacht geschöpft.»

Sie aber schloß aus den Andeutungen Lorenz Grubers über den Langen Hitz, daß es sich so verhielte, ein Schatten fiel damit auf einen Namen, den sie seit ein paar Stunden ehrte, und sie schwieg in peinvollem Nachdenken.

«Manche Gabelsteller», fuhr Markus Paltram in seinen eigenen Gedankengängen fort, «erwarten das Abschwachen der Tiere nicht, sondern sie nähern sich, sobald sich die Gemsen verfangen haben. Ihre ausgestellte Gratwache pfeift, dann reißen die Tiere in ihrem Wahnsinn so stark an den Sprossen, daß sie ihre Hörner abbrechen und frei werden. Sobald Gemsen mit abgebrochenen Hörnern durch ein Revier laufen, so wissen die Jäger, was es zu bedeuten hat. In allen Berglanden aber besteht ein ungeschriebenes Recht und geht vom Vater auf den Sohn, nämlich daß der Gabelsteller der Kugel des ersten Jägers, der ihn trifft, verfallen ist.» Scharf und erregt sagte es Markus Paltram.

«Würdet auch Ihr auf ihn anlegen?» fragte Cilgia zag.

«Auch ich», antwortete Paltram ruhig und fest.

Da vergaß sich Cilgia, sie erhob sich, in heißer Erregung nahm sie seine Hand in ihre zitternde Rechte.

«Schaut mich an, Paltram; von Fetan her bin ich Eure Freundin, und kein Mensch auf der Welt meint es besser mit Euch.» Ihre Stimme bebte. «Ich möchte Euch an ein höheres Ziel weisen, als daß Ihr eines Tages beladen mit dem Gericht Gottes und des eigenen Gewissens aus den Bergen kommt!»

Mild, fast demütig, mit der Glut einer jungen Seele mahnend, stand sie neben ihm, mit beredterem Auge als Wort.

«Fräulein Premont», keuchte er, und seine Blicke verschlangen die schöne Gestalt.

«Hört, Paltram! Ihr seid auch ein ruchloser Jäger! – Sagt, kann man mit ruhigem Gewissen in das Auge eines Tieres zielen? – Furchtbar! Mir kriecht es kalt über die Brust! Das Herz einer Gemse, das eben noch heiß und lustig geschlagen, soll plötzlich stillstehen! – Und meint Ihr nicht, die Tiere erheben ihre Augen ebenso freudig zu den strahlenden Schneegipfeln wie wir? – Nein, wißt, ihr Jäger alle zusammen habt ein schlechtes Gewissen, das bezeugen eure Sagen! Ihr glaubt eine Gemse in den Bergen zu schießen, durch ein Wunder aber trifft die Kugel die Schwester oder Braut, die friedlich zu Haus am Spinnrocken sitzt.»

Markus Paltram staunte wortlos in das flammende Mädchengesicht. Wer spricht so zu ihm? Ihm ist, über seine Seele ergieße sich Licht.

Aber er lacht bitter: «Seht, Fräulein Premont, es ist gewiß gleichgültig, was ich tue. Camogasker! schreit man mir in die Ohren, wo ich gehe und stehe. Das Heimweh hat mich aus der Fremde heimgetrieben, der erste Gruß, der mich empfing, war: ‚So, ist der Camogasker auch wieder da?‘ Was sagt Ihr dazu?»

Einen Augenblick besann sich Cilgia. Dann sagte sie voll Güte und feierlich: «Besiegt diesen Fluch, Markus Paltram!»

Da färbt sich sein Gesicht dunkelrot.

«Ich habe den Welt- und Menschengroll zu früh, schon als Kind eingesogen», stößt er hervor, «er ist mir wie ein Gift! Ich bin wahrhaftig ein Camogasker!»

Es lag nicht Zorn oder Hohn, nein, ein Schmerzens-schrei lag in seinen Worten.

Cilgia aber sagte sanft: «Kommt, ich will Euch eine Geschichte erzählen. Ihr könnt daraus etwas lernen. Es ist eine Geschichte, um die Ihr mich einmal gebeten habt. – Oder drängt Ihr, in den Wald zu gehen?»

«Nein, nein!»

«Gut, dann setzen wir uns da an den Waldessaum. Es ist die Geschichte der ersten protestantischen Pfarre-rin von Pontresina – ich habe eine Freude daran, ob-gleich ich vom Vater her Katholikin bin.»

Sie setzten sich an den Rand des Waldes. Über fer-nen Felsenzähnen ging die Sonne als ein blutroter Ball unter. Die rechtsseitigen Linien der Bernina glühten in einem Diamantenkranz, die linksseitigen waren in der Blässe des Lichts kaum zu erkennen, und die Schnee-felder wiesen je nach ihrer Lage Töne wie blühender Pfirsich und wie die grünliche Blässe eines Toten-gesichts.

Und Cilgia begann mit eigenartig gesenktem Ton: «Es war in der bewegten Zeit der Reformation. Da suchte Paolo Vergerio, der früh durch seinen Glaubens-eifer zum Bischof von Capodistria vorgerückt war, das Lob Gottes darin, daß er die Ketzer der istrianischen Städte vertilgte. Zu Rovigno lebte die vornehme Fa-milie der Dianti und besuchte die protestantischen Ver-sammlungen. Ausgerüstet mit einem Brief des Papstes, der ihm das Recht erteilte, im ganzen Gebiet Venedig die Ketzer aufzuspüren und mit den Werkzeugen der Inquisition zu verfolgen, brach Vergerio in den heim-lichen Gottesdienst ein und nahm alle, die daran teil-hatten, gefangen, darunter die Familie Dianti. Unter der Folter bekehrten sich viele, andere blieben stand-haft und starben für ihren Glauben, so Vater, Mutter und zwei Brüder der jungen, schönen Katharina. Das kaum erblühte Mädchen aber jammerte Vergerio, doch seine Beredsamkeit zerschellte an ihrer Festigkeit. Da wütete er gegen sie, und die Henkersknechte drückten ihr die glühenden Eisen in Stirn und Arme, und sie sollte verbrannt werden. Vergerio verging in Wut über die Widerspenstige und in Mitleid über ihre Jugend. In der Nacht aber, da der Feuerstoß, auf dem sie verbrannt werden sollte, auf dem Marktplatz schon geschichtet war, weckte ihn eine Stimme: ‚Paolo Vergerio, was verfolgst du eine Gerechte?‘ Er schrak auf, und unter dem Vorwand, daß er versuchen wolle, ihr die Beichte abzunehmen, begab er sich ins Gefängnis. ‚Du bist frei – ziehe, fliehe!‘ Und er selbst führte sie die Schleichwege durch die Stadt auf ein Schiff. Auch er selber floh. Lange hörte man nichts mehr vom Bischof Paolo Vergerio, der Zierde der venezianischen Priesterschaft. Da flogen aus den Städten der Lombardei unerhört heftige Druckschriften gegen das Papsttum durch Italien. Paolo Vergerio! Den Krummstab des Bischofs hatte er mit dem Haken des Setzers und der Schraube des Buchdruckers vertauscht, und in der Nacht leitete er mit dem alten Feuer der Beredsamkeit protestantische Gemeinden. Verfolgt und verbannt kam er nach Sondrio, später nach Puschlav als Buchdrucker, und sein Ruf als protestantischer Prediger überstieg die Berge. Die Leute von Pontresina, die wohl von der neuen Lehre gehört hatten, aber nicht wußten, wie sich dazu stellen, schickten Boten an Vergerio und ließen ihn bitten, daß er zu ihnen komme und sie ihnen erkläre. Er folgte dem Ruf, und nach der zweiten Predigt hoben die Leute des Dorfes, im neuen Glauben geeint, die silberne Monstranz vom Altar und die Bilder von den Wänden und warfen sie vom alten steinernen Brücklein feierlich in die Wellen des Bernina-Baches. Den Mann, der den Krummstab geführt, baten sie, daß er ihr Pfarrer bleibe. So geschah's. Nach einiger Zeit aber, als die anderen protestantischen Pfarrer im Engadin sich Frauen gaben, wollten auch die Pontresiner eine Frau Pfarrerin haben und mißdeuteten die Ehelosigkeit Vergerios als ein Zugeständnis an den alten Glauben. Vergerio lächelte und bat um einen Urlaub, daß er eine Pfarrerin suche. Und nicht viel später führte er von der Bernina herab Katharina Dianti, die schöne Istrianerin, in das Pfarrhaus des Bergdorfs. Heimat und Verwandtschaft hatte sie um ihn verlassen, um den, dessen Wundmale sie an der Stirne trug; und zum Gedächtnis seiner großen Verirrung und in Bewunderung für sie hat er die Bilder malen lassen und selbst mit Rot darunter geschrieben: *Er schlug sie und unterlag. – Sie liebte ihn und siegte.* Das Gedächtnis beider ist von der Nachwelt gesegnet.»

So erzählte Cilgia und gab jedem Wort die Klangfarbe, die es im Glanz seines Wertes leuchten ließ. Lange schwiegen beide, Cilgia mit leuchtenden Augen.

«Warum sprecht Ihr nicht, Paltram?» fragte sie mit merkbarer Ungeduld.

«Ich überlege», antwortete er nachdenklich, «was ich aus der schönen Geschichte lernen soll.»

«Ja wenn Ihr das nicht spürt, kann ich Euch nicht helfen», erwidert sie kühl und enttäuscht und erhob sich.

«Ihr wollt sagen, ich soll wie Katharina Dianti sein? Ich soll wie sie vergessen und verzeihen, ein Held sein, wie sie eine Heldin war!»

«Ihr versteht mich, Markus Paltram», sagte sie, und ihre Mienen heiterten sich auf.

«Die Geschichte ist wunderbar schön», sagte er tiefsinnig. «Sie ist aber ein Märchen; denn ein Weib wie Katharina Dianti ist nie über unsere gemeine Erde gegangen!»

«Nie? So, das glaubt Ihr?» sagte Cilgia verächtlich, und sie wandte sich zum Gehen.

«Einen Augenblick, Fräulein Premont», bat Paltram, der sich auch erhoben hatte. «Sagt mir eins – gibt es Frauen wie Katharina Dianti?»

Seine Stimme klang wie der Ruf nach einer Heils-
wahrheit.

«Ihr seid ein kleinmütiger Tor, Markus Paltram!»
warf sie zurück.

«Schaut mich nicht so verächtlich an», schrie er, «ich
ertrage es nicht.»

Da hemmte sie ihren Schritt und sah ihn prüfend an.

«Markus Paltram», sagte sie langsam und ernst,
doch nicht ohne aufblitzenden Schalk, «der bischöfliche
Buchdrucker Paolo Vergerio steckte dem Engadin ein
Licht auf, das über dem Volke steht und sein Leben
verklärt wie das Bernina-Licht die Täler und Seen.
Seit seinen und Katharina Diantis Zeiten sind die
Postille und die Chronik der Stolz jedes Engadiner
Hauses, und es lebt in diesen Bergen ein gebildetes
Volk.»

«Was wollt Ihr, Fräulein Premont?» Markus Paltram stürzte auf sie zu.

«Ihr wißt so gut wie ich», fuhr sie fort, «die Ampel
des Engadins ist am Erlöschen. Auswanderung überall.
Das Leben flutet von unserem Tal zurück, und wer
weiß: Wo heute sich die blühenden Dörfer Pontresina,
Samaden, Sankt Moritz – auch Euer Madulain erheben, werden in hundert Jahren nur noch Ruinen sein,
und es wird wie eine fromme Sage klingen, daß in diesem Tal einmal ein glückliches Volk gelebt hat.»

Er bebte. «Fräulein Premont!»

Und wieder sah sie ihn mit ihren großen, siegreichen
Augen prüfend an.

«Markus Paltram! Wenn einer aufstände und dem
Engadin die Ampel des Lebens wieder füllte! Wenn
er ihm das Licht herunterholte von der Spitze der Bernina! Da könnte er sicher sein, daß auch er eine Liebe
fände wie Paolo Vergerio, Frauenliebe, nicht kleiner,
als Katharina Dianti sie geübt hat – aber es braucht
freilich mehr dazu als Gemsen jagen!»

Einen Blick, einen flammenden, wirft sie noch zu-

rück, und Cilgia Premont schreitet gegen das Abend-
rot, das groß und schön über den nördlichen Bergen
steht, es ist, als wolle die herrliche Gestalt darin verschwinden.

«Cilgia Premont!» Berge und Täler jauchzen ihren
Namen – und Markus Paltram hat vergessen, daß er
auf die Jagd gehen wollte.

Wenn einer das Licht dem Engadin herunterholte
von der Spitze der Bernina –!

Besuch in Sankt Moritz!

In der Sommerfrühe gehen Pfarrer Taß und Cilgia den herrlichen Pfad durch Lärchen- und Tannengrün dahin, und in die tiefe, stille Waldfröhlichkeit scheinen von rechts her die blanken Dörfer Samaden und Celerina.

«Gerade hier bei dieser alten bärtigen Lärche war es», sagt der Pfarrer, «wo mich Lorenz Gruber so dringend gebeten hat, daß ich alles tue, um dich seinem Sohn geneigt zu stimmen. Du wirst sehen, daß der Jüngling eines Tages vor das Pfarrhaus geritten kommt.»

«Es wäre umsonst», antwortet Cilgia, die ein reizendes helles Sommerkleid nach jenem Schnitte trägt, der mählich aus Frankreich ins Hochland gekommen ist.

Allerliebst und wie das Waldmärchen sieht sie aus, dachte der Pfarrer.

Plötzlich aber bricht sie, in die Hände klatschend, in einen hellen Jubelruf aus: «Ein Spiegel – nein, eine Seele – die Seele des Waldes!»

Sie waren vollends in die Lichtung getreten, wo auf der Anhöhe zwischen Pontresina und Sankt Moritz der moorige Stazer See schweigend im Kreis der Tannen ruht.

«Was für ein sonderbarer kleiner See!» fährt sie nachdenklich fort. «Von weitem scheint er undurchdringlich und unheimlich wie die Nacht, aber jetzt – da sehe man her, diese perlende Klarheit! Die Wasser spiegeln den Himmel, die Spitze des Piz Rosatsch, und sind doch nicht tief! Man sieht bis auf den schwarzen Grund, da liegen modernde Stämme wie Leichen.»

Sie war an das flache Ufer getreten, kniete nieder und wollte die Hände in die Flut stecken. Da schrie sie plötzlich: «Das Ufer schwankt!»

«Ja, zurück, du Unvorsichtige!» rief der Pfarrer, und lachend über ihren eigenen Schreck kam sie gelaufen.

«Bestrafte Neugier!» lachte der Pfarrer, stillstehend. «Aber schau ihn an, den kleinen, stillen See! Scheint er nicht harmlos wie ein schlafendes Kind? Dennoch hat im Engadin keiner so viel Menschenleben gefordert wie er. Die warme, klare Flut lockt zum Bad. Wer aber mit den Armen das Ufer losläßt, ist rettungslos verloren. Der eine Fuß sinkt im Moorgrund ein; wie sich der andere sperrt, packt der Schlammrachen auch ihn, und jeder Atemzug treibt den Badenden tiefer in den Grund. Mit jedem Herzschlag sinkt er um Fingers Breite, das Wasser steigt ihm an die Brust, an den Mund, ein letzter Schrei, dann ragen nur noch zwei Hände empor, zuletzt schließen sich Wasser und Schlamm über den Fingerspitzen, und fände nicht ein zufällig Vorübergehender die Kleider am Ufer, so würde man nie erfahren, daß hier ein armes Menschenkind elend versunken und ertrunken ist.»

«Der entsetzliche kleine See! Wer dächte, daß er so abgründig ist. Er ist doch so schön!»

In düsterer Träumerei blickte Cilgia vor sich hin.

«Der See ist ein Camogasker», sagte der Pfarrer.

Da wurde der Ausdruck ihres Gesichts noch schmerzlicher. Sie dachte an Markus Paltram. Wie dieser See sollte er sein? In was für ein wunderbares, begeistertes Augenpaar aber hatte sie jüngst dort am Waldbord geblickt, in was für ein Angesicht voll geistiger Wucht! Die heiße Hoffnung und Überzeugung lebte seither in ihr, daß Paltram durch sie ein Mann von großer Tat werden würde. Sie hielt aber ihre Hoffnung so tief und geheim, daß sie selbst zu ihrem Onkel nicht davon sprechen mochte.

Schweigend schritten sie von dem kleinen unheimlichen See hinweg durch die von der Morgensonne rot überleuchteten Stämme und betraten eine kleine stille Wiese, auf der sich ein einsames Gehöft erhebt. Vor ihnen lachte jetzt mit einem Schlag die Landschaft von Sankt Moritz. Aus einem frischen See, der ihnen märchenhaft zu Füßen lag, zuckten grüne und blaue Strahlen, und Sankt Moritz, das Dörfchen, das mit seinem schiefen, schlanken Kirchturm altväterisch lieblich an seinem Berghang stand, spiegelte sich in der anmutigen Wasserfläche. Hinter dem See glänzten smaragdene Wiesen, tiefer noch, von Waldhügeln halb versteckt, schimmerten wieder Wasser im Opalglanze. Über ihnen hoben die Margna ihr schönes, sanftes und der Piz Julier sein stolzes, schroffes Haupt, und wunderbares Schneelicht rann von ihnen in das Sommerbild.

Cilgia stand, die Finger ineinander verkreuzt, stumm vor der reinen Schönheit des Tales.

«Du hast recht», sagte der Pfarrer, mit einem Lächeln auf die gefalteten Hände seiner Nichte blickend, «es ist ein Bild wie ein Gebet.»

«Welche Gegensätze, die zwei einander so benachbarten Seen!» sagte sie. «In jenen Wassern wohnt die Nacht, und kein Sonnenstrahl vermag sie daraus zu tilgen, in diesem aber sonnt sich der Tag, und was an Licht und Frohsinn in den Lüften und um die Bergspitzen schwebt, hat er in seine Flut gesogen.»

«Er ist wie die ruhige, heitere Volksseele des Engadins», bestätigte der Pfarrer mit Behagen.

Da glitten vom Sankt-Moritzer Ufer her zwei Fischerboote durch die lichte, türkisne Flut. In jedem standen zwei Jünglinge und schwenkten, als sie Cilgia und den Pfarrer entdeckten, die Hüte.

«Konradin von Flugi und Luzius Planta, Fortunatus Lorsa und Andreas Saratz», jubelte Cilgia.

Ein prächtiges Vierblatt von Freunden! In aller Frühe hatten sie sich zusammengetan und überraschten den lieben Besuch durch den Empfang am Seegestade. Cilgia stieg in den ersten, der Pfarrer in den zweiten Kahn, und in glücklicher Fahrt trugen die Schifflein die scherzende Jugend und den fröhlichen Pfarrherrn über den lichten See, an dessen einem Ufer ein schöner Bergwald seine Zweige in die Flut niedersenkt, während sich am anderen aus dem schwellenden Samt einer grünen Wiesenanhöhe das weiße Dörfchen Sankt Moritz erhebt.

«Wir wollen», sagte Konradin von Flugi, «unsere Gäste weder hungern noch dürsten lassen, aber euch doch zuerst das Wunder unseres Tales, die herrliche Sauerquelle, weisen, die dort drüben, wo der Inn in den See fließt, aus dem Erdreich sprudelt.»

«Diesen Brunnen möchte ich allerdings gern sehen», erwiderte Cilgia mutwillig, «denn es geht sonderbare Mär von ihm. Einem sinnigen Knaben, der nirgends lieber als an der Quelle weilte, erklangen, als er stundenlang in die strudelnde Klarheit blickte, mit dem Summen des Quells die Rhythmen der Seele, und er wurde Poet!»

Herr Konradin errötete unter dem sonngoldenen Blick Cilgias, denn er machte aus seiner Dichterei ein Geheimnis. Der Pfarrer im andern Boot unterhielt sich indessen angelegentlich mit Luzius von Planta, den er wegen seines feinen, klaren Wesens besonders liebte.

Mit einem Lied glitt die Gesellschaft über die leuchtkräftige Flut, die sich im frischen Talwind leise zu kräuseln begann, und jugendliche Arme trieben die Boote noch ein gutes Stück im kristallklaren Fluß des Inns aufwärts, der durch ebene Matten zum See geschlängelt kommt. Dann landete die kleine Gesellschaft und lenkte ihre Schritte gegen ein altes steinernes Gebäude, das sich zwischen dem Inn und dem Piz Rosatsch in den Wiesen erhob.

«Unsere Trinklaube!» erklärte Herr Konradin.

In bunten Gruppen lag zusammengewürfeltes Volk

auf dem grünen Rasenteppich vor der Halle. Manche hatten ein Feuer angezündet, zu dem sie das dürre Reisig im nahen Wald gesammelt, um den Trunk aus der Sauerquelle etwas zu erwärmen, andere spielten mit Karten oder Würfeln, einige streckten sich an der Sonne, noch andere liefen im Schweiß ihres Angesichts hin und her, um die Wirkung des Wassers zu erhöhen, und die meisten holten oder brachten in Gefäßen mannigfaltigster Art frischen Trunk.

«Es ist lustig», meinte Cilgia, «die Leute passen ja gar nicht zusammen. Da sind Frauen aus dem Unterengadin mit ihrer dunklen nonnenhaften Tracht, da sind ernste Bündner aus den deutschen Tälern, leichtsinnige italienische Fahnen mit schreiendem Rot und die fröhlichen Bursche und Mädchen aus Tirol.»

«Nach alter Sitte trinken die Heuer und Heuerinnen erst zu Sankt Moritz Wasser, ehe sie nach vollendeter Ernte wieder heimwärts ziehen», erzählte Herr Konradin.

Gefesselt von dem schönen Sommerbild, schaute Cilgia um sich. Hier trafen ihre Blicke einen alten gebrechlichen Mann, der den Trinkbecher in zitternden Händen hielt, dort sah sie ein blasses, in ein Tuch eingeschlagenes Mädchen, dem die Mutter den Trunk bot.

«Ist die Quelle denn für alle gut?» fragte sie.

«Das ist nicht anders», lachte der Pfarrer, «die Dünnen trinken das Wasser, um dick zu werden, und die Dicken erwarten von ihm jugendliche Schlankheit.»

«Doch merkwürdig», erwiderte sie, «es ist meist armes Volk, das hier zusammenkommt.»

«Herrenleute sind allerdings keine da», lächelte der Pfarrer, «die gab es nur früher einmal.»

Sie hatte den Langen Hitz bemerkt. Da sie nicht wollte, daß er sie anspreche, trat sie mit dem Pfarrer und den Jünglingen in die nach Süden offene, stark verwetterte und verlotterte Trinklaube. Der rasche Lorsa bückte sich zum Quellenbehälter, schöpfte mit blechernen Bechern das perlende Naß und bot es dem Pfarrer und Cilgia.

«Willkommen zu Sankt Moritz, liebe Freundin!»

«Oh, was für feine kleine Silberkügelchen steigen in dem Wasser auf!» rief Cilgia überrascht, und als sie den Becher an die frischen Lippen geführt hatte, sagte sie lebhaft: «Das schmeckt ja köstlich, das prickelt wie fröhliches Leben. Daß aus der Erde so herrliche Spenden kommen, dachte ich nicht.»

Über Herrn Konradins Gesicht ging ein glückliches Leuchten, er selber und die Jünglinge tranken das Wasser nach Herzenslust.

«Wie häßlich aber der Behälter für das wunderbare Geschenk Gottes ist: zwischen halb verfaulten Brettern sprudelt die arme herrliche Quelle, und sie ist doch so reich, daß sie fast ganz ungenützt weiterfließen muß. Da könnte ja ein ganzes Volk trinken! Ist das nicht ein Unrecht gegen die Güte der Natur!»

Aufmerksam blickte Cilgia in die Grube, wo der klare Quell flutete und brodelte und mit leisem Summen und Zischen die silbernen Bläschen stiegen und zerplatzten.

«Oh, die Quelle ist nur ein kleiner Teil dessen, was stahlhaltig aus dem Piz Rosatsch fließt», versicherte Lorsa.

Cilgia schaute sich nun in der zerfallenden Halle um.

«Ich verstehe nicht, wie hier alles so ungepflegt ist; der Mörtel fällt von den Wänden, und wo er hält, ist er mit Namen in Rotstein übersudelt, da sollte man mit schönem weißem Kalk über die Wände fahren.»

«Und die Bänke, die noch da sind, brechen, sobald man sich darauf setzen will», lachte der Pfarrer, der soeben nur mit Mühe einem Sturze entgangen war.

Konradin von Flugi biß sich vor Ärger über den Zustand der Halle auf die Lippen. Cilgia aber studierte die lateinische Inschrift einer Marmortafel.

Nunc tibi quas quaeris lymphas dant saxa salubres
grata sub ingratis rupibus unda fluit
nunc alii Cereris jactent et munera Bacchi
omnis opes Tellus ducit ubique suas.

Sie versuchte nicht ohne Geschick die Übersetzung.

«Wie töricht, was ich sage, wird doch kein Vers», schmollte sie.

«Eine deutsche metrische Übersetzung ist dir bereits von einem gelehrten Haupt, Friedrich von Tscharner, vorgetan», lächelte der Pfarrer.

Rauhes Geklüft gibt dir, was du suchst, heilbringende
Wasser,
aus unfreundlichem Fels rieselt der freundliche Quell,
rühmen andere sich ob Ceres' Gaben und Bacchus' –
eigene Schätze gewährt jeglichem Land die Natur.

«Für die schlichten Leute, die an die Quelle zu trinken kommen, würde eine Inschrift in neuerer Sprache genügen», meinte Cilgia.

Herr Konradin aber ereiferte sich für den Ruhm der Quelle und erzählte von den berühmten Gelehrten, die sie in früheren Zeiten aufgesucht und mit ihrem Lobe bedacht hatten, von Theophrastus Paracelsus, einem gar wunderlichen Kauz und großen Gelehrten, der im Jahre 1525 zu Sankt Moritz erschien und nachher schrieb, daß er den Sauerbrunnen allen in Europa voranstelle. Dann sprach er von Cesat, dem italienischen Arzt, der Sankt Moritz großen Ruhm bereitet, und von dem Naturgelehrten Scheuchzer aus Zürich, der vor hundert Jahren die Quelle gepriesen hatte.

Drüben in Sankt Moritz läutete jetzt die Elfuhrglocke. Da mahnten die Jünglinge zum Aufbruch.

Ein Häuflein italienischer Bauern kochte am Feuer ihren Mais, und neben der Pfanne schlug einer auf der Gitarre ein Volkslied; die Tiroler aber hatten kalte Mundvorräte ausgepackt und ließen sich das einfache Mahl schmecken.

«So ist's halt», sagte der Pfarrer, «wer nach Sankt

Moritz zum Brunnen kommt, muß das Essen auf dem Rücken mitbringen, wie die Schnecke ihr Haus, und froh sein, wenn man ihm irgendeinen Verschlag oder Estrich im Dorf zum Nachtquartier gibt. Darum haben sich die vornehmen mailändischen Familien zurückgezogen, die vor hundert Jahren Sankt Moritz besuchten.»

«Ich verstehe das nicht», versetzte Cilgia eifrig, «mit Schmerzen läßt man das junge Volk in die Fremde ziehen, und mühsam ringen die Engadiner in fremden Städten um ihr Brot. Warum sollten nicht zwei oder drei, die sich draußen im Heimweh verzehren, ihr Auskommen als Badewirte in Sankt Moritz finden?»

«Ebendas will man nicht», erklärte der Pfarrer in seiner gemütlichen Ruhe. «Wir Engadiner haben unsere Mucken und treiben uns wohl in der Fremde gern und geschickt unter den Fremden um, daheim aber lieben wir es, unter uns zu sein. Und nicht wahr, Herr Konradin», fügte er lachend bei, «die von Sankt Moritz sind die stärksten Aristokraten?»

Allein Herr Konradin, an den sich der Pfarrer wenden wollte, war nicht mehr bei der Gesellschaft. Tiefsinnig schlenderte er fünfzig Schritt hinter ihr her. Man war bei dem Steg angelangt, der über den Inn führte. Dort blieb Cilgia plötzlich stehen und staunte in die klaren Wasser.

Die drei Jünglinge aber, die mit dem Pfarrer weiterschritten, deuteten scherzend an, daß sie wohl auf Herrn Konradin warte und sich allein mit ihm unterhalten wolle.

«Jetzt schüttet er ihr wieder das Herz aus», spottete Luzius von Planta, nach den zweien zurückblickend.

Allerdings sahen Cilgia und Konradin im sanften Aufstieg gegen das Dörfchen nicht, wie der See unter ihnen leuchtete und funkelte.

«Ja, Ihr habt recht», erwiderte Konradin eben auf

eine lebhafte Ansprache Cilgias, «etwas tun, was vielen zugute kommt! In der unteren Schweiz blühen Baden und Schinznach an ihren Quellen, im Appenzeller Land sammelt sich eine feine Welt im Heinrichsbad – aber es ginge mir schlimmer als jenem, der es schon versucht hat, mit dem Brunnen von Sankt Moritz Leidende erlösen zu wollen.»

«Erzählt doch, Herr Konradin!» bat Cilgia.

«Es ist eine Historie für einen Kalender!» lachte er bitter. «Unser Dorf ist damals statt zu einem Mineralbad zu einer überflüssigen Kirche gekommen.»

Da lachte auch sie neugierig.

«Es mögen jetzt zehn Jahre her sein», erzählte Konradin. «Weil immer etwa noch vornehme Reisende, selbst Prinzen und Fürsten an unseren Gesundbrunnen kamen, glaubte ein junger Sankt-Moritzer, der die Welt gesehen hatte, unser Dorf könnte ein Heilbad werden und dadurch großer Wohlstand in die Gegend ziehen. Schon neigte sich ihm die Gemeinde zu. Allein ein einflußreicher Mann widersetzte sich: ‚Was brauchen wir ein Bad mit seiner Unruhe!' Und da er von echter Frömmigkeit und im übrigen wohlmeinend war, machte er einen Gegenvorschlag: ‚Unser altes Wallfahrtskirchlein ist baufällig, sein Turm steht schief, laßt uns statt eines neuen Bades eine neue Kirche bauen!' Parteien bildeten sich. Und plötzlich kam ein stellenloser Pfarrer, der ein Sankt-Moritzer Kind war, ins Dorf; man fand, es sei billig, daß man für ihn sorge, und unser Dörfchen mit seinen hundertachzig Seelen bekam statt eines Bades nicht nur zwei Kirchen, sondern auch zwei Pfarrer, bis der eine starb.»

«Das ist wirklich eine komische Geschichte!» lachte Cilgia.

«Mich aber deucht sie traurig», versetzte Konradin, «denn hört: Der das Bad wollte, war der junge, tatkräftige Driosch – der uns die überzählige Kirche gab, die noch nicht bezahlt ist, mein Vater.»

«Und Ihr liebt die Tochter seines Gegners», ergänzte Cilgia die Gedanken Konradins. «Aber sagt: Es ist ja doch durch den ‚Veltliner Raub' alles anders geworden – das Engadin schreit nach neuem Leben!»

Sie waren ins Dörfchen Sankt Moritz auf der sonnigen Höhe gekommen.

«Da steht die töricht erbaute Kirche», zürnte der Jüngling, «gleich neben ihr wohnen wir!»

«Und wessen sind die schönen Blumen, die Euch gegenüber die Fenster schmücken?» fragte Cilgia.

«Menjas», erwiderte Konradin.

Einander in die Fenster schauten die Häuser der zwei Männer, die so bittere Gegner waren!

Richtig: oben hinter den Nelken und Geranien erschien der liebliche blonde Mädchenkopf, und die Freundinnen grüßten nickend.

Dann traten die beiden Nachzügler mit der übrigen Gesellschaft in das stattliche Junkerhaus, durch das die Luft bäuerlich-herrischer Vornehmheit wehte. Voll aristokratischer Liebenswürdigkeit kam ihnen der Landammann entgegen und führte sie an den festlich gedeckten Tisch. Der schöne, würdige Mann mit glattrasiertem Gesicht und wohlgepflegten Wesen sprach sein Ladin mit einer gewissen Umständlichkeit und Zierlichkeit, die er selbst beim Tischgebet nicht ablegte, und besaß die Gabe, sich mit allen zugleich zu unterhalten.

Besonders zuvorkommend war er gegen Cilgia, auch für jeden der Jünglinge hatte er ein aufmerksames Wort, nur für Konradin nicht, sondern vernachlässigte ihn, während der Sohn mit fast ängstlicher Spannung auf das Gesicht des Vaters sah und prüfte, ob das, was er tue, auch seinen Beifall habe. Und im Gefühl innerer Unfreiheit benahm er sich linkisch.

Cilgia wandte sich mehrere Male sehr freundlich an ihren Schützling, und die wackere einfache Mutter

Konradins, die sich besonders mit dem Pfarrer unterhielt, aber gleichsam immer auf der Wacht stand, um mit einem glättenden Wort zur Stelle zu sein, wenn der Vater den Jüngling kränken sollte, dankte es ihr mit einem warmen Blick. Den hatte der Landammann aufgefangen.

«Ja, ja, Fräulein», wandte er sich an Cilgia, «ich bin manchmal in Sorge um Konradin. Er ist jetzt zwanzig Jahre alt, aber man weiß nicht: Ist der Duckmäuser beschränkt oder klug, wird er im Leben Axt oder Stiel?»

«Axt wird er – nicht wahr, Herr Konradin, Axt?» Und sie reichte dem errötenden Jüngling freimütig die Hand.

«Glauben Sie fest, Herr Landammann, Sie werden an Herrn Konradin noch große Freude erleben! Er kommt nur etwas später als andere; denn Kirschen und Trauben werden nicht zu gleicher Zeit reif.»

Mit ihren großen schönen Augen sah sie den alten Aristokraten siegreich an. Der Landammann lachte: «Wohlan! Das will ich noch gern erleben, was aus Konradin Kluges wird!»

Nach dem Mittagsmahl sagte der Pfarrer: «Jetzt bitte ich um Entschuldigung, ich möchte gern noch Driosch grüßen.»

Ein Schatten der Verdrießlichkeit huschte über das Gesicht des Landammanns.

Pfarrer Taß aber scherzte beschwichtigend: «Zwei so gescheite Männer wie ihr sollten überhaupt gut miteinander auskommen. Daß Driosch Euch bei den Franzosen verraten habe, glaubt Ihr wohl selbst nicht mehr?»

«Hm, hm», versetzte der Landammann, «für einen andern Glauben haben wir uns doch etwas zu stark auf dem Strich.»

«Und Frau Landämmin», wandte sich der Pfarrer an die Mutter Konradins, «ich nehme also, um unparteiisch zu sein, heute abend Eure und Cilgia die Gastfreundschaft Drioschs in Anspruch. Und morgen in aller Frühe geht's auf die Fuorcla Surlej.»

«Auf die Fuorcla Surlej? Was habt Ihr auf den wüsten Felsen zu suchen?» bemerkte der Landammann verwundert.

«Da müßt Ihr Cilgia fragen!» scherzte Taß. «Ich weiß nur eines: Die alten Pfarrersknochen müssen mit.»

«Die Schönheit des Landes wollen wir sehen», lachte Cilgia glücklich.

Der Landammann schüttelte den Kopf: «Die Schönheit des Landes – es spuken so merkwürdige neue Ideen in der Welt.»

Im frohmütigen Hause Drioschs, in welches Pfarrer Taß jetzt seine Nichte führte, stand Menja wie ein Mütterchen unter einer Schar jüngerer Kinder, Mädchen und Buben. Mit einem Ruf der Freude eilte sie auf die Freundin zu; und der lebhafte, selbstbewußte Driosch, der das rotbraune Kleid des Viehhändlers trug, erhob sich überrascht und legte die Kreide, mit der er eben auf dem Schiefertisch gerechnet hatte, zur Seite.

«Also dem alten Lorenz habt Ihr den Korb gegeben!» lachte er nach der ersten Begrüßung. «Es ging ihm sehr nah, er ist ja ganz verschossen in Euch. Vielleicht besinnt Ihr Euch doch noch anders.»

«Hinaus ins Freie!» rief er dann dem Halbdutzend Kleiner zu. «Menja, eine Flasche Sasella!»

Bald nachher saßen die beiden Männer am großen Tisch und tranken den Veltliner aus dem uralten Familienfaß, das, vielleicht vor dreihundert Jahren zum erstenmal gefüllt, immer noch voll gehalten und nur bei festlichen Gelegenheiten angestochen und mit den edelsten Jahrgängen nachgefüllt wurde.

Die beiden Freunde waren, wie es üblich ist, wenn zwei Engadiner zusammentreffen, bald in ein politisches Gespräch verwickelt.

«Jetzt können wir gehen, jetzt bringt man sie nicht mehr vom Tische weg!» flüsterte Menja, die frische, zierliche Hagrose, Cilgia zu.

Mit einem schelmischen «Auf Wiedersehen!» verließen die Mädchen die Stube. Sie schwärmten durch das Dörfchen. Bald waren einige Mädchen beisammen und gingen gegen das uralte Wallfahrtskirchlein am obersten Ende des Dörfchens hinauf.

Die Jünglinge standen schon plaudernd auf der Wiese, und als nun die Mädchen kamen, grüßte man sich mit Nicken und Neigen.

Die Höhe, wo das uralte Wallfahrtskirchlein von Sankt Moritz steht, ist einer der herrlichsten Orte im Engadin. Das Auge schaut in die wechselvolle, entzückende Gebirgs- und Wasserlandschaft gegen den Maloja und darüber hin auch ferne, traumschöne Spitzen, über die sich italienische Bläue spannt, es versinkt in das Lichtmärchen des Sankt-Moritzer Sees, es steigt hinauf zu den reinen weißen Flammen der Berge und schweift hinab durch das Tal des Inns bis wieder zu fernen kühnen Höhen.

Die Gesellschaft labte sich an dem Bild. Da zog einer der jungen Sankt-Moritzer, die sich den Freunden angeschlossen hatten, eine Mundharmonika aus der Tasche und blies darauf ein Tänzchen. Alsbald tanzten die Paare auf dem kurzen frischen Rasen in Luft und Sonne den Ringelreihen, und nachher machten sie ihre Pfänderspiele.

Konradin von Flugi und Menja Driosch waren besonders glücklich. Alte Sitte schützte das Recht der Jugendgesellschaften, und selbst Junker Flugi oder Driosch hätten es nicht gewagt, ihre Kinder zu tadeln, daß sie sich im gemeinsamen Spiel freundlich begegneten. Als dann aber wieder ein Ringelreihen beendet war, wandte sich Fortunatus Lorsa, der kraftvolle Jüngling, mit glühendem Gesicht an die Jungmannschaft und den Mädchenkranz.

«Freunde, Freundinnen», rief er, «mich und Konradin von Flugi brennt ein Wort, das unser liebes Fräulein Cilgia Premont in der Trinklaube des Sauerquells gesprochen hat! Sie sagte: ,Vergeßt nicht, daß ihr a Portas, des großen Menschenfreundes, Schüler seid!' Und vergessen wollen wir es nicht, sondern Freunde der Menschen sein, Freunde vor allem der bedrängten Heimat. Wir Jünglinge, wir wollen uns zu einer Gesellschaft, *Gioventüm d'Engadina*, ,Jugend des Engadins', zusammenschließen und uns vorbereiten, daß wir da sind und jeder seinen Mann stellt, wenn die enge oder die weite Heimat ruft!»

Da stürmte Konradin von Flugi in flammender Begeisterung auf den Sprecher los und umarmte ihn: «Oh, Fortunatus, woran ich ersticke, das sagst du!»

Lorsa aber fuhr fort: «Und ihr, edle Mädchen, mögt mit uns sein, wenn wir die Zukunft beraten, damit eure Gegenwart die Freude am Werk erhöhe und euer Beifall uns anfeuere. Es ist ein alter Brauch, daß sich die Jugend des Engadins, im Winter zumal, bald zu Sankt Moritz, bald zu Madulain oder Zuoz, bald zu Samaden oder Pontresina begegnet. Daß laßt uns in Zukunft häufiger tun und uns dann nicht nur der edlen Unterhaltung, sondern auch ernster Rede widmen, indem wir das besprechen, was dem Engadin frommt. Laßt rechtschaffene Jünglinge und Jungfrauen aus allen Dörfern zu uns treten! Du, lieber Konradin, den die Muse geküßt hat, magst unser Spielmann sein, und gemeinsam mit dir will ich, wenn unsere Zeit da ist, am Gesundbrunnen von Sankt Moritz eine Stätte gründen, wo viele Leidende Freude, Trost und Erquickung finden! Du aber, bedächtiger Saratz, der du den Blick für die derbe Wirklichkeit hast, werde der, der uns Straßen baut, und du, kluger Luzius von Planta, der du die Gabe feiner Beredsamkeit hast, bereite dich auf die Ratsäle vor, daß du dort mit gewichtigem Wort für das Gedeihen des Engadins kämpfest! So gründen wir denn die *Gioventüm,* den Bund der Jugend!»

Es war eitel Freude und Begeisterung im Kreise, und die Wangen der Jünglinge und Mädchen glühten.

Als nun aber Lorsa fragte, was für Jünglinge und Mädchen in den Dörfern man noch zur «Jugend des Engadins» laden wollte, und niemand einen ersten Vorschlag wagte, da trat Cilgia mit ruhiger Festigkeit vor und sagte: «Ich empfehle euch Markus Paltram von Madulain, Büchsenmacher zu Pontresina.»

Eine Bewegung entstand, niemand hatte diesen Namen erwartet, und Luzius von Planta fragte vorsichtig: «Ist sein Ruf auch gut?»

Nun aber wehrte sich Konradin von Flugi für Markus Paltram und rühmte sein heldenmütiges Wesen, das er durch die Rettung des Tirolers bewiesen, und Lorsa sagte: «Brauchen wir mehr als das Wort unserer Freundin Cilgia?»

So sollte Paltram in den Freundeskreis der «Jugend des Engadins» eingeladen werden.

Vorschläge und Namen folgten sich nun, man tanzte und spielte, man schwärmte für den Jugendbund bis zum Sonnenuntergang, der eine Garbe Goldes auf das Tal und den See von Sankt Moritz streute und funkelnde Lichter an den Bergen entzündete.

Ein freundlicher Abend, dann standen die beiden Freundinnen am Fenster ihres gemeinsamen Schlafkämmerchens und schauten in die schweigende Hochgebirgsnacht und auf den See, in dem sich die Sterne spiegelten.

«Der Vater», erzählt Menja, um die Cilgia den Arm gelegt hatte, «hätte es gar nicht ungern gesehen, wenn Lorenz Gruber mich statt Eurer für seinen Sohn gewollt hätte. Er hält so große Stücke auf den Handelsfreund. Gott sei Dank, hat sich Gruber nicht um mich gekümmert.»

Da gab Cilgia der kleinen Freundin lachend einen Kuß. «Nein, liebe Menja, bleibe du unserem Herrn Konradin treu!»

«Das kann ich nicht anders!» erwiderte Menja und blickte lächelnd und hoffnungsreich zu Cilgia auf.

«Und gefragt hätte ich dich gern schon oft», flüsterte sie, «hast du auch einen Jüngling lieb?»

«Still, still, Menja!» versetzte Cilgia heftig. «Ich weiß es selber nicht!» fügte sie lachend hinzu.

«Lorsa?» fragte Menja flüsternd.

«Lorsa? – Nein!» erwiderte Cilgia träumerisch. «Wir wollen schlafen gehen, Menja, und beten, daß auf der Jugend des Engadins der Segen Gottes ruhe.»

6

Der Pfarrer und Cilgia schritten über die Fuorcla Surlej, hoch über den im Lichtglanze ruhenden Seen des Engadins, über den vom Sturm zerspellten, von Lawinen halb erschlagenen letzten wipfeldürren Arven in menschenferner Einsamkeit.

«Findest du jetzt nicht auch, Cilgia, daß du mit deiner Bergsteigerei absonderliche Gelüste hast», fragte der gemütliche Herr, der unter dem Rucksack und unter der eigenen stattlichen Leibesfülle keuchte und den Schweiß von der Stirne wischte, «hier ist vor dir gewiß kein Weib gegangen!»

«Dann freu' ich mich, Onkel, daß ich die erste bin!» jubelte sie. Spannkräftig schritt sie, zum freieren Gehen den Rock leicht aufgeheftet, am Bergstock über die Platten des Felsgetrümmers, zwischen dem die Alpenrosen in purpurnen Gluten wogten.

«Ein Meer von Rosen, ein ganzes Meer!» jubelte sie und steckte die funkelnde Pracht in Brust und Gürtel und auf den Hut und zwischen die Alpenrosen stahlblaue, tiefsinnige Kelche des Enzians.

Und wieder brach sie in einen Ruf des Entzückens aus: «Edelweiß! Schau, Onkel, Stern an Stern: die Blume der Kühnen!» Freudvoll und gierig wie ein Kind raffte sie die schönsten der Blüten, talergroße Stücke, zusammen und heftete sie zu den anderen. Lebenslust und Anstrengung hatten ihre Wangen mit lebhafter Röte gefärbt, ihre Augen sprühten, ihre Brust wogte; wie ein Märchenkind sah sie in der reichen Blumenpracht aus, die sie um sich getan hatte.

«Du Bacchantin des Lebens!» stieß der Pfarrer bewundernd hervor.

Sie aber stellte sich auf einen freien, mit Moos überwachsenen Felsen und blickte über das Land.

«Onkel, vier Seen wie heilige Kelche des Lichtes, wie Frühling: das Tal! Darin hingestreut wie Häufchen weißer Kiesel: die Dächer; und aus friedlichen Hüttendächern schwebt der Rauch aufwärts und zergeht in der Klarheit der Luft! Die unersteiglichen Berge heben drüben selig die weißen Kronen – ein Traum der Schönheit ruht über dem Land! Onkel, Onkel, und wir sind die einzigen, die ihn kosten und trinken! Und viele hunderttausendmal schon ist die Riesenblume aufgegangen, hat gefunkelt den langen Tag, und kein Mensch hat sie gesehen! Ist das nicht schrecklich, Onkel?»

«Du weiblicher Rousseau!» spottete der Pfarrer. «Gehe hin und sage es, daß die Berge schön seien. In weiten Landen glaubt es dir niemand als ein paar Schwärmer. Meinst du, die Menschen hasten umsonst mit bleichen Gesichtern und ein Stoßgebt auf den Lippen über die Pässe?»

«Im Winter schon», versetzte Cilgia, «aber wahr ist es ja doch, daß ein großes Heimweh die Engadiner aus den fernsten Gegenden der Welt, aus London, Petersburg oder Ägypten, zuletzt wieder in ihre Berge peitscht.»

«Der Engadiner», antwortete der Pfarrer kühl, «wächst in der Anteilnahme am öffentlichen Leben seines Dörfchens, seines Tales auf, und sein Herz gewöhnt sich, am Wohl der Heimat mitzuraten und mitzutun. Steigt er zum erstenmal von seinem hohen, hellen Tal in die Tiefen der Städte, so fehlen ihm wohl die Berge, und ein unheimliches Gefühl schleicht sich in seine Seele, es ist ihm, als müßte das Himmelsgewölbe einstürzen ohne die mächtigen Pfeiler. Allein er gewöhnt sich doch leicht an den weiten Himmel, an den Lärm der Städte, nur nie daran, daß seine Stimme in öffentlichen Dingen tot ist, nie an den schlauen Betrug, an die Bilder der Armut, die er dort unten findet, und sieht er in der Fremde Leute, die nicht lesen und schreiben können, so denkt er an die Truhe der väterlichen Hütte, wo die Postillen und die Chroniken ruhen; er denkt an den Vater, der den Buben an den langen Winterabenden auf die Knie nimmt und die Bücher lesen und verstehen lehrt; und die Heimat, wo jeder zu stolz ist, um unredlich zu sein, wo es keine Bettler und keine Armen gibt, verklärt sich ihm mit hundert Zügen, er möchte ihre gesunde Volksluft noch einmal atmen –: das ist das Engadiner Heimweh! Aber gewiß nicht: die Sehnsucht nach den rauhen Bergen.»

«Und doch ist sie herrlich schön, die Gotteswelt», trotzte Cilgia.

Fern und nah ertönte der schrille Warnpfiff des Murmeltiers – sonst umgab die Wanderer die feierliche, grenzenlose Stille des unbetretenen Gebirges.

Und auch Cilgia wurde ernst. Still schritten sie gegen die Höhe, wo zwischen zwei mächtigen Felskuppen die Trümmerwüste der Fuorcla Surlej, des Gemsjägerübergangs vom Seetal des Engadins zum Gletschertal des Roseg, eingebettet liegt.

Da flutet ihnen plötzlich überirdisches Licht entgegen und schlägt wie eine weiße Flamme gegen sie, und zurückweichend bedeckte Cilgia ihr Angesicht.

«Die Bernina!» sagte der Pfarrer. Und auf einen freien Felsen warf er den Rucksack und setzte sich behaglich. «Da halten wir Mittagstisch!»

Langsam gewöhnte sich Cilgia an das Übermaß der Sonnenflut. Sie steht und staunt. Nur durch den tiefen Abgrund des Roseg-Tales getrennt, ragt die Bernina, mit ihren Schildhaltern Piz Roseg und Piz Scerscen vor ihnen, Königin und Pagen vom Fuß zum Haupte frei in funkelndem Weiß, eine Phantasiemagorie des Lichts. Über den strahlenden Häuptern brennt die kleine Sonne aus schwarzblauem Himmel.

Wortlos staunte Cilgia eine Weile, dann sagte sie begeistert und träumerisch: «Die Bernina ist die Winterherrin, ihr Schloß glänzt mit Zinnen und Türmen von Eis, und am Eingang stehen die Pagen, die Pize, und es ducken sich die Drachen, die Gletscher, sie legen die Köpfe zusammen und recken sich mit Ingrimm durch das Roseg-Tal ins grüne Land und lechzen, es zu verderben. Und die Bernina hält den Speer – das Licht. Und sie sagt: ‚Wie darfst du in mein Mysterium blicken? Ich töte dich!‘»

«Kind, komm, iß Brot und luftgedörrtes Fleisch, stärke dich am Veltliner!» mahnte der Pfarrer.

Und sie tafelten. Plötzlich aber erschrak Cilgia – ein kurzer Knall, ein leises Rollen lief die Gebirgswände entlang.

Auch der Pfarrer horchte.

«Es ist kein Lawinendonner», sagte er, «dafür ist der Knall zu kurz; es muß ein Jäger im Gebirge sein. Es wundert mich nur, wer es sein möchte. Es ist doch noch nicht Jagdzeit?»

Er stand auf, nahm das Fernrohr aus der Hülse, trat etwas vor, musterte damit aufmerksam das Tal und die gegenüberliegenden Gebirgswände.

«Ich sehe dort Gemsen, sie ziehen eilig nach oben – den Jäger aber kann ich nicht entdecken.»

Wenn es Markus Paltram wäre! dachte Cilgia.

Rüstig gingen sie dann weiter. Bald stiegen sie gegen die Alp Ota hinab. Unter ihnen leuchteten die aus den jähen Flanken des Schneegebirges quellenden Gletscher mit blauen Rissen und Spalten und vereinigten sich zu einem einzigen mächtigen Eisstrome, der fächerförmig in den grünen Grund des Roseg-Tales hinausfloß. Dann und wann psalterten die Berge im Donnergeroll, und von den Flanken der Bernina stürzte Schnee wie leuchtende Wasserfälle.

Wieder unterbrach ein kurzer, schwacher Knall die Stille des Gebirgskreises.

«Es muß doch ein Jäger da sein!» bemerkte der Pfarrer.

Sie erreichten die Bergamasker Alp, und plötzlich stand vor ihnen ein Schäfer aus den südlichen Bergen. Was für eine Gestalt! Ungebeugt von der Last der Jahre, in einen malerischen, weiß-grauen Mantel geschlagen, die Beine mit Filz umwickelt und umschnürt, auf dem zerzausten Haupt wieder einen viereckigen Filz, neben sich den knurrenden Wolfshund; so stand er markig bei seiner Herde. Bei ihm ein fast ebenso malerischer Bube, der die Augen wie vor einem Wunder aufriß, als er das schöne, blumenumschmückte Mädchen erblickte.

Der alte, würdige Senne, dieses Urbild des ungezähmten, doch gutmütigen Sohns der Wildnis, litt es nicht anders: Der unerwartete Besuch mußte in seine Hütte treten und aus flachen Holzschüsseln Milch trinken und einen Bissen Schafkäse kosten.

Da hallte wieder ein Schuß durch die Berge.

«Ja, es wird schon Paltram sein, der jagt», wandte sich der Alte an den Pfarrer, «am hellen Werktag sah ich ihn zwar noch nie im Roseg-Tal, aber am Sonntag jagt er immer auf den Grasbändern. Wenn ich in Pontresina Brot holte, traf ich ihn schon des Nachts im Tal, und wie das entsetzliche Wetter über die Bernina zog, wer klopfte um Mitternacht, als der Hagel und die Graupeln prasselten, alle bösen Geister los waren, an meine Tür und bat um Unterkunft? Markus Paltram!»

Also hat die Pia doch nicht gelogen, dachte Cilgia, und in ihr gärte ein Mißbehagen. Schweigend schritt sie neben ihrem Onkel von der Hütte auf dem Gras- und Geröllweg längs dem gefurchten Strom des Gletschers dahin, und der Pfarrer zeigte ihr die an den Felswänden äsenden Gemsen.

«Ja, ich sehe, daß sich dort auf den Grasbändern etwas bewegt, aber es sind nur braune, unsichere

Schatten. Gebt mir das Fernrohr, daß ich sie deutlich erkenne!»

Sie waren jetzt an den Ort gekommen, wo sich der Gletscher in schillernden Brüchen und jäher Wölbung zu Ende neigt, der Roseg-Bach mit silbernen Wellen aus einem Eistor strömt und sich durch erfrischend grünen, kurzen Rasen talaufwärts schlängelt.

«Eine wundervolle Stelle», sagte Cilgia. «Die weißen Wände noch ganz nahe, wenige Schritte unter uns der Gletscher und neben uns schon der erste herrliche Wald. O dieser Hain! Ist er nicht wie ein Friedhof des Südens? Die mächtigen kantigen Blöcke, die so wunderlich aufeinandergestürzt liegen, sind die Gräber und Denkmäler, und die Arven, die zwischen ihnen ragen und auf ihnen stehen, die Pinien: die feierlichen Gräberbäume!»

«Und», stimmte der Pfarrer den freudvollen Ton seiner Nichte herab, «gleich über dem schönen Wäldchen ist an den Felsen eine Salzlecke, zu der immer Gemsen kommen! Sie sind jetzt aus Furcht vor uns gegen die Fuorcla gestiegen, aber wenn wir uns verbergen, kommen sie wieder, und am oberen Rand des Wäldchens sehen wir sie bequem.» Der gute Pfarrer schnupperte in die Luft und prüfte mit angefeuchtetem Finger ihren Strom. «Sie treibt über den Piz Rosatsch gegen uns», sagte er befriedigt. «Ich will vorangehen, damit du den Weg durch das Labyrinth von Blöcken findest.»

Am oberen Rand des Hölzchens, im Schutz der Arven und eines großen Blockes, der sie verbarg, setzten sie sich. Die Bernina warf schon blaue körperliche Schatten, und der Gletscher erglänzte in den weichen Farbenspielen des Abends.

«Sie müssen bald erscheinen», flüsterte der Pfarrer, «sonst kommen sie nicht mehr. Sobald hier Schatten herrscht, wagen sie es nicht mehr. Schau, der Durst und die Lust nach Salz treibt sie schon!»

Im Galopp springen die Gemsen von oben links die Felsen- und Geröllhalden herab. Sie halten auf halbem Weg – es ist ein Rudel von elf Stück. Sie wittern in die Luft. Sie kommen vorsichtig näher. Nun stehen sie wieder still. Atemlos lauscht Cilgia.

Die schlanken, rotbraunen Tiere strecken elastisch die Hälse, eines macht einen lustigen Quersprung, andere reißen einen Wisch kargen Alpengrases ab, andere bekämpfen sich mit den zurückgebogenen Hörnern; die einen nahen arglos, die anderen vorsichtig. Wie behend, frisch und anmutig ist ihr Gang und Spiel, so voll Gescheitheit alles, was sie tun!

Und so herrliche Tiere hat Sigismund Gruber in grausamer Falle erschlagen können!

Cilgia pocht das Herz. Nur wenig hoch über ihr hält die Schar. Allen voran naht sich eine Gemse mit ihrem Jungen dem tropfenden Fels. Dicht hält sich das Zicklein an die Alte, und Cilgia sieht in die schönen, schwarzen, glanzvollen Augen des mütterlichen Tieres. Das Junge senkt den Kopf zierlich zum Trunk, die Muttergemse hebt den ihren über den schmalen Rücken des Kleinen empor, als wolle sie sich noch einmal versichern, daß ihm keine Gefahr drohe, und drängt die Brust nach vorn.

Und nun weiß Cilgia nicht, wie ihr geschieht.

Ein Blitz – ein Schuß! Die Muttergemse springt auf allen vieren hoch auf, berührt den Boden wieder, setzt über den Felsen – stürzt mit den Füßen rudernd und fällt wenige Schritte vor ihr.

Ein stöhnendes, wehes «Oh» entringt sich Cilgia. Der Pfarrer aber murmelt: «Ein Kapitalschuß!»

Die Tiere, die zum Wasser nachgedrängt haben, stehen einen Augenblick wie versteinert, ein gellender Pfiff tönt aus ihrer Mitte, Bewegung kommt in ihre Gruppe, wie Windessausen fliegen sie bergwärts.

«Ein tüchtiger Jäger, daß er sich nicht zeigt, bis die Tiere ihn nicht mehr sehen, das lobe ich mir!»

So spricht der Pfarrer. In seinem Jagdeifer, der ihm den Kopf rötet, sieht er es nicht, wie blaß Cilgia ist. Sie hört ihn nicht – ihre Gedanken sind gebannt durch das rührende Bild vor ihr.

Das halbwüchsige Zicklein ist nicht geflohen, sondern der Mutter nachgelaufen; es steht neben der Alten, über deren Leib das Zucken und Zittern der Todesschauer geht und deren Füße sich wie zu einem letzten ohnmächtigen Fluchtversuch bewegen. Selber zitternd, leckt das Zicklein die Sterbenswunde.

Da regt sich's oben in den Felsen: das Gewehr im Arm, zwei Alpenhasen auf dem Rücken, tritt Markus Paltram hinter einem Felsen hervor. Er steht überstrahlt vom Abendglanze, und über sein Gesicht geht der Triumph des glücklichen Jägers. Er steigt nicht über die Felsen herunter, er springt, er stürzt sich zu der sterbenden Gemse. Das Zicklein flieht vor ihm mit einem pfeifenden, klagenden Laut und läßt die verendende Mutter. Paltram aber wirft sich in unheimlicher Lust und mit Augen, die wie beim Kampf zu Samaden glühen, auf den zuckenden Leib des Tieres, drängt ihm mit Stößen des Knies das Leben aus der Brust und saugt das rauschende Blut aus der Wunde am Hals! Die Augen des Tieres verglasen sich.

«Markus Paltram!» Eine bebende Stimme ruft das Wort. Er hört es. Er läßt ab von seiner entsetzlichen Gier – in seinen Augen steht der Schrecken, er taumelt auf.

Und er sieht in ein totenbleiches, edles Gesicht, die Gestalt trägt die Blumen der Alpen auf dem Haupt, an der Brust und im Gürtel.

In abergläubischer Furcht weicht er zurück. Ist die Gestalt eine Erscheinung der Sage, die das gemarterte Tier schützt? Erst wie er Pfarrer Taß sieht, ist er der Wirklichkeit zurückgegeben.

«Fräulein Premont!» Er stammelt es, und sein Gesicht verliert jede Farbe.

Sie aber steht in zitternder Bewegung, in flammendem Zorn vor ihm.

«Herr Pfarrer!» ruft Paltram; er sucht Erlösung aus seiner bitteren Verlegenheit und streckt ihm die Hand entgegen.

Der Pfarrer schüttelt sie verständnisvoll. «Ein Kapitalschuß! Ich wünsche Euch Glück!»

Als Paltram die Hand aber auch Cilgia bieten will, flüchtet sie ihre Rechte.

«Euch gebe ich die Hand nicht! Ihr seid nicht besser als der, den Ihr angeklagt habt bei mir!» Sie sagt es in kaltem Zorn, und ein niederschmetternder Blick trifft ihn.

Markus Paltram weiß, daß er in ihren Augen gerichtet ist. «Fräulein», stammelt er, «es hat mich gerade heute übernommen!»

Allein sie wendet den stolzen Kopf nicht zurück.

«Was willst du?» fragt der Pfarrer zürnend. «Das Bluttrinken ist Jägersbrauch; bei der ersten Gemse, die er schießt, tut es jeder. Mein Vater hat es mich geheißen – ich tat's mit Widerwillen; aber was ich selbst getan, dafür kann ich einem anderen keine Vorwürfe machen.»

Mühsam schleppt sich Cilgia, sie antwortet nicht, sie sieht den Goldrauch nicht, der die grünen Lärchen am Ausgang des Roseg-Tales durchzieht. Erst nachdem sie lange gegangen, kommt ein abgerissenes Wort von ihr.

«Wie will Gott einmal richten und sühnen, was der Mensch an der Kreatur verbricht?» –

Trotz aller Erschöpfung wacht sie in die Nacht hinein und preßt die glühende Stirn ans Fenster.

«Dieses Bild wird mich verfolgen, solange ich lebe. Und was ich bei Menja noch nicht wußte, das weiß ich jetzt, ich – es ist schrecklich –, ich liebe ihn: Markus Paltram!»

Sie schluchzt, die starke, stolze Cilgia Premont, sie

weint vor brennender Scham, vor ingrimmigem Zorn gegen sich selbst, daß sie Markus Paltram am Abend nach Grubers Besuch ihr Herz offenbart hat.

Nein – sie hat sich geirrt. Markus Paltram, der die Mutter vor den Augen des Kindes erschießt, wird nicht der Held sein, der das Engadin erlöst!

7

Durch einen wonnigen Augustabend schritt Cilgia mit ihrem Lateinbuch zum Kirchlein Santa Maria empor. Sie trug einen Brief Konradins von Flugi mit sich. Er schrieb, daß die Freunde nächstens zu einem frohen Nachmittag nach Pontresina kommen werden, sie möge es auch Paltram mitteilen. Es freuen sich alle, den jungen Büchsenmacher kennenzulernen, von dessem neuem, vortrefflichem Gewehr man in den Dörfern rede.

Was tun? Paltram war seit der Begegnung einmal an ihr vorbeigegangen. Da hatte sie den Kopf abgewandt und seinen Gruß nicht erwidert.

Oh, das Volk hat recht: Er ist ein Camogasker, eine abgründige Seele!

Wie es aber den Freunden sagen, daß sie sich in Paltram getäuscht habe, daß er der Jugend des Engadins nicht würdig sei? Sie preßte vor Verlegenheit die Zähne aufeinander. Ob die Freunde sie auch nur verstünden? Das Engadiner Volk, jung und alt, hat andere Gedanken über die Jagd als sie, und selbst ein so gebildeter Mann wie der Pfarrer beschönigt die unsägliche Roheit Paltrams.

«Schau um dich», hat er gesagt, «und wo du hinblickst in der Natur, ist nicht der sanfte Ausgleich, sondern der Kampf, und jeder, der kann, übt sein Herrenrecht über Mitmenschen und Kreatur.»

Sie aber hat in flammendem Zorn erwidert: «Wohlan, wenn andere das Recht der Grausamkeit für sich in Anspruch nehmen, so wollen wir doch gütiger sein und Barmherzigkeit üben!» Im Pfarrhaus ist darauf etwas wie eine Verstimmung entstanden, und erst etliche Tage später hatte der Pfarrer gefragt, welche Bewandtnis es denn mit einer Anklage Paltrams gegen einen dritten habe. Da hat sie ihm wohl oder übel die Geschichte vom Fang der Gemsen mit der Gabel erzählt. Und der sonst so milde Jakob Taß hat nicht Ausdrücke, die hart genug sind, die Tat Grubers zu verurteilen! Der Schuß Paltrams aber sollte ehrenhaft sein? Die Mutter unter den Augen des Kindes töten – ehrenhaft?

So grübelt Cilgia.

Bleiern und leblos ist der Abend! Wie lange erscheint Pia mit den Geißen nicht? Barfüßige Kinder kommen vom Dorf gelaufen und spähen nach ihr. «Es ist doch Melkzeit!» Auch ein paar Frauen erwarten ihre Tiere. «Es ist nichts mit Pia», zürnen sie. «Ziege um Ziege fällt ihr zu Tod. Sie hat wohl wieder ein schlechtes Gewissen.»

Endlich, schon in sinkender Nacht tritt die bimmelnde Herde aus dem Wald, doch die Hirtin fehlt. Die Frauen und Kinder geleiten ihre Ziegen ins Dorf. Cilgia zögert noch. Wo bleibt Pia? Da bringt aus dem Dunkel des Waldes ein bärtiger starker Wildheuer die Hirtin auf seinem Rücken. Das barfüßige, lotterisch gekleidete Mädchen hat den einen braunen Arm um den Hals des Mannes geschlungen, der andere aber ist mit einem Tuch aufgebunden und die sonst so wilde Hummel stöhnt.

«Was ist geschehen, arme Pia?» fragt Cilgia teilnahmsvoll. Die Antwort ist ein Gewimmer.

Der Wildheuer erzählt, auf der Rückkehr habe er unter einem Felskopf ein Weinen gehört, er sei in die Tiefe gestiegen und habe auf einem Gesteinsband Pia mit zerschmetterter Schulter gefunden. Sie habe eine Ziege, die sich verstiegen, von dem Felsen holen wollen und sei, während sich die Geiß selber zurückgefunden habe, gestürzt.

Die Verletzte aber erhebt ein zorniges Geheul. «Es

ist niemand als Paltram schuld! Seit er in unserem Hause wohnt, der Camogasker, habe ich Unglück über Unglück. – Ihr seid auch schuld, Fräulein!» Und der verwundete Waldteufel läßt die Funkelaugen rollen.

Dennoch begleitet Cilgia das seltsame Paar, den struppigen Wildheuer und das fast zartgebaute braune Mädchen, das in einem fort wimmert und heult, zu der Hütte, in deren ersten Stockwerk es mit seiner kindischen Großmutter wohnt.

Der Wildheuer war kaum mit seinem schweren Tritt in die Stube getreten und hatte das stöhnende Kind auf eine Bank gesetzt, als er sagte: «Ich habe schon viel Zeit versäumt, mein Weib ist in Sorge um mich, ich muß heim. Guten Abend!»

In dem muffigen Gemach war es dunkel, die Alte irrte händeringend hin und her. «Mein Schäfchen, mein Rößchen, wer hat dir was getan?»

Zuletzt gelang es Cilgia, einen Kienspan anzuzünden. Aber was nun? Sie verstand so wenig von der Behandlung Kranker, und der nächste Arzt war in Samaden.

Markus Paltram! schoß es ihr durch den Kopf. Hat man nicht immer erzählt, daß er vor Jahren an Krankenbetten gestanden und sich dabei mancherlei Kenntnisse angeeignet hat? Vielleicht weiß er einen ersten guten Rat!

Sie schrak davor zurück, ihn zu rufen; als aber das Kind stärker weinte, verwand sie mit einem Seufzer ihre Scheu.

Paltram arbeitete, als sie den Kopf durch die Türe steckte, noch bei einer hellen Lampe an einer Gewehrfeder.

«Kommt schnell, Pia ist gestürzt!» bat sie.

Da hob er den ausdrucksvollen, von der Lampe hellbeleuchteten Kopf: «Was geht mich der Waldteufel an! – Ich muß das Gewehr für Gruber fertigmachen, er läßt es nächstens abholen.»

Cilgia wollte sich schon mit einer Gebärde der Verachtung von ihm wenden, da sagte er rasch: «Ich komme.» Er erhob sich, er folgte ihr, seine Lampe mit sich nehmend.

Pia schrie auf, als er in die Stube trat, und die Alte kauerte, die Hände um die Knie geschlagen, in einem Winkel und beobachtete ihn mit entsetzten Augen.

Mit ruhigem Ernst schaute er der Leidenden, die sich bei seinem Anblick krümmte, ins Gesicht. «Ich muß jetzt halt tun wie ein Arzt», wandte er sich in entschuldigendem Ton zu Cilgia. «Pia, setze dich auf einen Schemel», befahl er streng, und als sie ihm in zitternder Furcht gehorchte, streifte er dem Mädchen das Hemdchen von den noch kindlich schmalen Schultern.

Cilgia trat errötend ins Dunkel zurück, Pia schrie, sperrte sich und wies ihm das weiße Gebiß. Doch sonderbar – er richtete nur sein hartes Gesicht und sein strenges, ruhevolles Auge auf sie, und ihr Ingrimm erlahmte in gräßlicher Angst. Mit eiserner Ruhe stellte er sich vor und hinter das Kind, verglich in angestrengter Aufmerksamkeit die stark gerötete, blutunterlaufene linke Schulter mit der gesunden rechten, besann sich, betastete die zerschlagene Achsel lange und sorgfältig und sagte dann freundlich zu Pia: «Es ist ein Wunder, wie du das erträgst!»

Da ging doch ein Zug der Befriedigung über das schmerzverzerrte Gesichtchen.

Damit Pia es nicht verstehe, wandte er sich deutsch an Cilgia: «Der Fall ist sehr ernst, es hat sich ein ausgerenkter Knochen ins Schulterblatt gebohrt!»

«Soll ich den Mesner zu Doktor Troll in Samaden schicken?»

«Ich fürchte», sagte Paltram nach einer Pause und ohne eine Spur von Selbstgefälligkeit, «der versteht gerade von diesen Verletzungen weniger als ich. Und woher nähme er die Zeit für die lange Behandlung, die nötig ist, wenn Pia nicht ein elender Tropf werden soll?»

Maßlos wuchs das Erstaunen Cilgias über Paltram, über seine sichere Art, zu sprechen.

Er wandte sich wieder zu dem zitternden Mädchen, hob vorsichtig den linken Arm, schwenkte ihn langsam nach innen und außen und beobachtete dabei die Züge ihres Gesichts. «So, das tut weh?» sagte er einmal, als es sich jäh schmerzlich verzog.

«Fräulein Premont, haltet doch einmal den rechten Arm Pias straff rückwärts! Gut!»

Langsam hob er den linken Arm Pias, schaute ihr mit einem Ausdruck ins Gesicht, daß sie zuckte vor Furcht, zog den Arm mit einem rauhen Ruck waagerecht und schnellte ihn so in einer Biegelage aufwärts, daß die Hand der entsetzlich Schreienden die kranke Schulter berührte.

Man hörte deutlich ein Knacken, die Alte fuhr aus dem Winkel: «Er will sie töten, er will sie töten!»

Paltram aber sagte gelassen: «Legt sie zu Bett, für heute ist alles getan.»

Da führte Cilgia die Blasse in das Nebenstübchen. Eine Weile später folgte Paltram. Pia wimmerte immer noch kläglich.

«Ja, schläfst du noch nicht?» fuhr Paltram sie barsch an, rückte einen Stuhl zu ihr hin, setzte sich, legte die Hand auf ihren Scheitel, sah sie mit seinen blauschwarzen, geheimnisvollen Augen ruhig an und sagte milder: «Schlaf jetzt, Pia!»

Mit unheimlicher Stärke und Kraft ließ er den Blick auf dem schmerzreichen Gesichtchen ruhen. Eine Weile verstrich in tiefer Stille, leise stöhnte die Kleine noch, aber unter den Augen Paltrams fielen ihre Lider zu, und die Züge des kleinen hübschen Gesichts verloren den schmerzlichen Ausdruck und versteiften sich.

«So, die Hornisse schläft!» sagte Paltram.

«Ich will die Mesnerin schicken, daß sie bei ihr

wache», erwiderte Cilgia. «Ich muß nun doch wieder ins Pfarrhaus gehen.»

«Eine Wärterin ist kaum nötig», antwortete er.

Gemeinsam verließen Cilgia und Paltram die Kammer der Schlummernden, Cilgia gab ihm aber auch an diesem Abend die Hand nicht, ihr Groll über das Jagdbild im Roseg-Tal war noch zu frisch und lebendig. Mit kühler Zurückhaltung sagte sie: «Ich danke Euch, daß Ihr Euch zu einer Tat der Barmherzigkeit habt finden lassen.»

Mit tiefer Enttäuschung erwiderte er ihren Gutenachtgruß, sah ihr aber so lange nach, bis sich der letzte Ton ihrer Schritte im Grau der Nacht verlor.

In stürmischer Erregung erreichte Cilgia das Pfarrhaus. Was ist Markus Paltram für ein Mensch? Sein Blutdurst ist verabscheuungswürdig, aber – so gewaltig ist kein anderer wie er! Wie hat er Willen und Schmerz Pias bezwungen, was für ein wundertätiges Auge hat er! Die geheimnisvolle Kraft, die man ihm nachsagte, sie hatte sie mit eigenen Blicken gesehen, und sie ist ihr wohl wunderbar, aber auch als der natürliche Ausfluß seines machtvollen Wesens nicht so unheimlich erschienen, wie das die Leute schildern.

Wer ist er? Eine heiße Bewunderung streitet mit dem tiefen Abscheu, den sie gegen ihn gefaßt hat. Und sie spürt, daß ihr Herz ihm gehört. Aber obwohl sie sich immer wieder am Schmerzenslager Pias begegneten, sprachen sie kein vertrautes oder überflüssiges Wort miteinander, und Paltram sehnte sich umsonst nach einem Händedruck Cilgias.

Sie weilte fast den ganzen Tag in der Kammer der ungeduldigen und eigensinnigen Kranken, die es nicht erwarten konnte, bis die Großmutter am Abend mit ihrer Ziegenherde zurückkam und ihr über jede einzelne Geiß berichtete.

«Fräulein, gebt mir doch einen von den Schuhen unter dem Bett, daß ich ihn der Großmutter an den

Kopf werfe», maulte sie, wenn die kindische Alte von etwas anderem sprach, als sie wünschte. Und das schmale Ding wütete, bis ihr der wehe Arm mit dem gebieterischen Befehl des Schmerzes Ruhe gebot.

Zuweilen kam Paltram auf einige Augenblicke in das Kämmerlein hinaufgestiegen und sprach so sicher, als ob die Heilung nur eine etwas schwierige Rechnungsaufgabe wäre. Und Paltrams Zuversicht war für Cilgia ein Sporn. Täglich aber wurde er finsterer, wortkarger.

Da erschien eines Morgens unvermutet der junge, hochmütige Doktor Troll von Samaden mit dem Landjäger im Kämmerlein Pias, rieb die Augengläser aus, untersuchte ohne viel Umstände das Kind und schüttelte den Kopf. «Die geht an Brand zugrund!»

In diesem Augenblick kam Paltram die Treppe emporgestiegen und lächelte den Arzt spöttisch an. «Die geht an Brand nicht zugrund – dafür laßt mich und Fräulein Premont sorgen!»

«Der Landjäger wird Euch nach Samaden führen!» versetzte der Doktor scharf. «Ihr werdet Euch wegen unbefugten Arznens vor Gericht zu verantworten haben!»

«Ihr werdet mich nicht nach Samaden führen lassen, Doktor», erwiderte Paltram fest und mit ingrimmigem Blick. «Ihr würdet Euch lächerlich machen.»

So tauschten der Doktor und Paltram gereizte Worte.

«Was gilt's», rief Paltram wütend, «daß meine Arzneikunst, mein chirurgisches Wissen von einem höheren Namen unterschrieben ist als Euer Doktortitel. Habt Ihr den Namen des Professors Lagourdet in Paris gehört?»

«Lagourdet», stammelte der junge Doktor überrascht, und wie um seine eigene Wissenschaft zu bezeugen, sagt er: «Das ist der Pariser Wundarzt, der keine Glieder mehr abnehmen, sondern mit einem Muskel- und Nervenbelebungsverfahren Amputationen überflüssig machen will.»

«Er will nicht nur», grollte Paltram, «er tut's. Ich war in Saint Etienne Schlosserlehrling, der gelegentlich die Messer und Pinzetten für das Militärspital schliff. Ein erster Zufall – und drei Jahre lang war ich dort bei allen schweren Fällen sein Gehilfe. Ehe der Professor nach Paris übersiedelte, sagte er: ‚Markus, in deinen Bergen wirst du, was du gelernt hast, schon brauchen können. Da hast du einen Schein, mein Name darunter ist dir eine Empfehlung in aller Welt!»

«Zeigt das Zeugnis!» sagte der Arzt.

«Klagt! Vor Gericht will ich es weisen!» höhnte Paltram.

«Gut. Ich klage!»

Damit zogen der Arzt und der Landjäger ab, jener zornig und geärgert, weil er den Triumph im Gesichte Paltrams sah.

In höchster Spannung war Cilgia dem Zusammenstoß gefolgt, und die Niederlage des Doktors freute sie königlich, vieles an Paltram war ihr durch das Gespräch der beiden plötzlich klargeworden. Ja, wenn man alles von ihm wüßte, dachte sie, würde man alles an ihm verstehen.

Sie begegneten aber einander immer fremder, ihre Gespräche wurden immer kürzer und kühler, und eines Abends, als Cilgia, von Pia kommend, mit ihrem Buch droben beim Tor des Kirchleins Santa Maria saß, wechselten beide nur den knappsten Gruß, und sie sah kaum auf von ihrem Buch.

Da stand er plötzlich still und wandte sich um.

Sie tat, als sähe sie ihn nicht, aber die Buchstaben tanzten vor ihren Augen.

Er keuchte vernehmlich wie unter einer schweren Last – und stand – und stand.

Sie aber rührte sich nicht.

Da begann er: «Ich halte es nicht mehr aus, dieses elende Leben! Sprecht mit mir, Fräulein! Sonst – werde ich ein Tor!»

Cilgia hob die schönen Augen mit einer großen inneren Genugtuung. Fast drängte es sie zu einem Lächeln; sie erschrak aber, als sie in sein Gesicht blickte, und kühl erwiderte sie: «Ich habe Euch nichts zu sagen, Ihr begreift doch, daß ich keine Gemeinschaft und Freundschaft mit einem Manne haben kann, der die Mutter vom Kinde wegschießt.»

Da wurde er totenblaß, und stoßweise kamen die Worte von seinen Lippen: «Cilgia Premont, seid barmherzig, wie Katharina Dianti barmherzig gewesen ist. Gebt mir die Hand – ich verspreche Euch darein, daß ich in meinem Leben nie wieder eine Gemse noch ein anderes Tier töte.»

Da stand Cilgia Premont mit flammendem Antlitz auf. «Was sagt Ihr, Paltram? – Ihr wäret das imstand? Überlegt noch einen Herzschlag lang», bebte ihre Stimme, «ob Ihr halten könnt, was Ihr versprecht; die Toten, die in den Gräbern ringsum ruhen, hören, was Ihr sprecht, und es käme nicht gut, wenn Ihr Euer Wort brächet!»

Paltram hatte sich aufgerafft; sein Atem ging schwer, dann blickte er ihr mit vollem, leuchtendem Auge ins Antlitz. «Ich halte es, so wahr mir Gott helfe! Gebt mir darauf Eure Hand, Cilgia Premont. Es ist mir hundertmal leichter, die Jagd zu entbehren als Euch!»

Mit klarer, fester Stimme und freudig sagte er es.

Da legte sie ihre schlanke feine Rechte in seine schwielige Arbeitshand, ihre Blicke begegneten sich. «Ich gebe Euch Frieden!» sagte sie einfach und ruhig.

«Mehr – mehr müßt Ihr mir geben!» keuchte er wie enttäuscht.

«Um Eures großen Mannesvorsatzes willen schenke ich Euch meine Achtung wieder, die Ihr eine Weile nicht mehr besessen habt.»

Cilgia sagte es ernst. Er schwieg. Erst nach einer Pause fragte er stumpf: «Und sonst nichts?»

Sie biß sich verlegen auf die Lippen und schlug errötend die langen Wimpern nieder, dann machte sie plötzlich eine Bewegung, als wolle sie gehen.

Er aber nahm ihre beiden Hände und zog sie an seine Brust.

«Cilgia Premont, ich bin noch nicht zufrieden! – Ihr habt am Waldesrand dort oben etwas zu mir geredet – und das brennt wie Feuer in mir. Ihr habt gesagt, daß über die Erde Frauen wie jene Katharina Dianti wandeln, und sie wandeln, sie wandeln –: denn Ihr selber seid eine Katharina Dianti! Was muß ich tun, daß Ihr Euch mit einem Wort der Liebe zu mir neigt – o Cilgia Premont, ich kann nicht mehr leben ohne Euch!»

Aus glühender Brust rangen seine Worte, und seine eindringlichen Augen flehten sie an. Sie aber zögerte, ja sie tat, als wollte sie sich flüchten.

«Sagt, daß ich die oberste Flamme vom unersteiglichen Piz Bernina hole, und ich hole sie und bringe sie Euch in meinen Händen! Ich will unserem Engadin, dessen Lampe am Erlöschen ist, ein neues Licht anzünden, daß es ihm leuchte und seine Dörfer nicht in Ruinen stürzen! Das ist mein Vorsatz seit jener Stunde, wo ihr zu mir geredet habt wie eine Apostelin. Und ich halte das Wort, wie ich das andere halte, daß ich nie wieder zur Jagd gehe. Oh, ich bin stark, Cilgia Premont, ich bin stark wie ein Berg – aber Eure Augen müssen auf mir ruhen.»

Scham und begeistertes Zutrauen standen im heißen Antlitz Cilgias, ihre Augen leuchteten siegreich auf. Sie tat einen Schritt gegen ihn. Sie stammelte und flüsterte: «Ich liebe Euch ja schon lange, Markus, aber Ihr habt es mir so unendlich schwer gemacht.» Und sie senkte das stolze, schöne Haupt in hingebender Demut.

«Cilgia Premont!» Erstarrt im Glück stand Markus Paltram und meinte, Himmel und Erde singen ihren

Namen. Und ihre Hände fanden sich, die Liebenden wußten nicht wie, sie atmeten wie im Traum, Cilgia den Kopf an die Schulter Paltrams gelehnt.

«Ja, Markus», flüsterte sie, »du wirst das blutige Bild aus dem Roseg-Tal austilgen mit Taten des Segens!»

«Sprich nicht davon. Weil du mit mir geredet hast am Waldbord, bin ich mit schlechtem Gewissen zur Jagd gegangen. Ich meinte, es sollte nur das einzige Mal sein, ich ging, weil ich wußte, daß du nicht in Pontresina warst. Da kamst du wie Gottes Strafe zu dem Schuß, und sonderbar, seit du dort wie eine unirdische Gestalt vor mir standest, graut mir vor den Gemsen! Und wenn ich das Gewehr gegen eine erheben müßte, so wär' mir's, ich erhöbe es gegen dich!»

«Das höre ich gern, Markus», sagte sie weich. «Denn gegen mich wirst du nicht schießen!» Mit aufleuchtenden Augen und heller Stimme fuhr sie fort: «Nein, nein, Markus, deine Ziele liegen höher. Du sollst mir das Licht von der Spitze der Bernina holen, du sollst das Engadin lösen aus seiner schweren Not. Du bist ja stark wie keiner!» Sie erzählte ihm voll Eifer von dem Jugendbund, den Lorsa auf der Höhe des Wallfahrtskirchleins zu Sankt Moritz gegründet. «Auch du, Markus, gehörst zum Bunde, und die edelsten Jünglinge des Engadins werden dich als ebenbürtig nehmen und deine Freunde sein!»

«Cilgia!» Es war ein Freudenruf, und in tiefer Bewegung wollte er sie küssen.

Vor Scham zitternd entzog sie sich ihm. «Nein, Markus, noch nicht», bat sie leise. Und ihr Blick ging träumerisch in die Weite.

Da stiegen den Alpweg herab mit Geklingel die Ziegen des Dorfes. Die kindische Alte führte sie. Gioja und Gloria sahen Cilgia mit ihren gelben Glasaugen verwundert an und meckerten kläglich. Es mußte mit ihrer Herrin übel stehen. Sie hatte ihnen den Strauß nicht gerüstet und kraute ihnen nicht hinter den Ohren. Nein, ihre Hand lag in der eines jungen Mannes, und den schaute sie sonnig an.

«Auf Wiedersehen, Markus, am Lager Pias!»

Erst jetzt wandte sie sich zu ihnen, machte einen übermütigen Knicks gegen sie und rief fröhlich: «Guten Abend, Gioja, guten Abend, Gloria!» In freudevollem Lauf eilte sie mit ihnen den Mattenweg gegen das Dörfchen hinab, über dessen steinbeschwerten Schindeldächern ein Bündel roter Sonne ruhte.

«Sie liebt mich!» Unter den nächtlichen Tannen und Lärchen jubelte es in heller Verzückung ein junger Mann, der es nicht spürte, wie er über die Waldwurzeln stolperte. Ihm war, als hielte er in beiden Händen ein heiliges Gefäß, aus dem, wenn er es fallen ließe, zehrendes Blut und Feuer flösse.

Ihm war aber auch, eine Stimme riefe: «Nicht rein genug, es zu halten.»

Er hatte es in Frankreich nicht nur erlebt, wie man ein tüchtiger Büchsenmacher und Gehilfe eines berühmten Arztes wird, er hatte auch ein Stück Leben erfahren, das mehr als alles andere reift und zur Selbsterkenntnis führt. Zu Saint Etienne hatte er ein Weib kennen und es verachten gelernt.

«Oh, Cilgia, wäre ich wie du.» So wünschte er aus den Tiefen der Brust. Sie erschien ihm wie die heilige Blume des Lebens, die nach der Sage in verborgenen Tälern des Gebirges blüht. Langsam, langsam erschließt sich ihr Kelch, und die Blütenblätter beginnen zu erscheinen. Der Pilger aber, der vor ihr kniet, mag sehen, daß er ihr Entfalten mit keinem Zug des Atems störe, mit keinem Zucken der Wimper erschrecke, sonst zieht sie sich zusammen, und nie wieder öffnet sie sich ganz. Wer sie aber erwarten mag, dem blüht sie bis an seinen Tod, und wie das Leben hart gegen ihn sei, er kann nie elend werden:

Und verflucht wäre der Mund und verdammt die

Wimper, die gegen Cilgia Premont zuckte – ruhelos wie der Ritter von Guardaval müßte er durchs Gebirge wandern. Und wenn ich zehnmal der Camogasker wäre, über sie hätte ich keine Macht.

So denkt der junge Mann, und im Überschwang des Glücks suchte er jemand, der ihm helfe, seine Gedanken zu tragen. «Mutter», betet er, «sei bei mir, daß ich für Cilgia Premont die Flamme vom Piz Bernina hole.»

8

Die Freunde kamen zu Besuch nach Pontresina. Mit vielen schönen Worten redeten sie von ihrem Bund. Von einer Acla, einer Waldwiese, wanderte man gegen Abend nach dem Dorfe zurück, aß Brot und Milch, worauf die ganze Gesellschaft die Werkstatt Paltrams besuchte und darin in überschäumender Fröhlichkeit eine große Unordnung anstellte. Denn die Freunde schmiedeten, und die Mädchen ließen neugierig das Wasserrad und den Blasebalg spielen. Und Cilgia brauchte sich für Markus nicht zu schämen, neben Luzius von Planta war er, obgleich nur Büchsenschmied, der Jüngling mit den besten Formen des Umgangs, und in der Macht der Erscheinung kam ihm keiner der jüngeren Freunde gleich. Aber auch ihnen war sie dankbar, denn sie begegneten Markus mit großer Artigkeit und Herzlichkeit. Es spürte eben jeder, daß er ein Besonderer und kein Kleiner war. Das köstlichste aber schien Cilgia, daß niemand von den Freunden merkte, wie nahe ihr Markus stand, obgleich sie dann und wann mit ihm einen verstohlenen Blick herzlichen Einverständnisses gewechselt hatte.

Oh, was ist es Schönes um so eine heimliche, glückliche Liebe! Niemand wußte darum, nur die törichte wilde Pia. Ihre Raubtieraugen fragten verwirrt: Wie kann man einen so entsetzlichen Menschen wie Paltram lieben? Sie fürchtete ihn wie das Schwert Domino Clas', des Scharfrichters, und folgte jedem seiner Worte mit hündischem Gehorsam. –

«Wenn du nicht stillhältst und nicht tust, was ich dir sage und dir zeige, wird die Schulter nie wieder so gesund, daß du deinen Bruder besuchen kannst!»

Cilgia mahnte die Widerspenstige wie schon oft.

«Doch, doch, zu meinem guten Bruder Orland in Hamburg muß ich einmal gehen», widersetzte sich Pia und duldete, daß ihr die freiwillige Pflegerin mit sanftem Strich und Druck so, wie es Paltram ihr gewiesen, über die wehe Schulter fuhr. Im Kampf gegen die reißenden Schmerzen tastete sie mit der unsicheren Linken nach den Gegenständen, meist Dingen aus der Werkstatt Paltrams, die auf ihrer Decke lagen, hielt sie, hob sie, senkte und schwenkte sie und ahmte mit ingrimmiger Festigkeit die Bewegungen und Handgriffe nach, die ihr Cilgia mit aufmunternden Worten vormachte. So übten sie am Morgen eine halbe Stunde und eine halbe Stunde am Nachmittag.

Erschöpft schlummerte Pia ein.

Mit warmer Teilnahme betrachtete Cilgia die jugendliche Schläferin. Sie ist ein tolles Ding, die Pia. In der niederen, doch vom Ansatz des schwellenden, schwarzen Haares schön gezeichneten Stirne haben nur wenige Gedanken Raum, aber die wenigen sitzen darin wie Vögel im Nest und beherrschen sie. Es sind besonders diejenigen, die ihr die alte Wahrsagerin auf der Landsgemeinde eingegeben: sie würde wohl arm und ledig bleiben, ihr Bruder aber reich und geachtet werden! Unmittelbar vor dem Unglück hatte sie einen Brief von ihm erhalten, worin er schrieb, er sei bis Hamburg gewandert und habe auf einem Schiff eine Anstellung gefunden. Den Brief hielt das Mädchen, das kaum lesen konnte, unter dem Kopfkissen geborgen, sie durchging seine paar Zeilen täglich wohl zehnmal und schöpfte daraus die Gewißheit, daß sich alles so ereignen würde, wie es die Alte prophezeit hatte.

«Dann aber, wenn mein Bruder einmal reich und geachtet ist, will ich ihn besuchen und sein Glück sehen. Wie wird er sich freuen, wenn ich komme!» Das war der Anfang und das Ende ihrer Träume.

In der Überzeugung, daß sie nicht mit einer schlechten Schulter vor ihren Bruder treten dürfe, fügte sie sich in die Behandlung, obgleich sie in ihrer seltsamen Verstocktheit, mit der Wut ihres Eigensinns dabei blieb, daß niemand als Markus Paltram die Schuld an ihrem unglücklichen Sturze trage.

«Du häßliche Ratte», zürnte Cilgia, «wie kannst du nur so denken! Willst du wirklich auch mich einmal beißen, wie du zu Samaden gesagt hast?»

«Natürlich werde ich Euch einmal beißen», versetzte Pia und ließ ihre Augen, die Worte bekräftigend, funkeln.

Cilgia wußte nicht, sollte sie lachen oder zornig sein. «Was habe ich dir denn zuleide getan, Pia?» Und mit guter Laune streichelte sie das schwarze, glänzende Haar der Bösartigen.

«Nichts. Ihr tragt aber schöne Kleider und ich Lumpen, und wenn ich gesund bin, muß ich auf die Alpe steigen, Ihr aber könnt daheim sitzen, und Euch fallen keine Geißen zu Tode.» So grollte das wilde Kind.

«Du Heidin!» Aber umsonst mühte sich Cilgia, Pia etwas vom milden Sinne des Christentums beizubringen, die hohen Gedanken gingen nicht in die niedere Stirn, und als sie ihr erzählte, wie Katharina Dianti ihrem unmenschlichen Peiniger mit übermenschlicher Liebe gelohnt habe, erwiderte Pia, die scheinbar mit aufmerksamem Verständnis zugehört hatte, kaltblütig: «Das hat die schon können, die war ja reich.»

Die Anhänglichkeit an ihren Bruder war der einzige holdselige Gedanke, der hinter dem reizvollen Lärvchen Pias wohnte.

Cilgia aber lebte von dem Glücksgefühl, daß vom Lager Pias ein verklärender Strahl auf ihre Liebe falle.

«Was sollte vom Waldteufel Gutes kommen?» antwortete zwar Markus lachend, als sie ihm eines Tages ihre Gedanken verriet; aber er selbst versäumte nichts, was Pia diente. Und der Erfolg kam, nicht von Tag zu Tag, aber von Woche zu Woche, wie es Markus vorausgesagt hatte.

«Pia, die blutrünstigen, bunten Flecke sind fast ganz verblaßt und vergangen», jubelte Cilgia, «und die mißliche Schulter, das sieht man, wird wieder so schön wie die andere. Freust du dich nicht, Pia?»

«Ich habe schon im voraus gewußt, daß Paltram das kann. Wozu ist er ein Camogasker? Wozu habe ich die vielen Dummheiten machen müssen?» Sie war unverbesserlich, die braune Hornisse.

Pfarrer Taß kam ein paarmal an das Krankenbett Pias, und zur Freude Cilgias setzte er ein großes Vertrauen in die Kunst Paltrams. Mit ihm das Dorf – nur wenige rümpften die Nase –, es war, wie der Pfarrer sagte: «Das ganze Engadin spannt auf den Ausgang. Man wußte bis jetzt nichts anderes, als daß, wer die Schulter brach, ein armer Tropf geblieben ist.» –

Cilgia führte die Kranke, die den Arm in einer breiten Schlinge trug, schon seit manchen Tagen zur Bank am Tor von Santa Maria empor.

«Denn auch die Sonne ist ein Arzt», hatte Markus gesagt.

Eines Abends aber, als Cilgia Pia über den Hang heimwärts begleitete, stand Markus wohl wie sonst im Lederschurz unter der Werkstattüre, aber nicht mit dem glücklichen Gesicht, mit dem er jetzt die Entgegenkommende oft begrüßte.

«Was ist geschehen, Markus?» fragte Cilgia.

«Der junge Gruber ist dagewesen und hat das Gewehr geholt, das der Alte bestellt hat», versetzte er gedrückt, «und er ist dann nach dem Pfarrhaus gegangen.»

Da errötete Cilgia und nahm mit einem guten Ausdruck der Vertraulichkeit seine Hand.

«Torheiten, Markus, deswegen brauchst du doch nicht eifersüchtig zu sein – Markus, höre!» Ihre Augen strahlten ihn an. «Es sind jetzt so herrlich reine Tage, und ich möchte, ehe Schnee fällt, noch einmal hinüber nach Puschlav gehen, um am Grabe meines Vaters zu beten und nach unserem Haus zu sehen. Nun meine ich, es wäre sehr schön, wenn du mich bis auf die Bernina-Höhe begleiten würdest. Wir würden früh von Pontresina weggehen und hätten dort oben, wo die kleinen Seen liegen, schöne Rast, denn ich würde unseren alten treuen Knecht Thomas, der das Haus zu Puschlav hütet, erst für abends vier Uhr auf den Paß bestellen. Markus, komm mit mir in die große, weite Einsamkeit des Gebirges, dort können wir so recht von Herz zu Herzen miteinander reden!»

Er antwortete nicht.

«Gelt, du schenkst mir den Tag von deiner Arbeit weg?» bettelte sie.

«Ja, mit tausend Freuden!» kam es endlich und verspätet von seinen Lippen, und wie von einem Wunder überströmt, stand er in seinem Lederschurz.

In dunkeln, stürmischen Wallungen empfand Markus Paltram das Glück des unendlichen Vertrauens, das in ihren Worten und Augen lag, er spürte es wie Erlösung und Erhöhung; denn daß sie bei dem Liebesgeständnis von Santa Maria sich seinem Kuß entzogen, hatte ihn später doch wie eine demütige Erinnerung ans Roseg-Tal beschwert. Jetzt wußte er, daß Cilgia nur aus Mädchenstolz zurückhaltend gewesen war.

«Also, Markus, ein fröhliches Gesicht – ebenso ein glückliches wie jetzt –, wir wandern!»

Mit schlichter Güte sagte sie es, und nun schritt das herrliche Mädchen dem Dorfe zu. Markus Paltram aber machte für diesen Tag Feierabend. Denn das Glück ist ein Fest.

«Cilgi» – so kürzte der Pfarrer ihren Namen gemütlich –, «ich habe dem jungen Gruber das Geleite nach Samaden gegeben; es tut mir leid um den jungen

Mann! Er hat so eine hübsche männliche Art, gute blaue Augen, und ich glaube, wenn du ihn jetzt gesehen hättest, hätte er dir besser gefallen als zu Fetan. Der kurzgeschnittene blonde Bart steht ihm wohl an, und wenn er auch im Reden etwas trocken ist, so klingt doch sein Lachen gut.»

«Und eben die Trockenen mag ich nicht leiden», versetzte Cilgia mit leichtem Spott. «Aber sagt, wie hat Euch das Gewehr gefallen, das ihm Paltram geliefert hat?»

Der Pfarrer lächelte über den Seitensprung ein wenig hinter den Stockzähnen. «Es ist ein Prachtstück», antwortete er indes eifrig. «Paltram wird diesen Winter eine Menge Aufträge erhalten.»

«Daß wir kaum mehr Zeit haben, die Schulter der Pia zu flicken», fiel Cilgia lustig ein.

«Er geht seinen Weg gut», versetzte der Pfarrer. «Euer Handel von Fetan, das neue Gewehrschloß, seine Heilkunst –: alles hat ihn bekannt gemacht und empfiehlt ihn, und seine Bubenstreiche von Madulain geraten darüber in Vergessenheit.»

«Und daß er jetzt jeden Sonntag zur Kirche kommt, ist hübsch von ihm», folgte Cilgia übermütig dem Tonfall des Pfarrers.

«Du Schelm, du!» Und wie um sie zu strafen, fuhr er fort: «Ich würde an deiner Stelle den jungen Gruber gar nicht so leicht nehmen; es hat mir leid getan, daß ich ihn, wenn auch mit gutem Wort, in deinem Namen hoffnungslos abweisen mußte.»

Etwas in der Stimme des Pfarrers ließ Cilgia ernst aufhorchen.

«Er war so traurig», berichtete der Pfarrer, «daß es ihm fast die Tränen aus den Augen preßte; besonders weil ich ihm dringend geraten habe, dich nicht sehen zu wollen, da er sich den Stachel nur noch tiefer treibe.»

«Onkel, es ist ein Elend, geliebt zu werden, ohne

daß man wiederliebt», antwortete sie erregt. «Der junge Gruber erbarmt mich!»

«Die Gabelfanggeschichte ist das einzige, was gegen ihn vorliegt. Ist sie wahr, so ist sie ein schwerer Makel an seiner Ehre. Aber die große Frage ist noch: Ist sie wahr?»

«Und wenn sie ganz erfunden wäre, würde ich ihn doch nie lieben!» versetzte Cilgia bestimmt.

Der Pfarrer schaute sie fragend an.

«Onkel, ich liebe einen anderen», sagte sie errötend und zögernd.

«Du Heimlichtuerin!» Und nun war der Pfarrer in Spannung wie seit langem nicht mehr. «Konradin von Flugi? Sein Vater, der Landammann hätte nichts dagegen, ich weiß es, er hält große Stücke auf dich.»

«Konradin von Flugi hat sein verliebtes Herz schon an jemand geschenkt», erwiderte Cilgia schalkhaft.

«Du weißt mehr Geheimnisse aus dem Engadin als ich –. Ist es der tüchtige Fortunatus Lorsa?»

In lebhafter Bewegung drängte der Pfarrer zur Antwort.

«Es ist nicht Lorsa, obgleich ich ihn unter den Freunden von Fetan am ehesten lieben könnte und er mir zehnmal willkommener wäre als Gruber. Es ist auch nicht Andreas Saratz, der mir zu langsam und froschblütig in Tun und Denken ist. Auch nicht Luzius von Planta, der mit seinen zwanzig Jahren schon so glatt wie ein Gesandter redet und so feine Unterschiede wie ein alter Richter macht. Ich habe sie als Freunde wohl alle gern.»

Ungeduldig fragte der Pfarrer: «Es wird doch nicht Paltram sein, dem hast du ja das Jagdstück nie verziehen?»

Cilgia zögerte.

«Sage mir, daß er es nicht ist. Es täte mir leid!»

Eine Ahnung ging durch den Kopf des Pfarrers: am Bette Pias hatten sich die beiden ja täglich gesehen.

«Doch, es ist Paltram», flüsterte Cilgia ernst und senkte das erglühende Haupt.

Der gemütliche Pfarrer stand hastig auf und maß mit schwerem Schritt das Zimmer. Peinvolles Schweigen herrschte zwischen den beiden, und man hörte die alte Wanduhr mit schwerem Schlage ticken.

«Onkel, sprecht doch», bat Cilgia inständig.

Da stand er vor ihr still. »Weißt du, wie du mir vorkommst, Kind?» sprach er mit rotem Kopf. «In Österreich unten hat man die Lotterie; tausend verlieren, damit zehn gewinnen – und einer gewinnt den großen Preis. Du aber spielst ein gefährliches Lotto! Du spielst nur auf den großen Preis, und neben ihm liegen nur Nieten. Niemand im Engadin zweifelt daran, daß Markus Paltram ein außerordentlicher Mann ist, er beschäftigt das Volk wie keiner; er kann, wenn er ganz erwacht ist, in Gutem oder Bösem ein Großer werden, aber was er ist, weiß zur Stunde niemand.»

«Ich spiele auf das Große Los», erwiderte Cilgia ernst, «aber – mit reichen Hoffnungen!» Sie schaute ihn mit der ganzen Wärme und Fülle ihrer großen schönen Augen an.

Da trat Pfarrer Taß, der sonst das Salbungsvolle nicht liebte, vor seine Nichte und legte die ausgestreckte Rechte auf ihren Scheitel. «O Cilgia, Cilgia! Möge deinem Haupte kein Leid widerfahren!»

Sie war in tiefer Bewegung verstummt.

«Das verstehe ich», sagte nach einer Weile der Pfarrer ruhiger, «wer sich an Paltram wagt, kann Sigismund Gruber, den Trockenen, nicht lieben. Wenn man solch einen liebt, dann gibt es kein Zurück. Die Frage ist nur: Führt er dich zum höchsten Glück oder ins tiefste Leid? Ich fürchte die Camogasker-Sage – warum, das weißt du!»

Cilgia aber erzählte ihm, wie sich ihr gegenseitiges Geständnis bei Santa Maria zugetragen hatte.

Der Pfarrer traute seinen Ohren nicht. «Paltram

geht sein Leben lang nicht mehr auf die Jagd?»

«Es ist sein heiliger, großer Eid», bekräftigte Cilgia, und der Pfarrer schritt im Gemach auf und ab.

«Ein Eid – es ist ein Eid, den nur ein Übermensch halten kann! Ich fand mit dir auch schon, daß die Jagd sich nicht recht zum Pfarramt reimt, denn jeder Jäger ist ein Stück Paltram, aber Paltram ist der leidenschaftlichste Jäger, den ich je gesehen habe. Hält er sein Versprechen sechs Wochen, so ist er der stärkste Mann des Engadins. Drum sage ich: Cilgia, baue zwar dein Glück auf diesen Fels – sechs Wochen noch, Cilgia, sei aber vorsichtig gegen ihn!»

«Er wird den Eid halten», versetzte Cilgia gläubig, «und ich werde es ihm leicht und süß machen. Glaubt mir, Onkel, er ist kein Stazer See, er ist nur eine Seele, die Sonne braucht – ich will sie ihm geben.»

Sie sagte es mit einem Antlitz, in dem das Vertrauen zu Himmel und Erde stand. Als sie aber dem Pfarrer auch noch den Reiseplan darlegte, da schüttelte er den Kopf.

«Übe Geduld, Kind! Es gefällt mir gar nicht, dich mit ihm einsam auf der Bernina-Höhe zu denken.» Vorsichtig und gelassen sprach er.

Cilgia schwieg einen Augenblick, ein Ton seiner Rede hatte sie da getroffen, wo ihr Gemüt am empfindlichsten war. Dann flammten ihre Augen auf.

«Was haltet Ihr von mir, Onkel? Bin ich nicht Cilgia Premont? Paltram ist eine Feuerseele, aber Ihr hättet ihn bei Pia sehen sollen –: Er war rein wie der Tag! Und ich habe es ihm schon versprochen und kann nicht zurück.»

Es war etwas in ihrer Rede, was den Pfarrer schlug, aber ruhig wurde er nicht.

«So geh in Gottes Namen!» sagte er und brütete vor sich hin, was sonst nicht seine Gewohnheit war.

Und es kam der Wandertag.

Die Morgennebel lagen schwer und dicht zwischen den Bergen, so daß man die Hand vor den Augen nicht sah, und nur die das Grau durchdringenden Töne der Saumglocken es verkündeten, daß doch etwas Leben auf dem rauhen, holprigen Wege herrschte.

Markus Paltram trug seinen einfachen, sauberen Sonntagsstaat, dazu den halbhohen steifen Hut; Cilgia hatte einen leichten hellbraunen Pelzmantel umgeschlagen und ein Mützchen auf die Zöpfe gesetzt, was ihr lieblich und vornehm stand. So schritten sie durch das stumme, frostige Grau, in dem nichts die Gedanken vom nächsten abzog.

Markus sprach von seinen großen Erfolgen als Gewehrschmied.

«Wie bist du denn eigentlich darauf gekommen, Büchsenmacher zu werden, Markus?» fragte sie plaudernd.

«Das ist mir angeboren», erwiderte er. «Ich glaube, als ich die ersten Höschen trug, baumelten mir auch schon die erste Gewehrschnalle und die ersten Flintenschloßstücke in der Tasche.»

«Bitte, Markus, erzähle mir einmal deine Jugend», bat Cilgia.

Und siehe, der sonst so verschlossene junge Mann, aus dem über seine Vergangenheit nichts herauszubringen war, sprach zu ihr mit offener Freude, ja wie aus einem inneren Drang. Sie lohnte seine Bereitwilligkeit mit einem süßen Blick. Er erzählte von seiner schönen, doch verbitterten Mutter, deren hohen Sinn weder der Vater noch sonst jemand im Dorfe verstanden und nur ihr ahnungsreicher Ältester erfaßt hatte.

«Sie nahm mich», berichtete er, «oft mit beiden Händen am dunklen, lockigen Kopf und vergrub ihre Augen in die meinen und lachte mit ihren blanken Zähnen: ,Märklein, Märklein, geh nicht in die Stuben und horche, was die Leute reden. Geh du lieber an die Wasser und in den Wald!'

Und da mir niemand so klug wie meine Mutter schien, ging ich. Doch nie am Morgen, ehe sie sich die Wangen rot gewaschen und sich gekämmt hatte. Denn die Mutter sich waschen und sich kämmen sehen war mein Morgengebet. Ich setzte mich auf einen Schemel, faltete die Hände, war ganz still und schaute meine Mutter an. Die Flut ihrer dunklen Haare, die ihr bis auf die Knie reichte, umgab sie wie ein Mantel, und wenn der Kamm durch sie glitt und eine Spalte öffnete, so schimmerte daraus ein Frauenantlitz, daß ich meinte, es gäbe kein schöneres unter dem blauen Himmel, und ihre Augen waren so dunkel wie die Nacht zwischen den Waldstämmen. Es war ihre glückliche Stunde oder halbe Stunde, wenn sie sich kämmte, und sie nahm sich gern Zeit dazu. Ohne meiner Gegenwart zu gedenken, erhob sie dann ein Selbstgespräch, und durch den schwarzen, glänzenden Mantel flüsterten ihre Worte geheimnisreich zu dem kleinen Buben, der jedes auffing und bewahrte. Sie muß, ehe sie meinen Vater nahm, in tiefster Stille mit einem reichen Bauernsohn von Scanfs verlobt gewesen sein, der sie verließ. Denn ihre Lippen flossen über von Menschenverachtung, von harten Worten gegen den zu Scanfs, von scharfen Urteilen gegen die Nachbarsleute. Dann fuhr sie fort: ‚Aber mein Märklein, mein Märklein ist ein kluger Bursch, er wird der Erste zu Madulain, nein, er muß Landammann des Engadins werden . . ., mehr‘ – doch das kann ich nicht sagen, was sie weitersprach! Sie nahm mich mit einer Gewalt in die Arme, daß ich laut hätte aufschreien mögen, und zog mir mit einem langen Kuß den Atem aus der Seele.»

Mit keinem Wort unterbrach Cilgia die Beichte Paltrams.

Da fuhr er fort: «Vom Innersten meiner Mutter genährt, wuchs ich auf, ich war sie selbst, soweit ein Bube seine Mutter sein kann, ich liebte, was sie liebte, ich verachtete, was sie verachtete, und wagte alles, weil ich ihres Beifalls gewiß war. Sie half mir gegen den Vater, sie half mir gegen das ganze Dorf, das ich mit meinen Streichen erschreckte.»

«Eins vor allem möchte ich wissen», sagte Cilgia. «Ist es wahr, daß du einmal einem verbrannten Mädchen die Schmerzen gestillt hast?»

Aller Sonnenschein war aus dem Gesicht Paltrams gewichen. Er schwieg und seufzte.

«Es ist wahr», antwortete er nach einer Weile. «Ich entdeckte eine Kraft in mir, die sonst niemand im Tale besaß. Ich erschrak – ich freute mich, meine Mutter mit mir –, sie sagte mir Tollheiten ins Ohr, die ich nicht wiederholen mag. Ich sog das süße Gift mit Begierde ein, ich fragte nichts nach Gott und Teufel – ich sah nur jeden heimlich darauf an, ob er meinem Auge unterliegen würde; ich sperrte mich scheinbar, an die Betten der Kranken zu treten, aber ich hätte gewollt, das ganze Engadin wäre elend und ich könnte hintreten und sagen: ‚Du darfst keine Schmerzen leiden‘ und es mit Händen und Augen zwingen.»

Cilgia seufzte. Beklommen schritt sie neben ihm.

«Ich wußte aber auch», fuhr er düster fort, «daß ich etwas tat, was nicht sein sollte, denn jedesmal, wenn ich meine Kunst übte, fühlte ich mich nachher wie zerschlagen – und am elendesten, wenn sie versagte. Es war eine Kunst an Schwächlingen und armen Tröpfen; als ich mich auch an starke, willensfeste Männer wagte, unterlag ich und verwünschte die Gabe. Meine Mutter indessen berauschte sich daran, ihr zu Gefallen übte ich die geheimnisvolle Kraft.

‚Ich ertrage diese Augen am Tisch nicht mehr‘, sagte mein Vater. ‚Merkst du nicht, daß er heimliche Kräfte hat?‘ erwiderte meine Mutter.

Streitigkeiten mit meinem Vater trieben mich nach Frankreich. Ich wußte nicht, was ich von meiner Kunst halten solle, und habe sie in Saint Etienne an den Gesellen noch manchmal aus Prahlerei geübt. Unser Atelier hatte einen regen Instrumentenverkehr mit Spital und Lazarett; meine von früher her große Teilnahme für Krankheitserscheinungen erwachte, ich wurde mit meiner geschickten Hand der Lieblingsgehilfe des Professors Lagourdet. Ihm offenbarte ich eines Tags meine geheime Kunst und zeigte sie ihm an Kranken. Schon meinte ich, ich führe ihn zu einer großen Entdeckung, er aber sagte: ,Markus, die Kunst ist uralt; ob es der Wissenschaft gelingt, etwas Kluges daraus zu machen, ist unsicher! Sicher ist nur eines: Es ist eine verbrecherische Handlung, sich des Willens eines anderen so zu bemächtigen, daß der Zwang die Gesetze der Natur, zu denen auch der Schmerz gehört, in Leib und Seele des anderen aufhebt. Tue es nicht mehr, Markus, wirf dich nicht zusammen mit den Gauklern und Betrügern, die von den Chaldäern an bis zu den arznenden Schwindlerinnen in Paris die dunkle Gewalt des Willens mißbraucht haben. Denn die Natur rächt die Verbrechen, die an ihr begangen werden. Und es wäre für dich schade, mein Junge, wenn du eines Tages dein eigenes Opfer würdest: Wahnsinn oder Verbrechen, das ist das Ende dieser Kunst!'»

So erzählte Markus.

«Und an Pia hast du sie doch wieder geübt!» versetzte Cilgia gepreßt und vorwurfsvoll. «Versuche sie nie an mir, Markus, sonst würde die Liebe zum Haß!»

Da fiel ein blasses Licht in die Nebel, durch die sie wanderten, zwischen rauchenden Wolken drang die Sonne herein, duftige Höhenbilder, Berge und Spitzen schwebten in abgerissenen Stücken phantasmagorisch durch das Grau.

Plötzlich stand vor ihnen in Sonne und Glanz das Bild des Morteratsch.

Cilgia aber, die über die Beichte des Geliebten ängstlich geworden war, blickte in ein glückliches Gesicht.

«Nein, Cilgia, glaube mir, wenn ich dir diese Dinge

erzähle, so ist es, weil ich vor dir offen sein möchte wie ein Buch, weil ich dir Vertrauen mit Vertrauen vergelten, weil ich dich bitten möchte, daß du mich aus den Nebeln meiner Jugend an die Sonne führest! Ich möchte gut werden, Cilgia, wie du bist! Schau mir in die Augen, Cilgia...», und er nahm ihre beiden Hände und staunte begeistert in ihr schönes Gesicht. «Nein – nein! Deine Augen voll Tag und Licht sind stärker als ich, ich sage dir ja, es sind nur Schwächlinge, die schon einen kranken Keim in sich tragen, die dieser blöden Kunst erliegen, du aber bist stark, meine herrliche Cilgia! Du bist gesund – und du sollst mir deinen Willen geben, nicht ich dir den meinen! In deiner Liebe begrabe ich die unselige Kraft. Oh, Cilgia, hilf mir! Ich habe auf der weiten Welt niemand als dich!»

Die Erregung beider war so tief, daß sie die Schönheit der Landschaft nicht sahen, die sie umgab. Sie standen an jener Stelle, wo das Engadin sein schönstes Wasserspiel entfaltet. Zwischen dunklen Tannen und Arven hervor rauscht der Bernina-Bach mit Wellen so klar wie Glas, zerteilt sie zwischen grün überwucherten Felsen und wirft die strudelnde Klarheit, schneeige Strähnen und Bündel, in die trübe Eismilch des Baches, der vom ganz nahen Morteratsch-Gletscher kommt.

Das Liebespaar schreitet über den schmalen Steg, in der Mitte aber hält Cilgia an und faßt die Hand des Geliebten. «Siehst du das Wunder, Markus?»

Auf den blauen Schwaden des Nebels, in die sich der Doppelbach geheimnisvoll verliert, steht der Schatten des schwankenden Steges, und auf dem Schatten stehen ihre Schatten, um ihre Häupter aber schwebt wie eine Glorie das Sonnenrad.

«Die Sonne, die Sonne! Sie spannt uns in den gleichen Reif des Lichts!» So jubelt Cilgia. «Und wie uns die Sonne eint, so wollen wir in ihrem Licht zusammenbleiben!»

Sie lehnte ihr Haupt an seine Schulter, und er küßte ihre Stirn, und sie litt es errötend. Vor ihnen liegt der Morteratsch-Gletscher in der Pracht des milden Herbsttages, und hinter ihm flammt schneeweiß der Piz Bernina in das tiefe Blau des Himmels. Ein überirdisches Licht fällt von seinen Schneewänden auf den Gletscher, der in einem fleckenlos reinen Halbkreis von Winterbergen wie ein Gebilde des Märchens ruht. In mächtigen Burgen blauen Eises steigt er auf zu Isola Persa, der verlorenen Insel, und umspannt sie, und neben ihr baut sich eine wunderliche Stadt von Eis, mit Giebeln, Spitzen, Bogen und Brücken und gähnenden Gassen, und weißes und azurnes Licht traumwandelt durch das Schweigen der Zauberwelt.

Stumm ergeben sich die Liebenden dem mächtigen Eindruck des Bildes und stehen eng beisammen.

Da geht ein gewaltiges Rollen durch die Burgen der Stille, fast ein Donnerhall.

«Der Gletscher redet», sagt Markus.

«Geliebter, kennst du die Sage, die darin fortzittert von der Zeit zur Ewigkeit?» fragte Cilgia zärtlich und ernst.

«Ich kenne sie – doch höre ich sie gerne von deinem lieben Mund», erwiderte er.

Sie aber antwortete: «Alle, die sich lieben, sollten an den Gletscher pilgern und sie sich ins Gedächtnis rufen. Höre, Markus!»

Sie haben sich auf einen sonnenbeschienenen Block im Angesicht des Gletschers gesetzt.

Und Cilgia erzählt: «Wo jetzt der Gletscher donnert und seufzt, lag die schönste Alpe des Engadins. Der junge Hirt Aratsch, der darauf seine Herde hütete, liebte ein schönes reiches Mädchen von Pontresina. Ihre hartherzigen Eltern aber duldeten diese Liebe nicht. Da zog Aratsch, nachdem ihm das Mädchen das Versprechen ewiger Treue gegeben hatte, als Söldner in die Dienste Venedigs. Auf einem Schiff kämpfte er gegen die Türken, er wurde in kurzen Jahren Hauptmann, und der Anteil an den Beuten machte ihn reich. Mit großen Ehren gab man ihm, als seine Zeit abgelaufen war, den Abschied. Als er aber mit seinen Reichtümern wieder nach Pontresina kam, war das Mädchen die Braut eines anderen. Er ließ alle seine Habe im Stich, ging auf die Alpe, und niemand sah ihn wieder. Die Maid aber fand keine Ruhe. In Mädchenschönheit schritt sie bergauf, bergab über die Alpe, sie klopfte an die Hütten an: ‚Habt ihr meinen Aratsch nicht gesehen?‘ Gütig segnete sie die Milch der Sennen, und selbst nach dem Tode wandelte sie noch viele Jahre in sanfter Anmut und leiser Klage. Eines Tages aber wies ihr ein hartherziger Senne die Tür. Nun glaubte sie an den Tod des Geliebten und sagte: ‚Wohl, so will ich zu ihm niedersteigen, und die Alpe mag vergehen!‘ Da donnerten in der Nacht die Berge, die stürzenden Gletscher deckten die Weide und bauten aus Säulen von Eis ein Grabmal über die Liebenden. Dort bei der Insel Persa ruhen sie in wunderbar blauer Kluft auf einem Felsblock; die Bäche, die Orgeln des Gletschers, klingen um sie, Musik füllt die Hallen und das Herz der Maid mit unendlicher Wehmut, denn sie weiß nicht, wie nahe sie dem Geliebten ist. Einmal aber wird ihr Gott in seiner Güte doch Erlösung aus der Sehnsucht geben. Doch nur einen kurzen, kurzen Tag wird die Alpe wieder grün und dürfen die Liebenden wandeln. Denn am anderen Tag ist Weltuntergang.»

Cilgia schwieg in tiefem Ernst und heißer Empfindung.

Eine Lohe innerer Glut stand in den schwarzblauen Augen Paltrams.

«O Cilgia, Cilgia! Wie die Maid von Pontresina müßte ich dich suchen und mein Name in den Gletschern untergehen, wenn ich...»

«Sprich das schreckliche Wort nicht!» flehte Cilgia.

Sie zog ihn an sich, und ihre Lippen fanden sich im ersten Kuß der Liebe. Das Glück führte sie hinweg vom Gletscher, im Herbstsonnenschein zwischen mächtigen Bergen das schöne Bernina-Tal empor. Sie schritten, ohne daß sie es achteten, im Gleichmaß der Bewegung wie im Rhythmus eines Liedes.

Ist die junge, hoffnungsvolle Liebe nicht ein Lied?

Sie kamen zum Bernina-Haus unter den himmelhohen Mauern der Diavolezza, der Teufelshöhle.

Ein verwildert aussehender Mann stand unter der Tür und grüßte.

«Es ist der Vorgesetzte der Weger», sagte Markus, «er hat einen schweren Posten. Mit den Seinen kämpft er sich, wenn Unglück in den Bergen lauert, Tag und Nacht durch den Schnee und Sturm, er warnt, er rettet.»

«Und wenn du nur so ein wilder Weger wärest, Markus, der sein Leben in die Schanze schlägt, wäre ich schon stolz auf dich!» versetzte Cilgia.

Da hallte an den Felswänden ein Schuß wider.

«Siehst du dort, Cilgia, auf dem äußersten Vorsprung der Diavolezza-Felsen steht ein Jäger. Er schwenkt den Hut, er hat einen glücklichen Schuß getan.» Eifrig sprach es Markus.

«Tut dir das Herz nicht weh, daß du nicht der Schütze bist?» fragte sie ihn voll Spannung.

Er sah sie frei und offen an. «Einst war es mein liebster Gedanke, daß ich mein Leben lang jage und dann den stolzen Jägertod finde, den Tod einsam im Gebirge. Und Jahre hindurch kommt kein Mensch – endlich vielleicht ein Jäger –, er findet ein Gerippe, ein Gewehr, und nachdem er alles untersucht hat, spricht er: ‚Das ist Markus Paltram. Gott habe dich selig, Kamerad!‘ Jetzt aber möchte ich etwas anderes: recht lange, lange glücklich leben mit dir, Cilgia!»

Sie hatten die Paßhöhe erreicht. Vor ihnen stand in Herrlichkeit, unter einem Himmel wie eine Enzianglocke, ein drängendes Heer kühner Felsengipfel, das italienische Gebirge. Es war um die Mittagszeit, und auf der Höhe wechselten die Säumer von Nord und Süd ihre Grüße, und die Pferde, die sich kannten, wieherten sich zu.

Cilgia und Markus aber schritten den Steinplattenweg, der sich zwischen den seltsamen Hochgebirgsseen hindurchzieht.

Unschlüssig und gottverlassen liegen die Wasser in der furchtbaren Öde des nackten Gesteins und werfen zitternde Ringe um die Blöcke, die aus ihren Fugen ragen. Der eine See ist hell, der andere dunkel, sie heißen der Weiße und der Schwarze, aus dem hellen fließt ein Bach, und seine Wellen ruhen, wenn sie genug gewandert sind, im Schwarzen Meer, aus dem Schwarzen See strömt wieder ein Bach, und seine Wasser gehen in die blaue Adria.

Doch sonderbar! Ein Lüftchen weht über den Paß, und sein Säuseln genügt, daß die Fluten des einen Sees unter den Platten des alten Schicksalswegs in die Fluten des anderen Sees schlagen, und die ins Schwarze Meer hätten wandern sollen, gehen zur Adria, und die Adria-Wasser fluten wegen eines Windhauchs ins Schwarze Meer.

Wenn der Tag noch so hell und sonnig über die Öde der Paßhöhe zieht, die Berge wie Lichter stehen, so liegt doch etwas wie geheimnisvolle Schicksalsstimmung über den Seen, denn so leicht wie hier oben Meer und Meer sich scheiden, scheiden sich Glück und Unglück.

Auf dem uralten Pfad, der sie trennt, zogen Herren nach Süden und kehrten als Bettler wieder, Bettler wanderten nach Norden und kehrten als Herren nach dem Süden – siegreiche und geschlagene Heere zogen die Straße.

Daran denkt das junge Paar nicht, das den Gesteinsweg schreitet. Es geht den einsamen, steinichten Weg am Südhang der Bernina und erreicht Sassal Masone, die menschenferne Bergaltane, neben der vom weißen Gebirge herab, furchtbar jäh der Palü-Gletscher mit herrlich schimmernden Brüchen herunterhängt und ununterbrochen in Eisstürzen grollt, die prasselnd in die Tiefe gehen.

Von Bergamaskern errichtet, steht am Rand des Gletschers eine kreisrunde Steinhütte mit gewölbtem Dach, und Jäger und Hirten haben sie mit allerlei Tierschädeln geschmückt, gebleichte Pferde- und Kuhköpfe, Gems- und Fuchsschädel grinsen aus den Mauern und von der Spitze des Hauses. Man kann wohl glauben, ein Urvolk habe einst an dieser Stelle den Göttern blutige Opfer gebracht.

«Ich kenne Sassal Masone seit meiner ersten Jagd», sagt Markus, «über den Gletscher hin geht, eine halbe Stunde zu steigen, ein Gemsenwechsel zu einer Lecke grad jenseits des Eises.»

Aber er hatte eine unaufmerksame Zuhörerin.

«O Markus», unterbrach ihn Cilgia, «sieh meine Heimat, mein Puschlav, dort liegt es tief wie eine Ewigkeit unter uns, in seinem Kessel lacht es wie ein in die Hölle versunkenes Paradies, mein Dorf am blauen See – und o Schönheit! –, durch die dunkle Kluft hinter dem Dorf strahlt die Madonna di Tirano, wie ein Funke glänzt das Muttergottesbild, der Gruß des Veltlins. Und siehst du dort das große Dach linkshin im Dorf? Das ist mein Haus – und einmal dein Haus, Markus!» Wie zwei Kinder staunen sie hinab in den grünen schönen Schlund. «Fürchte also nicht, Liebster, daß ich ganz arm sei», fährt Cilgia fort, «wohl hat mein Vater, wie jedermann weiß, durch den ‚Veltliner Raub‘ das meiste verloren, aber, Markus, es ist genug da, damit, wenn ich es eines Tages in deine Hände lege, du ein freier Mann bist, der sich zu kehren weiß.»

«Cilgia, habe ich je danach gefragt?» antwortet er

mit leichtem Vorwurf. «Ich schlage mich mit dir gewiß durch die Welt!»

«Es ist doch wertvoll», erwidert sie.

Sie streiten, und zuletzt küssen sie sich. Und nun
hangen beider Augen wieder am schimmernden Dach
von Puschlav. Es winkt wie das gelobte Land, eine
Oase des Friedens, eine Oase des Glücks.

In der Sonne selig sind die Liebenden und schmieden
in der großen stillen Einsamkeit des Gebirgs Pläne der
Zukunft.

Viel zu früh kommt Thomas mit den Pferden auf
die Bernina-Höhe, aber er kommt.

Markus steht, grüßt und grüßt Cilgia, solange er
im Abendlicht einen Schein der Reitenden erhaschen
kann. Als er sich umwendet, erblickt er ein Rudel
Gemsen. Sie sprengen davon.

Er spricht: «Ihr närrischen Tiere! Was fürchtet ihr
Markus Paltram?» Er wirft einen Blick in die blauen
Abendtiefen von Puschlav: «Behüte und begleite dich
Gott, meine liebe, herrliche Cilgia!»

9

Sonngolden zieht der Herbst über die Berge. Es
jagt der fröhliche Pfarrer Taß, es jagt, wer eine Flinte
besitzt und ehr- und wehrfähig ist; mit dem Vater
oder Großvater geht der halbwüchsige Bube in die
Gemsreviere, hochklopfenden Herzens kniet er neben
dem ersten erlegten Tier und fängt mit zitternden
Händen das Blut in die Jagdschale auf.

Einer aber jagt nicht – jener, der schon als Knabe
zu Madulain als unvergleichlicher Jäger galt. Allen
Verhöhnungen zum Trotz bleibt Markus Paltram daheim am Schraubstock.

Eines Tages jedoch hat die fröhliche Jagd im Hochgebirge ein Ende. Wenn die Winzer drunten im Veltlin
jauchzend Weinlese halten, so erbeben die Glieder der
Bernina, und im Erwachen flüstert sie: «Schmückt euch,
ihr Kinder!» Und die Felsspitzen, die ihr am nächsten
stehen, adeln sich mit Schnee. «Schnee aufs Haupt!»
betteln da die Kleinen; eines Morgens, wenn die ferne
Welt der Tiefe sich noch in goldigen Herbstträumen
wiegt, setzt sich jeder Zaunkönig von Berg die Krone
auf, ja jede Tanne im tiefen Tal schmückt sich, und
eines Sonnenaufgangs flammt alles Land im Schnee.

Eine gewaltige Freude erfaßt das Volk. Denn bar-
fuß und im Strahlengewand schreitet die Sonne durch
die Winterlandschaft des hohen, hellen Engadins und
schickt seinem Volk einen Weckruf ins ruhige Herz;
was an Weltlust in den behäbigen Seelen lebt, erwacht.
«Schlitteda – Schlittenfahrt!» heißt das Zauberwort.

In vollen Zügen genießt Cilgia die Freuden des
Winters. Durch die Dörfer fliegen die altertümlichen
Gespanne, zwanzig, dreißig, einmal im Winter, wenn

sich die Dörfer zu einem großen Ausflug nach Pusch-lav oder nach Casaccia im Bergell oder nach Susch am Eingang des Unterengadins vereinigen, wohl über hundert. Das Vorderteil jedes Schlittens ist ein selt-sames Tier, bald ein geschnitzter Steinbock mit einem echten, mächtigen Hörnerpaar, bald ein Löwenhaupt mit fast menschlichen Zügen, ein eingetrocknetes Bärenhaupt, ein schlanker Schwan oder ein Pelikan, der sich die Brust aufreißt. Eine fröhliche Menagerie ländlicher Holzschnitzerei und Farbenkunst ist bei-sammen, fröhlicher aber ist das junge Volk, das mit klingendem Spiel auf den Fabeltieren durch den Son-nenglast der weißen Landschaft saust.

Die Gesellschaft der vom Reif gepuderten Jünglinge und Mädchen könnte von einem Fürstenhofe sein. Mit dem herrlichsten Pelzwerk, das die Läden der Groß-städte bieten, haben von jeher die aus der Fremde heimkehrenden Engadiner den Ihrigen Angebinde ge-macht, mit so köstlichen Stücken, daß sie keinem Wechsel der Kleidersitte unterworfen sind und sich in fast frischem Glanze von der Mutter auf das Kind und die Enkelin vererben. Wird aber einmal in der scharfen Luft ein Mädchenhals oder ein Handgelenk bloß, so schimmern sie von altem Gold.

Und die fröhlichste unter den Jungfrauen ist Cilgia Premont.

Der Sturm hat den tiefen sandigen Schnee vom Eis der Seen weggefegt. Es liegt in mauerdicken Spiegeln so durchsichtig und kristallen über den Wassern, daß man wie durch ein Fenster in die Tiefe sieht und die Felsenriffe und die Baumtrümmer im Grunde erkennt. Über die zerbrechlichen, gläsernen Spiegel von Sankt Moritz, Champfèr, Silvaplana und Sils bis zur ein-samen Höhe von Maloja sprengen die Pferde. Da er-bangt die mutige Cilgia, Markus legt den Arm um ihre Hüfte, und sie hindert es nicht; in träumendem Glück jagen sie über die Schrecknisse der Tiefen.

«Geschähe, was wollte, in Leben und Tod blieben wir beisammen, Markus!» flüsterte sie.

«Aber doch lieber im Leben», antwortet er lachend.

Oh, er ist so hellauf, so still-glücklich, ihr Markus, er lacht jetzt im Tage mehr als früher im Jahr, er hat aus seinem Ersparten einen Pelzmantel gekauft, und die Pelzmütze mit dem schmalen, auch wieder verbrämten Dächelchen steht ihm gut. Was für ein schönes männliches Antlitz schaut darunter hervor. Es ist, als habe sich das Überkühne, für viele fast Beängstigende in seinen Zügen gemildert: sie seien offener geworden, der Blick seines Auges habe etwas vom Ausdruck der Adlerschärfe verloren und sei wärmer geworden.

Er ist der liebste junge Mann im ganzen Engadin, denkt Cilgia mit heimlichem Stolze.

«Und der geachtetste», darf sie sich wohl sagen.

Markus ist nicht eigentlich eine gesellige, am wenigsten eine laute Natur. Nur im unbelauschten Zwiegespräch mit ihr geht ihm das Herz ganz auf, im Verein mit anderen ist er der ruhige, kluge Beobachter, er spricht selten einen anderen jungen Mann oder ein Mädchen an; wenden sie sich aber an ihn, so findet er oft ein bestrickendes Wort, ein hinreißendes Lächeln und einen herzerobernden Blick. In dem von Fortunatus gestifteten Jugendbund, der sich bald da, bald dort zur Beratung der Dinge der Heimat zusammenfindet, ist er der Schweigsamste, er läßt die anderen sprechen, aber wenn keiner mehr etwas Kluges weiß, so steht er auf und trifft mit knappen Worten den Nagel auf den Kopf, ja, er zerstört nicht selten mit einer fast grausamen Überlegenheit die kühnen Hoffnungen, die die Jünglinge an den Liedern Konradins von Flugi entzünden.

Immer freier tritt der jugendliche Dichter mit seinen Strophen heraus, und Jünglinge und Mädchen singen mit Begeisterung das Lied, das er für den Bund der Jugend gedichtet.

Im Schnee du grüner Strich,
mein Engadin, du Heiligtum,
du meines Herzens Glück und Ruhm,
mein Tal, wie lieb' ich dich!

Wie mein Gespiel im Sonntagsschurz,
grad wie die frische Maid,
so lieb' ich dich, den Strom, den Sturz,
dein Silberseengeschmeid.

Wohl bist du arm, wohl bist du karg,
doch ist dein Kind zu stolz,
will keine Wiege, keinen Sarg
als deiner Arve Holz.

Wann gibt der Adler je sein Nest
am freien Grad dahin?
Es ist kein Sohn, der dich je läßt,
du grünes Engadin.

Solang am Firn das Frührotlicht
des Schöpfers Güte preist,
läßt er dich nicht, du Lenzgedicht,
um das der Adler kreist.

Wie freie Adler geben wir
dich ewig nicht dahin,
So halten wir die Treue dir,
du grünes Engadin.

Das Lied gefiel, aus dem Kreis der Jugend wanderte
es von Dorf zu Dorf und wurde wie ein Volkslied ge-
sungen. Man fragte kaum nach dem Dichter – und es
war gut so.

Das Gesicht des Landammanns müßte man sehen,
wenn er erführe, daß sein Jüngster ein nichtsnutziger
Poet ist! Gotts Blitz! Und wenn er erführe, daß sein

Herz an Menja Driosch hängt, an der lieblichen sieb-
zehnjährigen Hagrose!

Der Landammann hat für Herrn Konradin andere
Pläne. Warum kommt er sooft vor das Pfarrhaus von
Pontresina gefahren, warum führt er mit Cilgia so
verbindliche Redensarten, der alte schlaue Diplomat?

Verlorene Liebesmühe, Herr Junker, denkt Cilgia
und läßt voll Mutwillen den alten Herrn zappeln wie
einen Fisch und tröstet Menja, die über diese Besuche
unglücklich ist: «Ich will mit dem Landammann einmal offen reden!»

«Um 's Himmels willen, nein», bittet Menja erschreckt, «das wäre das Ende! Mein Vater ist ja fast
mehr gegen unsere Liebe als der Landammann.» Sie
ist sehr unglücklich, die arme Kleine.

Dafür sonnt sich Cilgia im eigenen Glück. Wie schön
sind die Abende, wenn Markus nach Einbruch der
Nacht ins Pfarrhaus gegangen kommt! Der Onkel hat
alles Mißtrauen und alle Zurückhaltung gegen ihn aufgegeben, er liebt ihn und vermißt ihn, wenn er einmal
nicht an die Türe pocht; man liest, wenn draußen der
Sturm seufzt, die Bündner Chroniken und spricht ver-
ständig über die alte und neue Zeit; man sitzt oft bis
spät in die Nacht traut vereint zusammen, und der
Pfarrer ist dann immer besonders aufgeräumt. Hie
und da spielt er früh den Müden, bietet ein freundliches
gute Nacht! und sagt, Markus die Hand reichend:
«Ihr könnt schon noch ein Stündchen dableiben und
Cilgia, wenn sie nicht müde ist, Gesellschaft leisten.»

Das ist sehr rücksichtsvoll vom Onkel Taß, und
beide danken es ihm. –

Vom Sankt-Nikolaus-Markt brachte der Pfarrer als
Geschenk die Verlobungsringe aus Chur, und in der
Neujahrsnacht, als die Glocken der Dörfer fern und
nah im feierlichen Schweigen des verschneiten Hochgebirgs das alte Jahr aus-, das neue einläuteten, steckte
er ihnen die Ringe an die Finger.

In jubelnder Hoffnung, in inniger Andacht blickten sie auf zum gestirnten Himmel, der seine leuchtenden Bilder über den schemenhaften Gipfel der Bernina zog.

«Was für ein glückliches Jahr jetzt kommt! Gott im Himmel erhalte mir meinen Markus gesund!» Cilgia sprach es in träumender Seligkeit.

«Er hat ein wahnsinniges Glück, aber von der Landsgemeinde in Samaden an hat man es kommen sehen.» So sprach man im Oberengadin, und der Neid stachelte noch einmal die Camogasker-Sage gegen Markus Paltram auf, und Cilgia erhielt manche geheimnisvolle schriftliche Warnung vor ihrem Bräutigam, die sie lächelnd ins Feuer warf. –

Die ersten Wochen des Jahres führten eine so grimmige Kälte heran, daß selbst die Hitzigsten nicht an Schlittenfahren dachten. In der klaren Luft hörte man Markus Paltrams Hammer bis nach Samaden und Sankt Moritz hinüberklingen, auf eine halbe Stunde Entfernung verstand man jedes gesprochene Wort, von den Saumzügen, die vom Bernina-Paß kamen, schwebte eine dampfende Wolke auf, Männer und Pferde erschienen, vom Reif überzogen, wie auferstandene Schatten der Vorzeit, und der Schnee knarrte und sang unter den Schlitten.

Tag um Tag besuchte jetzt Cilgia ihren Verlobten in der Werkstatt, sie sah ihn gern hantieren und liebte seine fleißige Arbeit, besonders aber eine kleine Winteridylle. Er hatte allerlei Sämereien kommen lassen, er fütterte vor seiner Hütte die Vögel des Gebirgs, die die erbarmungslose Kälte in die Nähe des Dorfes getrieben, und Pia, die große Lust zeigte, ihm die Freude an dem munteren Leben der bunten Bergfinken, Ammern, Bachstelzen, Blutspechte und Bergdohlen zu verderben, hütete sich davor.

Eines Tages aber bereitete er Cilgia eine besondere Freude. «Siehst du, Gemsen! Ich habe ihnen Heu hingelegt.»

Ganz nahe naschten die hungrigen Tiere und hoben die Köpfe und spähten mit ihren munteren Lichtern nach ihnen.

«O Markus, du mußt es im Innersten spüren, daß dich das glücklicher macht als die Jagd!»

«Ich spüre es auch», erwiderte er in warmem Herzenston, und das Paar tauschte Hand in Hand die leuchtenden Blicke innersten Einverständnisses.

Selbst die mißtrauische Pia, an der alle Genesungshoffnungen sich erfüllt hatten, faßte etwas Zutrauen zu ihrem Hausgenossen. Mit kleinen Geschenken ließ sie sich, als das Wasserrad eingefroren war, gewinnen, daß sie ihm dann und wann den Blasebalg der Esse zog. Und Cilgia lobte den Waldteufel dafür.

Eines Tages aber, als sie eben wieder die fast zutraulich gewordenen Gemsen fütterten – es war schon gegen die Fastnacht –, gingen in Pontresina die Sturmglocken. Die Schneestürme sind im Gebirge los. Ein Bote vom Wegerhaus unter der Bernina-Höhe meldet, daß bei den Seen ein Zug Madulainer mit Roß und Waren, an eine Felswand hingeduckt, begraben ist.

Da läßt Markus Braut und Esse: den Spaten auf der Schulter, zieht er mit den anderen Männern zur Rettung der Verunglückten in die Wetterschlacht. Tag und Nacht bleiben sie fort; am anderen Abend kommen sie, die geborgenen Männer und Rosse in der Mitte. Aus zitternder Angst jauchzt das Dorf auf, die heimkehrenden Madulainer aber umringen Markus Paltram, ihren jungen Mitbürger, der mit grenzenloser Mühe drei Erstarrten den geschwundenen Atem aus der Brust gezogen und mit wohlberechneten Bewegungen das Leben wiedergegeben hat. Vergessen und verziehen sind seine tollen Jugendstreiche, er muß ihnen versprechen, daß er zur Fastnacht mit seiner schönen Braut nach Madulain zu Besuch komme.

Und die Bündner Fastnacht ist da, jener Tag wildaufschäumender Volkslust, der mit manchem unvorbereiteten schweren Ereignis in die Geschichte des Landes eingetragen ist, aber auch die Dörferfreundschaft wie kein anderer weckt. Wer wirft sich da nicht ins bunte Fabelkleid, wer tanzt da nicht wenigstens eine Nacht durch und erlabt sich an Maskenscherz! So herzlahm ist kein Bündnerbursch, kein Bündnermädchen.

Cilgia bringt es nicht über sich, das Gesicht mit einer Larve zu verhüllen, aber von Puschlav herüber aus dem Vaterhaus holen die Säumer zwei Kisten schweren bunten Samts, der aus Triest stammt, und auf einem zweispännigen Schlitten, dem Tuons im Kleid eines venezianischen Stadtknechts vorreitet, fahren Cilgia und Markus als Doge und Dogaressa von Venedig in weißen Pelzmänteln durchs Land. Auf jugendschönen Häuptern funkeln die vergoldeten Kronen, die Kronen des Glücks!

Es ist ein heller Tag. Kostümierte jagen mit klingenden Schlitten zu zweien und in Gesellschaften durchs Tal, und mit jauchzenden Zurufen grüßt man sich.

Gewiß ist unter allen kein schöneres Paar als der Doge und die Dogaressa von Venedig. Vor ihm schimmern aus der weißen Landschaft die Häuser von Madulain, und über dem Dorf an der Bergwand klebt grau wie ein böser Traum die Feste Guardaval. Im Dorf ist ungeteilte Freude über den stolzen Besuch, überall strecken sich Hände zum Gruß, in jedes Haus müssen der Doge und die Dogaressa treten und werden bewundert und bewirtet. Besonders in der Hütte des schlichten Bruders Rosius ist lauter Freude, denn Cilgia hat die Kinder, die selbst in farbigen Flicken stecken, nicht vergessen, sie beschenkt sie, und zaghaft, doch mit glänzenden Augen schmiegen sich die Kleinen an die Prachtgestalt.

«Markus, wie kommst du zu so viel Glück? Du bist geachtet im Land, und die herrlichste Jungfrau wird dein Weib», spricht Rosius in staunender Lust.

«Alles durch sie», erwidert Markus bewegt.

Im Vaterhaus des Verlorenen Sohnes der Bibel kann bei seiner Wiederkehr keine herzlichere Freude gewesen sein als im Dörfchen Madulain, wie Markus Paltram, der Junge, der einst dem Teufel vom Karren gefallen schien, als geachteter Mann und mit einer herrlichen Braut wiederkehrt. Denn ein verkommener Mann ist des Dorfes Schmach, ein Ehrenmann aber seine Ehre.

Und in Lustbarkeiten vergeht der Tag. Man berät, wie man dem werten Besuch neue Vergnügen bereite, und die Jungmannschaft beschließt, daß sie den Dogen und die Dogaressa am Abend im Schlittenzug mit Fackeln und Laternen nach Samaden begleiten und dort bis in den Morgen tanzen wolle.

Eine tolle nächtliche Lichterfahrt Kostümierter im blassen Schneefeld, ein beängstigendes Bild, ein Zug der Hölle fast, würde man sagen, erklänge von den Schlitten nicht Lachen, Musik und Gesang. Allen voran fliegt der Doge und die Dogaressa.

Mit einem traumsüßen Lächeln, schon etwas ermüdet, ruht sie in seinem Arm.

Er aber ist stolz wie ein Fürst, der sich die verlorene Heimat wiedererobert hat. Und er lacht und redet in seligem Taumel Kluges und Törichtes. Wer würde glauben, daß Markus Paltram, der Hinterhältige, so kindlich glücklich sein kann!

«Oh, wenn's nur meine tote Mutter wüßte», stammelt er immer wieder «Cilgia, Cilgia, wie bin ich glücklich!»

In Samaden tanzt das Engadin. Wer hört den Stundenschlag der Nacht? Wer denkt an Heimkehr?

Der Doge und die Dogaressa reigen im Wirbel, und die Masken haben sich längst gelüftet. Schwül ist die Luft im Saal. Die Geigen aber locken unaufhörlich wie die Musik des Teufels.

«Markus, ich bin müde. Genug ist genug. Ich kann

nicht mehr. Laß einspannen!» flüstert die Dogaressa, sie bittet, sie fleht. Aber der Doge hat noch nicht genug, er drängt, daß sie mit ihm tanze, sie versagt sich ihm mit einem leichten Groll, er wendet sich mißmutig von ihr ab – er tanzt mit anderen, seine Augen glühen wie Feuer, und Markus, der sonst keinen Wein trinkt, trinkt Wein!

Die Dogaressa ist nicht nur müde, vor allem ist ihr der Doge zu leidenschaftlich und wild, er ist schreckhaft wild, in seinem Kleide fühlt er sich als oberster Herr, er reißt den anderen Burschen die Mädchen aus dem Arm – ein paar übermütige Runden, er läßt sie stehen und fliegt anderen zu. Und seine Augen funkeln.

Die Burschen beginnen zu grollen, die Mädchen fürchten ihn, aber auf alle Vorstellungen seiner Braut und der Freunde antwortet er nur mit einem tollen Lachen: «Ich bin der Doge von Venedig!»

«Es geht in die Fastnacht», hofft die Dogaressa, aber sie sitzt wie auf Kohlen und ist doch blaß; sie plaudert, um ihr Inneres zu verbergen, zerstreut mit Pia, die als armseliges Mäsklein eben noch mit anderen geringen Masken durch den stolzen Schwarm der schön Kostümierten geflogen war. «Du Närrchen, schau mich doch nicht so grenzenlos neidisch an! Das ist ja nur Fastnachtsgewand!»

Und Cilgia ärgert sich auch über Pia.

Endlich, endlich ist die ersehnte Stunde erlebt. Wie wird sie daheim im Pfarrhaus den Mummenschanz von sich reißen!

Der Doge und die Dogaressa tanzen die letzte Runde.

Im Sonnenaufgang des Winters ist die Bernina rot wie Blut, und ein Gespann gleitet aus Samaden in den rötlich erflimmernden Schnee.

Doch Markus und Cilgia, die ein Bärenfell vor der beißenden Kälte des Morgens schützt, haben kaum das äußerste Haus des Fleckens hinter sich, so spricht jener: «Dogaressa, einen Kuß!» Er spricht es, den Kopf voll Musik und Wein, im Ton des Befehles. Er zittert vor Leidenschaft.

«Jetzt nicht, Markus!» antwortet die Dogaressa traurig. «Ich mag nicht.»

«Einen Kuß!» herrscht er sie an – und plötzlich richtet er, ihre Hand unter dem Bärenfell ergreifend, die Augen, mit denen er Leidenden die Schmerzen stillte, die schrecklichen Augen, die sie im Roseg-Tal an ihm gesehen hat, in schwüler Gier auf sie. Ein stummes Ringen der Blicke spielt zwischen Doge und Dogaresse. Ihr blasses, schönes Haupt übergießt sich mit Rot, sie flammt auf: «Schäme dich, Markus, schäme dich, daß du mich mit Pia verwechselst.»

Er hört es kaum, was sie spricht; er sieht nur, wie schön sie ist in ihrem bebenden Zorn, sein glühendes Gesicht verzerrt sich, mit heftigem Arm umfaßt er ihre Hüfte, er reißt sie an sich und will sie mit Gewalt küssen.

«Tuons, halt!» schreit die Dogaressa. Und das Krönchen gleitet ihr vom Haupt. Der Säumer, der mit den heimwärts drängenden Tieren so viel zu tun hat, daß er sich nicht darum kümmern kann, was hinter ihm vorgeht, hält verwundert an.

Der Doge hat einen Augenblick wieder die Vernunft erlangt und die Dogaressa losgelassen. «Es ist nichts, Tuons, wir haben das Krönchen –», ruft er dem Schlittenführer zu.

Wie die Pferde wieder anziehen, sinkt die zitternde Dogaressa, die sich erhoben hat, durch den Ruck von selbst auf ihren Sitz zurück. Der Schlitten jagt weiter, und zwischen den beiden herrscht peinvolles Schweigen.

Da springt im Morgensonnenstrahl ein armseliges Mäskchen, dem Gefährt ausweichend, in den Schnee. Cilgia erkennt Pia.

«Tuons», ruft sie, «laßt Euer Bäslein Pia zu uns hereinsteigen!» Und die frierende Kleine klettert bereitwillig in den weichen Polsterschlitten. Es ist nicht nur Mitleid, was die Dogaressa so tun heißt, es ist die Hoffnung, daß die Gegenwart des Schützlings Markus beruhige.

Sie haben Pontresina erreicht, vor dem Pfarrhaus hält der Schlitten, die Dogaressa verabschiedet sich: «Nein, Markus, begleite mich lieber nicht, fahre gleich mit Pia heim!» Müde und traurig spricht es die Dogaressa.

Er aber wirft ihr einen Blick voll Wut und Elend nach. Von einer wundervollen Liebe ist der erste Duft gewischt – Cilgia möchte in Tränen ausbrechen –, aber sie muß stark sein vor dem Pfarrer.

Er sitzt beim Morgenkaffee und lacht, wie sie so blaß und übernächtigt ins Zimmer tritt.

Und ob das Herz bricht, sie erzählt dem Onkel, wie schön der Besuch in Madulain gewesen sei.

Am zweitfolgenden Tag fragt der Pfarrer: «Markus braucht aber lange, bis er sich ausgeschlafen hat. Wo bleibt er?»

«Ich will ihn holen», erwidert Cilgia.

Fröhlich tritt sie in seine Werkstatt, er aber lehnt blaß und finster mit untergeschlagenen Armen an der kalten Esse.

«Cilgia!» schreit er auf. Etwas wie Grauen und Entsetzen steht in seinem Gesicht.

«Wir wollen doch keine grollenden Kinder sein, uns gegenseitig verzeihen und nie wieder Doge und Dogaressa spielen. Das Maskenkleid entwürdigt – das haben wir schrecklich erfahren.» Sie spricht es gütig und hoffnungsvoll. «So lache doch ein wenig, Markus», bettelt sie ängstlich.

Aber er lacht nicht – er verharrt in seinem Schweigen.

«Tu mir den Gefallen und komm wieder ins Pfarrhaus! Der Onkel darf nichts merken von unserem häßlichen Streit», fleht sie.

Er stöhnt überrascht auf. Und er kommt wieder ins Pfarrhaus, doch er kommt wie ein gezüchtigtes Tier, er kann nicht mehr lieb sein, er zittert nicht mehr nach einem Kuß, freudlos kommt er, freudlos geht er.

«Liebst du mich nicht mehr, Markus?» Durch ihre Stimme zuckt das heiße Verlangen. «Markus, rede, sonst sterbe ich!»

»Ich liebe dich wahnsinnig», antwortet er traurig, und eines Abends spricht er wie ein Sterbender: «Lebe wohl, Cilgia, mich siehst du nie wieder!» Wie ein Gerichteter wankt er davon.

So kommt der Abend vor Chalanda Mars, dem Frühlingsfest des Engadins. Cilgia schließt in dumpfer Verzweiflung kein Auge, sie ahnt immer noch nicht, was geschehen ist. Da tönen durch den Schnee die Rufe der Jugend in den kaum ergrauenden Tag: «Chalanda Mars – Frühling! Frühling!»

Mit Hörnern und Trommeln, mit Pfannendeckeln und Kuhglocken, mit allem, was Lärm macht, zieht die Knabenschar durch das schlafende Dorf, und in jedes Fenster und in jede Türe gellt ihr «Frühling! Frühling!»

Es ist noch nicht Frühling; noch zwei Monate wird das Engadin unter Eis und Schnee schlafen, ehe sich die erste Blüte regt, aber die Jugend ist der Herold des Lenzes: «Frühling! Frühling!»

«Lebe wohl, mein Frühling», wimmert Cilgia in der Pfarrstube.

Um sechs Uhr schon kommt Tuons und treibt mit Faustschlägen die keifende, weinende Pia vor sich her.

Er läßt das Mädchen im Flur stehen und tritt in die Studierstube des Pfarrers ein. Da naht sich Cilgia dem trotzigen Wildling: «Was ist geschehen, Pia?» fragt sie angstvoll.

«Jetzt habe ich Euch halt gebissen, Fräulein!» erwidert die Hirtin voll höhnischer Genugtuung und schielt Cilgia, die Tränen zurückhaltend, mit den Raubtieraugen wie im Genuß der Rache an.

«Armer Tropf!» spricht Cilgia verachtungsvoll und wankt wieder in die Pfarrstube.

Da steht sie vor dem Bild der istrianischen Dulderin. Sie ahnt, ja sie weiß jetzt, was geschehen ist. «Oh, wenn ich nur die Kraft hätte zu verzeihen, wie du verziehen hast! Aber es ist schrecklich – ich habe die Kraft nicht», und sie hebt ihre Hände empor: «Sei barmherzig, Katharina Dianti, spende mir deine Stärke, siehe, ich leide wie du! Ich leide mehr als du!»

So steht sie und hebt die gekreuzten Hände zu dem Bild empor. Sie sieht es nicht, daß Pfarrer Taß in die Stube getreten ist, erst sein Schluchzen weckt sie.

«Oh, Cilgia, du weißt noch immer nicht genug! Selbst wenn du verzeihen könntest wie Katharina Dianti, es hülfe dir nichts!»

Sie horcht wie geistesabwesend, dann stürzt sie hin. Sie liegt mit gebrochenen Flügeln wie der Adler, den Markus Paltram am Landsgemeindetag geschossen hat. Der Pfarrer hebt sie auf.

Da flüstert die Taumelnde wie in wirrem Traum: «Nicht wahr, er muß Pia zum Altar führen – er muß?» Ihr Schluchzen füllt das Gemach, in das die Morgensonne scheint.

«So wird es wohl sein», spricht Pfarrer Taß mit halber Stimme, «das ist er der Mutter seines Kindes schuldig, sonst ist er vor Gott und Menschen ehrlos. Doch Schuld über Schuld: Er ist geflohen von der verratenen Braut und von der zukünftigen Mutter seines Kindes hinweg. Tuons hat ihn am Weißen Stein gesehen – oh, schon vorgestern wußte es das Dorf.»

Drei Tage brütet Cilgia wortlos, tränenlos. Sie hört nichts von dem Entrüstungsschrei, der die engadinischen Dörfer durchbebt: «Er ist halt doch ein Camogasker!» nichts von dem Jammer des alten Mesners, der es allen Leuten erzählt: von Paolo Vergerios Zeiten an sei nie eine Braut im Strohkranz über die Kirchenschwelle von Pontresina geschritten – nur Pia müsse es jetzt tun!

Pfarrer Taß nimmt Cilgias Hand: «Oh, Cilgia, Leid ist schon vielen widerfahren, und ich weiß auch ein Leid davon! Wenn du in Tirano in die Häuser der Armseligen trittst, so findest du an den Betten der Kranken eine Nonne in weißem Haar, doch mit glanzvollen Augen. Jedes Kind kennt sie: Salome Forte! Wir konnten glaubenshalber nicht zusammenkommen.»

Doch Cilgia ist es, als ob den gleichen sengenden Schmerz wie sie noch keine menschliche Brust erduldet habe, keine mehr erdulden werde. Sie reicht dem Pfarrer die Hand: «Onkel, ich habe einmal über dein Junggesellentum gescherzt, es tut mir leid!»

Wie aus tiefem Schlummer erwachend, spricht sie mit ergreifendem Ton: «Fort, fort von Pontresina – schon morgen, Onkel! Führe mich nach Fetan zu meinem geliebten Lehrer a Porta. Hier kann ich nicht leben und doch auch nicht sterben!»

Und der Pfarrer verstand sie und hatte Erbarmen mit ihrem furchtbaren Leid.

Es schneite, als müßte das Engadin untergehen, als der Schlitten, der Cilgia Premont entführte, talwärts glitt. Tuons führte sie und den Pfarrer.

Als sie aber an einem Wäldchen vorbeifuhren, das an der Straße zwischen Pontresina und Samaden liegt, reckte sich plötzlich eine Gestalt zwischen den seufzenden Tannen.

«Markus!» wimmerte das Mädchen.

«Cilgia!» stöhnte er wie ein wunder Stier.

Doch das Gespann verschwand in den Flocken.

So endete der herrliche Winter. Das Engadin wurde grün, und die Blumen stickten ihre Pracht in den weichen Samt der Fluren.

Da schritt Markus in der würdigen Ergebung eines

Mannes, der es weiß, daß er eine himmelan schreiende Torheit begangen hat, mit Pia Colani, die einen Strohkranz trug, zum Altar. Er wollte ein Ehrenmann bleiben, und vor grimmigen Schmerzen sah er es nicht, wie die lose Jugend mit den Fingern Rübchen gegen sein Strohbräutchen schabte.

10

«Wie habe ich es tun können – das Unsägliche?»

In seiner Werkstatt steht Markus Paltram und starrt, die Arme verschränkt, mit brennenden Augen vor sich hin. «Nicht aus Leichtsinn – aus Elend! Ich gab Cilgia nach dem, was auf der Heimfahrt geschehen war, verloren, ich begrub die rasende Reue in der verruchten Tat! Und siehe da, Cilgia war größer –: Sie kam; sie bot die Hand zur Versöhnung. Sie ist herrlicher als jene Katharina Dianti, von der sie erzählt hat!» Er starrt und starrt, und sein Herz siedet im Weh.

«Markus, der Büchsenschmied, hat das Lachen verlernt», flüstern die Leute. «Er hat früher nicht viel gelacht, jetzt lacht er gar nicht mehr.» Man hat erwartet, sein unfaßbarer Verrat an Cilgia Premont und seine unfreiwillige Ehe mit Pia, der Ziegenhirtin, würden ihn zum kleinen Mann herabdrücken, er würde vielleicht ein Trinker und käme an den Rand des Verderbens. Nichts von alledem! Er meidet den Umgang mit den Menschen, er arbeitet aber schier so ruhig und fleißig wie früher. Er geht immer gut gekleidet, frei und frank und trägt den Kopf hoch. Nur lachen sieht ihn niemand mehr.

Mit Pia, dem ehemaligen Waldteufel, führt er einen friedlichen und fast ordentlichen Haushalt. Wie ein Hund gehorcht sie ihm. Einer seiner furchtbaren Blicke, und es geht so manches, was vorher nicht Raum darin gefunden hatte, in die niedrige Stirn. Sobald er aber der Hütte den Rücken wendet, stellt sie sich ans Fenster, reckt die Zunge hinter ihm und hebt die kleine derbe Faust: «Warte nur, bis mein Bruder reich und angesehen ist!» Ihr ganzer Familiensinn besteht aus gräßlicher Furcht vor den Augen ihres Mannes.

Häufig am Abend streicht Markus ins Roseg-Tal oder in eine andere Gegend des Gebirges, und am Sonntag wandert er am frühen Morgen aus und kommt erst spät wieder. Sein Weib aber muß, um der Landessitte zu genügen, Sonntag um Sonntag den Morgengottesdienst besuchen, und um sich zu vergewissern, daß sie sein Gebot halte, fragt er sie am Abend nach der Predigt des Pfarrers.

«Er hat den Text ausgelegt», erwidert Pia mit einem seltsamen frommen Augenaufschlag, den sie anderen Frauen abgeschaut hat: «Ich bin ein eifriger Gott, der da heimsuchet der Väter Missetat an den Kindern bis in das dritte und vierte Glied.»

Da schaut er sie mit einem niederschmetternden Blick an, setzt den Hut auf und geht.

«An den Kindern bis in das dritte und vierte Glied.» Das schreckensvolle Bibelwort verfolgt ihn auf seinen einsamen Wanderungen.

«Und ich bin doch ein Camogasker!» schreit er in den Sommerfrieden des Gebirges, und er flucht seiner Mutter, die er so unendlich liebgehabt hat. Sie hat ihm das heiße Blut gegeben, das Blut, das Cilgia Premont betrog.

Und weiter, weiter laufen seine Gedanken: Wäre er wie Pia! Sie hat kein Gewissen. Was sie gemeinsam an Cilgia verbrochen haben, beschwert sie nicht. – Es ist entsetzlich, zusammen mit einem Weib zu leben, das kein Gewissen hat! Entsetzlicher ist ihm, daß sie gemeinsam ein Kind erwarten. Was wird das für ein Wesen sein? Ein Vater mit rasendem Blut, eine Mutter ohne Gewissen: ein Kind des Verrats! – Wenn sich die Sünde, die er an Cilgia begangen hat, rächte, das Kind elend wäre!

Er geht, er läuft, bis der Schweiß über seine Stirn rinnt und sein Atem stockt.

Dann eilt er heim, und das Klingling seines Hammers übertönt das schwere Pochen seiner Brust.

Was leidet er unter dem gräßlichen Heimweh nach Cilgia, nach einem guten Blick aus ihrem schönen goldbraunen Auge, nach einem ihrer Worte, die wie Sonne und Tau in seine verbitterte Seele fielen!

Es ist sonderbar: bei allem, was er tut und denkt, ist ihm, sie sehe und höre ihm zu.

Aber sie ist ja drunten in Mals bei Baron Mont, sie ist an der Straße, wo der alte und der junge Gruber mit den Säumern vorüberziehen, wenn sie vom Veltlin Waren nach dem Tirol führen.

Und wenn sie nun doch das Weib des jungen Gruber, des Gemsfallenstellers, würde? Er forscht den Langen Hitz aus, der mit seinen Heuern und Heuerinnen wieder da ist.

Der sagt aber lachend: «Die, die – ich glaube, es braucht weniger Mut, des Teufels Großmutter ums Heiraten zu fragen als die. Ihr solltet sie nur einmal durchs Moor reiten sehen!»

Der Schmerz Markus Paltrams wird darum nicht kleiner. Oh, er wollte, er hätte sie mit seiner elenden Tat so getroffen, daß sie nie einen anderen lieben könnte; ihm würde der Gedanke, daß je ein anderer den Arm um die stolzen Hüften legen dürfte, das Gehirn aussengen! Nein, sie kann nie einen anderen lieben, das wäre Spiegelung der Hölle, sie haben zu wundervolle Tage des Glücks miteinander verlebt! Und das Heimweh brennt!

Er streift durch das Gebirge, er zieht einen Rotstein aus der Tasche und schreibt *Cilgia* an die Felsen. Ihm ist, als müsse sie eines Tages an diesen Stellen vorüberwandern, die Schriftzüge erkennen und zu ihm kommen und sagen: «Markus, ich bin dir noch gut!» Warum ist er nicht nach Frankreich geflohen, sondern jenseits des Albula umgekehrt? – Er kann sich nicht von der Gegend trennen, wo sie geatmet und gelebt hat. Ihn verzehrt immer der gleiche Durst: sie noch einmal sehen!

Sonderbar, er, der gescheite Paltram, der sonst über alles lacht, was dunkel und geheimnisvoll ist, erliegt mystischen Stimmungen.

Er meint, wenn er als der erste Sterbliche den Fuß auf den Piz Bernina setzte, wenn er die oberste Zacke reinen Schnees abbräche und sie weiß und rein zu Cilgia Premont brächte, so würde vieles wieder gut.

Sie hat es wohl anders gemeint, als sie von der Flamme der Bernina sprach, die er ins Engadin herniederholen müsse – aber seine Gedanken und seine Sonntagsausflüge kreisen um den Piz Bernina.

Dort, wo die Silberflamme blinkt, muß er eines Tages stehen, sonst wird er nicht selig.

Der Herbst ist da, und Pia spricht: «Markus, wenn du auf die Jagd gehen willst, so kann ich dir am Piz Languard, wo ich die Geißen gehütet habe, einige gute Gemsenwechsel zeigen.»

«Bist du der Satan?» donnert er, daß sie sich duckt. Eine halbe Stunde später steht er in der Stube, mit bebenden Händen hält er sein Jagdgewehr, das Eisen funkelt, seine Augen flammen, aber er hängt das Gewehr wieder an die Wand. Er steht in der Nacht auf und besieht sich die Waffen, wie sie im Schein der Kerzen flimmern, doch ihm ist's: die erste Gemse, die er schieße, müsse Cilgia sein.

Und er läßt die Waffe ruhen.

Einige Wochen später wird ihm ein Söhnchen geboren – ein prächtiges Kindchen mit gesunden Gliedern. Und nun spürt er doch etwas wie Vaterfreude und Erlösung.

Er muß es zur Taufe anzeigen. Da sitzt er wieder im Pfarrhaus, wo er mit Cilgia so oft gesessen hat. Die Bilder Paolo Vergerios und Katharina Diantis schauen auf ihn nieder, und die Erinnerungen foltern ihn.

Das Geschäft zwischen ihm und dem Pfarrer erledigt sich kurz und förmlich. Aber er steht noch einen Augenblick länger als nötig – er hätte sich so gern mit einem Wort nach Cilgia erkundigt. Ihren bloßen Namen zu hören wäre ihm Musik gewesen. Aber er fragt nicht – er geht. Der Pfarrer blickt ihm gedankenvoll nach. Er hat, seit er den Schrei am verschneiten Waldesrand gehört, eine Ahnung, wie es um Markus Paltram steht. Er kommt eben von einer mehrtägigen Reise, von einem Besuch bei Cilgia. Es geht ihr, soweit es die Erlebnisse der Vergangenheit gestatten, gut, das Schicksal hat sie auf ein Arbeitsfeld gestellt, wie man es ihr kaum angemessener hätte bereiten können.

Sie ist zu Mals, dem hübschen tirolischen Flecken an der Stilfser-Joch-Straße, bei Baron Mont, dem Freund a Portas. Der wohl sechzigjährige Baron, ein Kauz mit den seltsamsten Ansichten, aber von seltener Güte, ein Mann, der anderen jedes Wort glaubt und niemand eine Bitte abschlagen kann, hat sie in seinen Dienst genommen, damit sie ihm das lästige Briefschreiben besorge und eine Art Tage- und Rechnungsbuch über die Arbeiten auf dem Hochmoor führe, wo er große Torfstechereien besitzt und, um der armen Gegend durch Feldbau etwas aufzuhelfen, allerlei Bodenverbesserungs- und Anpflanzungsversuche anstellen läßt. Sie aber ergriff ihr Amt mit der ihr eigenen Lebendigkeit, und wie der Baron eines Tages von einer Reise ins Salzburgische, wo er auch Güter hat, zurückkehrt, legt sie ihm das Tagebuch vor. Er blättert darin, und plötzlich fesselt ihn eine mit roter Tinte unterstrichene Stelle: Betrügereien, die seit sechs Jahren im Umtriebe des Moorgeschäfts nachgewiesen werden können. Und es folgen fast endlos kleine und große Posten, sie fallen dem Verwalter, den Zwischenunternehmern und Händlern zur Last, und alles zusammen ist eine Summe, vor der dem Baron, der doch in Geldsachen nicht klein denkt, graut.

Acht Tage später hat Cilgia die Leitung des Unternehmens in den Händen, ihr Wort und ihre Unterschrift gelten wie die seine, und ein Gewitter fährt reinigend über die Heide.

«Das Frauenzimmer, das verfluchte, das immer das Papier und den Bleistift in den Händen hält!» Die Fäuste der Arbeiter ballen sich hinter ihr, sie wünschen sie angefroren auf der Spitze des Ortlers, die auf das braune und schwarze Hochmoor herniederschaut. In ihrem grauen, rauhwollenen Kapuzenmantel kommt sie schon morgens sechs Uhr durch die dünnen, blauen Nebelschwaden, die das Ried bedecken, geritten und bietet ihnen einen freundlichen guten Tag! Sind sie aber nicht zur Stelle, so läßt sie ein Zeichen zurück, daß sie schon dagewesen ist, und wenn am Abend noch schnell ein unaufgeschriebenes Fuder Torf heimlich weggefahren werden soll, so sprengt sie auf ihrem Rappen gewiß noch von irgendwo heran: «Abladen! Es geht keine Torfstolle vom Moor, bevor sie im Herrenhause eingeschrieben ist, und dem Händler sagt, daß wir überhaupt nichts mehr mit ihm zu schaffen haben wollen!» Und neben ihrem Pferd steht sie ruhig, bis die letzte Stolle wieder auf den Boden geschichtet ist.

Geht aber alles seinen guten Weg, so plaudert sie mit den Arbeitern, sie setzt sich mit ihnen ans Feuer, röstet sich einen Maiskolben und erkundigt sich, während sie die Körner abrupft, nach Weib und Kind der der Leute.

«Das ist anderes Latein», scherzte sie, als Pfarrer Taß zu Besuch kam und mit ihr über die Arbeitsstätten ritt. «Aber ich habe mich mit den Taglöhnern jetzt doch in ein recht angenehmes Achtungsverhältnis gesetzt», sagt sie.

«Das habe ich im Flecken schon gehört», erwiderte der Pfarrer erfreut über die Munterkeit seiner Nichte.

Als sie aber am dritten Tag dem Onkel bis nach Münster im Bündner Land das Geleite gab, sagte sie im gemütlichen Ritt: «Ich habe den Eindruck, daß die Wirtschaft des Barons mit großen Schritten hinter sich geht – ich übersehe nicht alles, nur ist er gewiß nicht so reich, wie er selber und andere mit ihm glauben.»

«Und wie geht es dir sonst, Kind?» fragte der Pfarrer. «Ich meine, was macht dein Herz? Darüber sagst du mir ja kein Wort.»

«Ich fürchte nur die Nacht, die gräßliche Nacht», sagte Cilgia stockend, «am Tag gibt mir die Arbeit Frieden, und ich bete zum Himmel, daß er mir vor den Männern Ruhe schenke. Aber vor sechs Wochen war Fortunatus Lorsa in aller Stille da und hat um meine Hand angehalten?»

«Und was hast du ihm für eine Antwort gegeben?»

«Der Schmerz hat mich fast übernommen. ,Fortunatus‘, habe ich ihm gesagt und ihn mit du angeredet, daß er merke, wie wert er mir ist, ,du verdienst ein besseres Los als ein halbes Herz! Hätte ich noch ein ganzes, so gäbe ich es dir!‘ Geliebt werden und nicht wiederlieben können – auch das, Onkel, muß durchgekämpft sein! Das weiß ich von Sigismund Gruber her.»

«Ich wäre wirklich gern zu den beiden Gruber gefahren», sagte nach einer Weile der Pfarrer, «ich denke an beide freundlich zurück, an den alten und den jungen.»

«Und ich», versetzte Cilgia, «ich ärgere mich, daß ich bei der Annahme der Stelle zuwenig überlegt habe, wie nahe ich damit den Grubers rücke. Wenn ich einen von ihnen sehe, und das geschieht ja jetzt oft, mache ich mir immer Vorwürfe, wie schlecht ich den jungen behandle und wie undankbar ich gegen den alten bin. Ich möchte übrigens den jungen ganz wohl leiden, wenn er mich nur nicht liebte. Seit ich selber so im tätigen Leben stehe, habe ich auch Sinn für die Säumerei, und es gefällt mir, wie er mit den Knechten und Pferden umgeht. Er ist ein wenig derb, aber er ist nicht roh, er überanstrengt weder Mensch noch Tier. – Die Geschichte vom Gemsfallenstellen ist aber doch wahr», versetzte sie nach einigen Augenblicken. «Denkt, Onkel, ich habe die große Unvorsichtigkeit begangen und ihn frei und frank gefragt, was an dem häßlichen Gerücht sei.»

«Warum Unvorsichtigkeit?»

«Er wurde blaß wie ein Leintuch, er stöhnte, nun wisse er, warum ich ihn nicht lieben könne. Ob er denn ewig unter einer Torheit leiden müsse, die er vor zehn Jahren als törichter, verführter Junge begangen habe! – Es war so viel Leid in seinem Gesicht, daß er mich dauerte.»

Sie waren im freundlichen Münster angekommen; ein gemeinsames Mittagessen noch, dann stiegen Onkel und Nichte wieder zu Pferd und reichten sich die Hände zum Abschied.

Da umflorten sich die schönen goldbraunen Augen Cilgias doch. «Ich habe», bekannte sie, «ein so gräßliches Heimweh nach dem Engadin. Ich reite oft am Morgen früh zur Bündner Grenze und denke: Dort über den Bergen liegt Pontresina; es ist schrecklich, daß ich es nicht mehr sehen darf!» Ihre bebende Stimme brach ab. Mit einem raschen Ruck wandte sie das Pferd; sie ritt nach Mals zurück; der Pfarrer gegen Santa Maria und über den Ofenpaß nach Zernez.

Die starke Seele, dachte er im Reiten; mit keinem Wort hat sie nach Markus Paltram gefragt.

Er unterhielt mit Cilgia einen regen schriftlichen Verkehr; die Säumer auf der Stilfser-Joch-Straße nahmen ihre Briefe nach Tirano mit und gaben sie dort Säumern, die über die Bernina-Höhe zogen. Oft lag neben dem Brief für den Pfarrer noch einer an Menja Driosch in Sankt Moritz und in diesem wieder ein Brief, den nur Menja allein sehen durfte.

Dieser Brief kam von Paris – kam von Herrn Konradin, der schon fast so lange in der lebensvollen französischen Hauptstadt weilte wie Cilgia im einsamen Mals.

Auch über sein junges Haupt war ein Donnerwetter gegangen. Irgendwie war der Landammann dem Tun und Treiben seines duckmäuserischen Sohnes auf die Spur gekommen. Er hatte erfahren, daß er der Verfasser des vielgesungenen Liedes sei: *Mein Engadin, du Heiligtum,* und war dann in das verschwiegene Poetenkämmerchen gedrungen. Da hatte er mit grimmigem Zorn die Verse seines Jüngsten der Landämmin vorgelesen und, was schlimmer war, einen Brief mit Beleidigungen ins Haus geschickt, vor dessen Fenster die Blumen Menjas blühten. Die Flamme der alten Zwietracht zwischen Driosch und ihm war neu aufgeschossen, und dem armen jungen Dichter flogen die Worte um den Kopf «Du Revolutionär! Du überflüssiger Verseschmied! Du Verräter an den Überlieferungen des Hauses!»

Herr Konradin war jetzt als angehender Kanzlist bei seinem Bruder in Paris, wo, meinte der Landamman, die blonde Menja Driosch sich schon werde vergessen lassen.

Aber über Mals fanden Konradins Briefe den Weg nach Sankt Moritz, und ob sie auf dem weiten Umweg auch steinalt wurden, so streuten sie doch hellen Sonnenschein in ein kleines unglückliches Herz. Und dazu schrieb dann noch Cilgia: *Siebzehnjährige Menja. Laß Deine Blumen noch ein paar Jährchen blühen. Ich freue mich auf Eure Hochzeit!* –

Im Winter – es ist der zweite, seit sie von Pontresina fort ist – kommt ein Brief von Cilgia, und eine Stelle besonders fesselt die Aufmerksamkeit des Pfarrers.

Denkt Euch – schreibt Cilgia –, was für eine sonderbare Bitte der alte Gruber an mich gerichtet hat. Eine junge reiche Bauerntochter in Reschen, eine muntere Neunzehnjährige, frisch wie aus dem Brunnen – ich kenne das Mädchen –, hat sich in die blauen Augen des Sigismund verschaut, ihre Eltern wollen, der alte Gruber will, ich weiß ja nicht, wie das alles gefädelt worden ist, nur der Junge will nicht! Jetzt meint der Alte, da ich Sigismund ja doch nicht nehme, solle ich ihm den Kopf zurechtsetzen. Ich werde mich überwinden und ihm meine traurige Geschichte von Pontresina erzählen.

Ich bin über diese Wendung froh, a Porta hat mir bei seinem letzten Besuch so warm zugesprochen, ich sollte mich des jungen Gruber erbarmen, es liege gewiß ein Glück darauf. Ich begann ernsthaft zu überlegen. Denn ich höre jetzt mehr auf den Rat erfahrener Leute als in Pontresina. Aber die Geschichte der Rescherin läßt mich kühl, das ist doch ein Zeichen, daß alles, was ich für ihn empfinde, nur freundschaftliche Achtung ist. Die Verlobung Fortunatus Lorsas mit der Scanfserin ist mir nähergegangen – ich wünsche ihm tausendmal aus vollem Herzen Glück!

Der Pfarrer seufzte: Lorsa und Cilgia wären ein Paar nach seinem Herzen gewesen.

Ein ernster, sehr ernster Brief Cilgias mit der Aufschrift: *Dieses Schreiben drängt!* traf im Frühling beim Pfarrer ein.

Diesmal, Onkel, schreibe ich Dir vom Suldenhof. Wie ich dahin gekommen bin? Das ging wunderlich zu. – Ich lasse seit einigen Wochen wieder im Moor arbeiten; mein Baron ist im Salzburgischen, die Händler zahlen nicht, die Leute, denen wir schuldig sind, werden ungeduldig, der Bankier in Innsbruck rührt sich nicht, und ich sitze eines Samstagmorgens auf der Schreibstube, klemme den Kopf zwischen die Fäuste und frage: Was soll ich nun tun, wenn am Abend die Arbeiter kommen, um ihren Vierzehntaglohn zu holen? Sagen: Wir sind bankerott? – Da tritt der alte Gruber ein, ich gebe ihm auf seine

Frage wegen der Abfuhr von Torf für die Pfanne in Hall zerstreute Antwort. «Was ist Euch?» fragt er. Ich bekenne ihm meine Verlegenheit. Er sagt: »So, sechshundert Gulden braucht's, wenn der Baron nicht als zahlungsunfähig ausgeschrien werden soll? – Da sind sie. Ich nehme die Gefahr auf mich, denn so schlimm steht's mit Mont noch nicht.» So kann ich meine Arbeiter und verschiedene drängende Gläubiger bezahlen; vierzehn Tage später erhalte ich aus Salzburg das Geld, aber zugleich die Weisung des Barons, die Leute in dem Maß zu entlassen, als sie anderwärts Verdienst finden, und einer nach dem anderen drückt mir jetzt die Hand. Der Zusammenbruch meines geliebten Moorunternehmens preßt mir die Tränen in die Augen, aber auch das von Gruber entlehnte Geld brennt mich. Es muß zurückbezahlt werden – sofort! Ich höre, daß der alte Lorenz bettlägerig oder doch ans Haus gefesselt ist. Es liegt mir daran, die Summe wieder selbst in seine Hände zu legen. Ich besiege eines Morgens alle Bedenken und reite den weiten Weg nach Suldenhof. Die Leute, besonders der alte Lorenz, machen sich ein Fest aus meinen Besuch. Ich muß mir den weitläufigen, schönen Hof ansehen, man spricht viel, viel, nur nicht von der jungen Rescherin, ich verspäte mich am Abend, Sigismund Gruber reitet mit mir zur Begleitung durch die Nacht – und dann...

Ich wußte ja, daß es so käme, wenn ich den Suldenhof besuchte! Er wirbt wieder um mich. Und, Onkel, ich fange an zu überlegen – nein, ich überlege nicht, ich kämpfe. Ich würde den alten Vater so gern glücklich sehen! Onkel, Du würdest mir einen großen Dienst erweisen, wenn Du die Reise unternehmen wolltest! Ich würde mich so gern mit Dir beraten! Ich bringe die Schlacht meiner Gedanken nicht fertig. Aber ich bitte, rasch, Onkel; ich fürchte, mit dem alten Gruber geht's zu Ende.

Und der Pfarrer reist nach dem Suldenhof.

Zum Schwersten, was er je erlebt, gehört der Abendgang mit seiner Nichte im Schein des Ortler-Gebirgs.

«Sigismund weiß alles», berichtet ihm Cilgia auf diesem Gange. «Er weiß, daß es eine matte, auf die Achtung für ihn und seine Familie gegründete Liebe ist, die erst wachsen und stark werden muß. Gott, wenn mir nur meine seligen Eltern ein Zeichen geben würden, was ich tun soll! Ich möchte den alten Lorenz nicht dahinfahren lassen, ohne Trost, und kann doch fast die Verantwortung nicht tragen, das Ja zu sprechen. – Onkel, soll ich in die weite Welt?»

Erschütternd ringt Cilgia.

«Sie tun mir alles zulieb!» stößt sie hervor. «Da ich nicht gern in Tirol bin, so will sich Sigismund in Puschlav niederlassen und dort eine Säumerei einrichten. Der alte Lorenz ist einverstanden.»

Der Pfarrer ist ratlos. Der junge Gruber mit seinem klaren, trockenen Wesen gefällt ihm besser als je.

Aber Cilgia liebt den Vater – nicht den Sohn.

Und sonderbar! Es ist, als ob der alte, sieche Mann, der ein so arbeitsreiches Leben hinter sich hat, mit seinem Lebensflämmchen nur noch zuwarte, bis sie ihr Ja spricht.

Mutteraugen bitten auch darum, und selbst der ältere Bruder Sigismunds, sonst ein protziger Mann, ist Cilgia gewogen.

Am anderen Tag sagt sie: «Onkel, ich gehe jetzt allein ein bißchen in Wald und Flur.»

Und siehe da! Mit stiller Fröhlichkeit kommt sie zurück. «Onkel», sagt sie, «ich habe so innig gebetet wie noch nie. Ich weiß meinen Weg – ich habe Frieden!»

Dann tritt sie an das Bett des alten sterbenden Gruber.

Sie hat ihr Ja noch immer nicht gesprochen – blaß wie eine Märtyrerin steht sie da.

Der alte Gruber blickt sie, während er vom Geistlichen die Sakramente empfängt, mit einem unsäglichen Ausdruck der Bitte an. Sein Atem geht schwer.

Die heilige Handlung ist vollendet. Da schwankt sie auf den Sterbenden zu, nimmt seine kalte, weiße Hand und kniet nieder. «Komm, Sigismund, knie mit mir und gib mir die Hand – und Ihr, Vater, gebt uns den Segen!» Da verklären sich die Züge des Waldtöters.

«Sigismund, halte sie in Ehren. Cilgia, Herzenskind – also doch!»

Die Stimme des Alten bricht sich in Röcheln und Schluchzen. Der Geistliche tritt vor und hält die Monstranz über die Knienden. «Sie hat in Mals so viel für die Armen getan, daß ihr die Kirche den Segen nicht verweigern kann. Die Kirche segnet euch.»

Der alte Gruber schaut nur noch. «Cilgia», haucht der Sterbende mit dankbarem Blick. Verlobung und Tod sind beisammen.

Und Sigismund Gruber weint wie ein Kind.

Monate sind seit diesem erschütternden Tag verflossen – es geht gegen den Herbst –, aber der Pfarrer muß immer daran zurückdenken! Die Verlobung liegt ihm nicht recht. Doch übermorgen ist die Hochzeit Cilgias mit Sigismund Gruber.

Nur eine Beruhigung gibt es: Sie selbst ist jetzt mit Festigkeit dabei – und eine Freude: Er kann dann und wann zu ihr hinüberreiten, zu ihr, seinem Augapfel.

Übermorgen ist die Hochzeit. «Ich bin doch dabei», hatte der alte Gruber gemeint, «wenn ihr mich schon nicht seht.»

Ja, überlegte der Pfarrer, wenn der alte Lorenz noch ein paar Jahre das Leben gehabt hätte – Sigismund wird doch gefeit sein gegen die Gefahren, die an der Straße lauern. Und dabei denkt er nicht an die Lawinen.

Er nimmt die Bilder Paolo Vergerios und Katharina Diantis von der Wand.

Da klopft es. Markus Paltram, der Büchsenmacher, kommt in schwarzem Anzug. «Herr Pfarrer», sagt er ruhig, «mein Bub Märklein ist gestorben, könnte morgen die Beerdigung sein?»

«Setzt Euch, Paltram!» Der Pfarrer brachte das trauliche «Markus» nicht mehr über die Lippen. «Woran ist es gestorben? Ja, morgen, nur nicht übermorgen!»

«Gichter – es ist gut, daß es gestorben ist. Es war ein schönes und liebes Kind, ich mag ihm den Frieden gönnen«, sagt Markus dumpf.

«Wie kommt Ihr mir vor, Paltram?»

«Ich wünsche keine Nachkommenschaft», erwidert er finster. «Ihr werdet mit mir denken: Was kann von Markus Paltram Gutes kommen?»

Da schlägt der Wind den Fensterladen zu. «Es kommt ein Wetter», sagt der Pfarrer und befestigt den Laden.

Markus wirft einen Blick auf die ihm so wohlbekannten Bilder. Da würgt er es heraus: «Wie geht es Cilgia?»

«Ich schicke die Bilder, woher sie gekommen sind – über den Bernina-Paß. Ich trenne mich schwer von ihnen, aber sie liebt sie mehr als ich, sie werden ihr Hochzeitsgeschenk.»

«Ihr Hochzeitsgeschenk! Sie heiratet Gruber?»

Und der Pfarrer nickt.

Markus Paltram taumelt auf: «Lebt wohl, Herr Pfarrer!»

Mit einem langen seltsamen Blick sieht ihm der Pfarrer nach, es ist ihm unheimlich zumut.

Paltram taumelt wie ein Trunkener heimwärts; zu Hause reißt er das Gewehr von der Wand.

«Was willst du», fragte seine Frau entsetzt.

«Auf die Jagd!»

«Vom Leichlein des Kindes hinweg? Von unserem toten Märklein!» jammert Pia.

«Ja, von unserm toten Märklein!» donnert er ihr zu. Es ist, als ob das Weiße seiner Augen leuchte, als sei er größer – ein anderer –, nicht mehr Markus Paltram der Schmied, sondern irgendeiner aus alter Zeit.

Zitternd vor Entsetzen bleibt Pia; er aber geht, er geht das Bernina-Tal empor. Sieht er, wie sich das Wetter über das Gebirge wälzt, wie die fahlen Scheine um den Piz zucken und schweben? Gleich einer Mauer rückt die Finsternis heran, unter den oberen schwarzen Wolken fegen die unteren hin und her. Sie hängen wie Trauerfahnen ins Tal – in der Tiefe aber regt sich kein Lüftchen. Es steht alles still. Es ist eine Stimmung in der Natur, wie sie an jenem Tag sein wird, wo die Sonne zum letztenmal am Rande des Erdballs untergeht.

Markus Paltram steht am Morteratsch-Gletscher. Es ist Nacht. «Cilgia!» ruft er.

Da ist es, als ob der Bann der Natur sich löse. Ein Luftstrom streicht vom Piz über den Gletscher abwärts, und es wetterleuchtet über dem Eise dahin. In den Felsen und an den Gletscherkanten harft der Wind. Er singt ein Lied, so weich wie die klagende Stimme jener Pontresinerin, die nach Aratsch rief; lange, gehaltene Töne erklingen sanft und voll Wehmut wie die Musik des Gletschers, die um den Schlummer der Liebenden zittert.

Und die Stadt im Eise erglüht, die grauen nackten Felsen der Isola Persa leuchten – sie werden dunkel, sie flammen wieder auf, und die Lichter traumwandeln seltsam.

Schreitet nicht ein Paar engverschlungen durch die Gegend, wie er und Cilgia gewandelt sind?

Aratsch und seine Geliebte!

Nein, sie werden schreiten – einmal am Ende der Welt einen kurzen, kurzen Tag.

Er aber wird nie mehr mit Cilgia wandeln, nie mehr – nie mehr!

Und der Name Paltram muß untergehen!

Denn also steht geschrieben: *Ich bin ein eifriger Gott, der da heimsuchet der Väter Missetat an den Kindern bis in das dritte und vierte Glied!* So denkt er.

Da dröhnt der Gletscher. Mit Donnergewalt zischen, rollen und kugeln die Blitze über die schwefelgelben Wände der Bernina herunter. Das Wetter bricht los.

Er wendet sich.

Ein Gewitter, wie es noch nie erlebt worden ist, geht durch die Berge. Da und dort flammen, vom Blitz entzündet, alte Arven wie Fackeln auf. Die Bergamasken und Sennen erzählen noch heute beim Kienspan von dieser Nacht. Wie nie vorher sei der Camogasker losgebrochen, Gerippe und blutende Tiere vor und hinter sich, bis zu den höchsten Kämmen und Gipfeln sei er aufgestiegen. Siebenmal habe er den Piz auf falbem Pferd erreiten wollen, habe aber, durch eine geheimnisvolle Macht abgeschlagen, immer wieder umkehren müssen. Am Morgen habe man in allen Tälern erschlagene Gemsen gefunden, Adler seien vom Blitz im Nest, Vieh unter den Schirmtannen getötet worden, Bergamasker Hütten in Brand aufgegangen und von Sassal Masone sei ein Schuß über Puschlav gelaufen. Und eine Stimme habe gerufen: «Wehe Tirol!»

Müde und abgeschlagen kam Markus Paltram im Lauf des Vormittags von der Jagd. Er hatte nichts erbeutet als ein armseliges Grattier. Aber er brachte einen jungen Wolfshund mit sich. Er habe ihn von einem Bergamasken gekauft. «Malepart» nannte er ihn. Denn er fand, er habe in dieser Nacht den schlechteren Teil erwählt.

Und er beerdigte Märklein, das Kind.

Jene Nacht ist aber deswegen mit allen ihren Schauern im Gedächtnis des Volkes geblieben, weil das Engadin damals seinen berühmtesten Büchsenmacher, vielleicht den einzigen, den es je besessen hat, verlor und dem Bündner Land der größte Jäger erstand, den seine

Geschichtsblätter nennen, ein schon zu seinen Lebzeiten von der Volkssage wie vom Wetterleuchten umspielter Held, der groß im Guten und Bösen, ein Mann von seltsamsten Taten gewesen ist.

Markus Paltram, ein König in der Republik der Jäger –: *der König der Bernina!*

11

Fünf Jahre nun schon ist Markus Paltram der Jäger,
Cilgia Premont die Frau des Saumhalters Gruber zu
Puschlav.

Da steht, wenn man von der Bernina hernieder-
steigt, links am Eingang des Dorfes ein im italienischen
Stil gehaltenes, palastähnliches Haus. Über den offenen
Loggien prangen die Worte *Saumhalterei von Sigismund Gruber*. Auf Balkonen blühen die Oleander-
stauden, vor blitzenden Fenstern die Nelken, Rosen
und Geranien, und ein wohlgepflegter Garten dehnt
sich mit einem Anhauch italienischer Üppigkeit auf der
südlichen Seite des Gebäudes.

Die Morgensonne rötet noch die dem Veltlin zuge-
wendeten Gipfel der Bernina, noch ist ihr rosiger
Schein erst bis zum Palü-Gletscher hinuntergesunken,
und der grüne Talkessel von Puschlav mit seinem kleinen See, in dem sich die reinen Gipfel spiegeln, liegt
noch im Schatten, da herrscht vor dem Haus Grubers
schon reges Leben. Die Pferde wiehern und scharren,
braune Knechte schirren die zähen, langmähnigen Berg-
rosse in die Stäbe, sie schnallen die Saumballen zu beiden Seiten der langen flachen Sättel, in denen die Tiere
wie in den Dauben eines Fasses stecken, sie laden über
die Ballen einen Sack mit Heu- oder Hafervorrat,
decken die Lasten mit Wachstüchern ein, und nach einer
Weile ist Stab hinter Stab, ein langer malerischer Zug,
in der Richtung gegen Tirano zum Aufbruch bereit.

Unter den Knechten befindet sich der Lange Hitz,
der, obwohl über Vierzig, sich immer noch das Ansehen eines jungen Burschen gibt.

Nebenan steht, vom alten Diener Thomas gehalten,

ein edles, ungeduldiges Tier und wartet auf den Herrn der Säume.

Eben fährt der Hauderer Pejder Golzi, der mit den Seinen von der Bernina-Höhe heruntergekommen ist und in den Stauden am See übernachtet hat, seinen Blachenwagen an den gerüsteten Säumen vorbei, das Bild der Armut und das des Reichtums grüßen sich. Da tritt gestiefelt und gespornt Sigismund Gruber, der Saumherr, aus dem Tor. Er ist ein stattlicher Dreißiger mit hübschen blauen Augen, kurzgeschorenem Vollbart, mit einem Gesicht voll blühender Gesundheit und mit dem Gehaben eines Herrenbauern oder reichen Händlers. Mit prüfendem Blick mustert er die Stäbe und jedes der Tiere, spricht mit ihnen, klopft ihnen auf den Hals, untersucht, wie ihre Ladungen sitzen, die Schnallen angezogen sind und gibt da und dort noch Winke und Befehle.

Seine Hantierungen verraten Sicherheit und Gelassenheit; in die Festigkeit aber, mit der er spricht, mischt sich ein leutseliger Ton, und der tirolische Klang seiner Redeweise steht ihm wohl. «Es stimmt, ab!» sagt er nach einem letzten prüfenden Blick mit einer leichten Handbewegung. Die Knechte schwingen sich auf die Vorrosse, die Glocken am Hals der Tiere erheben ihr Spiel in die Morgenluft und verhallen nach einer Weile zwischen den Waldhalden, an denen sich Bach und Straße gegen das Veltlin hinabwinden.

Da tritt seine junge, schöne Frau unter das Tor, sie führt einen Kleinen an der Hand, der von ihr zum Vater springt und fragt: «Darf ich einmal reiten?» Und bittend patscht er in die Händchen, und seine munteren, blauen Augen betteln.

Er hebt ihn auf den Rücken des Tieres empor, überglücklich jubelt der dreijährige Knabe: «Sieh, Mutter!», und der Vater hält ihn, während der alte Knecht das Pferd ein paarmal in der Runde führt. Dann lacht Gruber: «So, Lorenzlein», er hebt ihn scherzend vom

Pferd und gibt ihn nach einer raschen Liebkosung der Frau, die an dem übermütig strampelnden Jungen genug zu tragen hat, auf den Arm.

Wie blickt Cilgia hell und froh! Der junge Mann und die junge Frau schauen sich verständnisvoll und glücklich an, und die Ärmchen und Händchen des Kindes langen nach beiden. «Vater – Mutter!» Und die Blumen in den Fenstern sehen auf ein glückliches Familienbild herab. Eine Weile plaudert das Ehepaar noch, dann sagt Gruber mit einem Lächeln, das den Ernst seiner Worte verdecken soll: «Also, Cilgi, bei dem Hallo von heute steckst du den Kopf nicht zu weit vor. Uns geht die Hetze nichts an!»

Ein Schatten fliegt über ihr feines Gesicht.

«Torheit, Sigismund!» erwidert sie erschrocken. Er lacht gutmütig und schwingt sich in den Sattel. «Also, Cilgi und Lorenzlein», ruft er nach, «auf Wiedersehen morgen abend!»

Und in raschem Trab reitet er talwärts, um seine Säume einzuholen.

Die einfach gekleidete Frau und der Knabe grüßen ihm nach. Doch kränkt sich Cilgia ein wenig; sie kränkt sich, daß ihr Mann geglaubt hat, ihr wenigstens mit einem Wort andeuten zu müssen, was sie am Tage, da Markus Paltram in Puschlav ist, zu tun und zu lassen habe. Als ob sie nicht wüßte, was sie nach den Geschehnissen der Vergangenheit ihrem Gatten und sich selber schuldet!

Was ist da weiter dabei, daß Markus Paltram in Puschlav ist? Für sie ist er tot! Sie wird sich um die Bärenjagd nicht kümmern, die heute den ganzen Flekken in Aufruhr versetzt, sie wird sich den Festzug nicht ansehen, der Markus Paltram, dem Bärentöter, bereitet wird! Nur für die armen Bergamasken wird sie sich freuen, wenn es ihm, der als bester Schütze und Jäger vom Gemeinderat herbeigerufen worden ist, gelingt, die bösartige Bestie zu erlegen, die aus den Zernezer-Bergen herübergekommen ist und unter dem Alpvieh unendlichen Schaden angerichtet hat.

Sie tritt mit ihrem Buben in den großen, schönen Garten, wo sich Blüten und anreifende Früchte mengen. Sie fährt mit der Hand verträumt durch den Lockenkopf des Knaben, lächelt ihm zu und sucht seine lebhaften, schönen Augen, als müßten sein Blick, sein Name einen quälenden Gedanken bannen.

Wie lieb ist ihr das Büblein, sein trostreiches Gesichtchen! Welch unendlichen, heimlichen Kampf haben sein Lächeln und Lallen, haben sein werdendes munteres Geplauder und jetzt sein Spiel in ihrer Brust zur Ruhe gebracht, einen Kampf, von dem niemand als Gott gewußt hat! Vor diesem Kinde hat sich ihr stolzes Herz leicht und mühelos in das Versprechen gebeugt, das sie dem sterbenden alten Gruber gegeben hat, und es ist, also ob aus dem Knaben, der seinen Namen trägt, der Segen ströme, den der Großvater Lorenzchens über sie und Sigismund gesprochen hat.

Einmal freilich hat sie es anders erträumt. «Ich meine», sagte sie einst, von der Landsgemeinde heimreitend, zu Pfarrer Taß, «ich sollte zu einem Mann emporsehen können wie zu einem Berg, und es müßte von ihm Firneschein ausgehen für mich und viele! Dann könnte ich ihn lieben und ihm dienen wie eine Magd.» Daran denkt sie, während sie im Garten die hängenden Blumen aufbindet und die Raupen von den Bäumchen abliest.

Sie schaut mit ihren goldbraunen Augen träumend vor sich hin. Sigismund ist kein solcher Berg, ihm kann sie nicht dienen wie eine Magd. Er ist ein wackerer, aufrechter Mann, die Selbständigkeit, deren er sich seit dem Tode des alten Lorenz erfreut, hat ihn gereift; er führt das Geschäft nach den Grundsätzen strenger Ehrlichkeit und ist geachtet von Mailand bis Innsbruck. Aber im letzten Grund fehlt ihr doch etwas an ihm. Als sie ihm das Jawort gab, war er zufrieden; er fühlte, sooft sie ihn auch dazu reizen wollte, das Bedürfnis nie, ihr Innenleben zu ergründen; er ist eine jener einfachen Naturen, die da glauben, mit dem Ja am Altar sei die Beständigkeit der Liebe für das ganze Leben verbürgt; er weiß nichts davon, daß ein Frauenherz immer frisch gewonnen werden muß. Er spinnt für sie in zu kurzen Fäden.

Und manchmal vermißt sie an ihm eine natürliche Zartheit, jene Zartheit, die zuweilen selbst ein rauher Bergamasker Hirte übt. So heute, als er sie mit einem Wort vor Paltram warnte – wozu an der wehen Vergangenheit rühren? –, so namentlich damals, als er von Mals herüber den Langen Hitz als Knecht heimbrachte. Wie hatte es damals nicht in ihrer durch gemeinsame fruchtbare Arbeit gesegneten Ehe von scharfen Worten gestoben!

«Schämst du dich nicht», hatte sie ihm mit flammendem Vorwurf gesagt, «den Mann in deinen Dienst zu nehmen, der den großen, schweren Schatten über deine Jugend geworfen und sie vergiftet hat, der, sooft du ihn siehst, dich an unsägliche Schmach erinnert – denkst du nicht, daß der selige Vater sich im Grabe wendet, wenn er den unter unserem Dach weiß?»

Da war Sigismund allerdings wie aus der Befangenheit eines Traumes erwacht. «Cilgia», stotterte er, «du hast recht, er muß wieder fort! Aber jetzt lasse ihn eine Weile, stelle mich vor den Knechten, die auf deinen Zorn aufmerksam geworden sind, nicht bloß.»

Und sie kämpfte den tiefen Schmerz und Zorn nieder, damit niemand im Hause merke, daß zwischen ihr und ihrem Manne ein Zwiespalt sei.

Aber nun ist bald ein Jahr vorüber, der Lange Hitz, allerdings bei aller Geneigtheit zu Spaß und törichten Streichen unter den Knechten der tüchtigsten einer, ist noch da, und Sigismund gibt ihm auffällig den Vorzug vor den anderen und wird ungehalten, wenn sie ihn leise mahnt, er möchte ihn entlassen.

Doch ist es gerade jetzt ihr besonderer Wunsch, daß der Lange Hitz fortgeschafft werde! Die Knechte in der Gesindestube und die Mägde in der Küche flüstern sich Dinge von ihm zu, die ihr nicht gefallen: Er ist der Unruhestifter unter den vielen braven, treuen Knechten, die Sigismund vom alten Lorenz übernommen hat, und gerade die redlichsten unter ihnen – das spürt sie – mögen ihn nicht leiden.

Dennoch ist Cilgia nicht unglücklich. Ihr gefällt die lebensvolle Welt, die sie umgibt, die Saumhalterei, in der sie sich in schöner Ergänzung zu ihrem Manne überaus nützlich betätigen kann. Sie führt die Bücher; sie schreibt die Briefe an die Geschäftshäuser der Lombardei, der Städte Zürich, Basel, Innsbruck, Bozen; die Bestellungen der Warenfuhren gehen durch ihre Hand; gemeinsam mit Sigismund berät sie Tag um Tag, Woche um Woche, wie die Knechte und die hundertzwanzig Pferde, die in den Stallungen von Puschlav, Tirano, Bormio und Chiavenna stehen, am vorteilhaftesten auf die Straßen zu verteilen sind. Und sie muß nur zu einem Sorge tragen: Sigismund soll das glückliche Gefühl bewahren können, daß er der Herr und Saumhalter ist. Es gibt im Engadin und im Veltlin böse Zungen genug, die behaupten, sie habe eigentlich mit ihrer heimlichen Arbeit das Geschäft zu so großer Blüte gebracht.

Nein, sagt sich Cilgia, es ist gemeinsame, treue Arbeit!

Ein Glücksstern steht über dem Haus Gruber. Alles, was in diesen Bergen noch zu säumen ist, fällt ihm zu. Während die Saumhaltereien im Veltlin und Engadin aus Mangel an Aufträgen die Pferde verkaufen und eingehen, weitet sich die ihre, und an Neid auf das stolze Geschäft fehlt es hüben und drüben nicht.

«Für das Engadin war es ein Unglückstag, als Ihr, Frau Cilgia, uns verließet! Ihr hättet eine der Unseren werden sollen!» So hatte der Landammann mit einem bitteren Lächeln gesagt, als er kürzlich im Vorüberritt zu einem Gruße vorsprach, der alte feine Herr, der immer noch eine Schwäche für sie hat.

Sie wäre gern Engadinerin geworden, aber nun hat sie das Schicksal an die Seite Sigismund Grubers geführt. Und im tiefsten Herzen hat sie jetzt nur einen großen Wunsch: daß Sigismund sich als Bürger zu Puschlav einkaufe, seine Gedanken über das eigene Geschäft erhebe und sich wie ihr Vater in den Angelegenheiten des Gemeindewohls betätige. Denn nach ihrer Meinung gehört der Sinn für das öffentliche Leben zu einem ganzen Manne.

Sie träumt, sie ist in ihrem raschen Sinnen die unverwüstliche, in die Wolken bauende Cilgia von ehedem.

Die steigende Sonne äugelt durch die Bäume des Gartens. Cilgia, selber ein Kind, spielt unter herzlichem Lachen mit Lorenzchen, sie versteckt sich, er sucht sie und jubelt laut auf, wenn er sie findet.

Da ist es Cilgia plötzlich, eine schwarze Wetterwolke fahre auf den Garten nieder, und das silberne Lachen erstarrt auf ihren Lippen. Die Mutter Pejder Golzis, das alte hagere Weib, der wandernde Tod, tritt in den Garten. Die dünnen Haare der Alten fliegen, die Arme fuchteln in die Luft, sie stößt unverständliche Laute der entsetzlichsten Wut hervor.

«Die böse Frau! Die böse Frau!» Der kleine Lorenz rennt vor ihr schreiend zu seinem Mütterchen und birgt sich in ihren Schoß.

Die Alte aber kreischt: «Daß dein Mann ehrlos sterbe, daß sein Gebein an der Sonne dorre, das gebe der Himmel! Daß sein Kind, dein Kind . . .»

«Um's Himmels willen, tut meinem Kind nichts!» schreit Cilgia erschüttert. Sie weiß nicht, was geschehen ist, sie umschlingt schützend das blonde Haupt des Knaben, sie rafft ihn auf, sie flieht mit ihm vor der wahnsinnigen Alten ins Haus.

Da stellt sich die Wahrsagerin vor die Türe und schreit ihre Flüche zum Fenster empor, bis der alte Thomas die Rasende mit dem Besen hinwegjagt.

Was ist geschehen? Oh, Cilgia erfährt es bald genug. Vor dem Bilde Katharina Diantis, wohin sie sich immer flüchtet, wenn der Sturm durch ihre Seele geht, schluchzt sie seit Stunden. Was hat Sigismund getan? Er kam, als er am Morgen vom Hause ritt, eben an die Grenze des Veltlins in der Talschlucht von Campocologno, als dort die Zöllner sich anschickten, den Wagen Pejder Golzis zu untersuchen. Der Hauderer aber führte Konterbande, und wie er und sein Weib die Absichten der Gendarmen merkten, wollten sie mit einem raschen Ruck das Fuhrwerk auf Bündner Gebiet zurückziehen. In diesem Augenblick sprengte Sigismund heran und stellte sein Pferd so quer über die Straße, daß der Wagen des Hauderers in der Gewalt der ihn verfolgenden Gendarmen blieb. Die Frau und die Bettelkinder jagten sie über die Grenze zurück, Pejder Golzi aber führten sie gefesselt nach Tirano. Das ist das Ereignis, weswegen die alte Wahrsagerin den Fluch über das Haus gerufen hat.

«Und er ist ruhig weitergeritten!» stammelt Cilgia in brennendem Leid, sie empört sich über Sigismund immer stärker. Sie weiß wohl, warum er es tat! Er hat sich bei den Zollbeamten, die ihn und seine Säume selbst nicht immer freundlich behandeln, in Gunst setzen wollen. Aber sie spürt es: Was Sigismund getan, ist eine Gemeinheit. Der reiche Gruber hat den Hauderer, den armen Teufel, der ihm das Leben aus den Händen der Franzosen rettete, ins Unglück gestürzt! Und sie denkt an die acht hungernden Würmer des fahrenden Glockengießers.

Sigismund hat es getan ohne zwingende Not. Er hätte, ein Geschäft vorschützend, sein Pferd leicht bei Campocologno anhalten können. Nur um eines kleinen Vorteils willen hat er es getan!

Da kommt der kleine Lorenz ins Zimmer gesprun-
gen: «Mutter, Mutter, sie kommen, hörst die die Trom-
peten? Der Jäger hat den Bären getötet!»

Von fern her tönt die ländliche Musik durch den in
den Abend versinkenden Tag, und von den Bergwäl-
dern erklingt das sanfte Echo. Die lustige Jägermelodie
nähert sich.

Da erhebt sich Cilgia, sie herzt ihren Buben, und in
wehem Trotz gegen ihren Mann tut sie, was sie am
Morgen noch um ihr Leben nicht getan hätte: sie tritt
auf den Altan hinaus, hinter die blühenden Oleander;
den Buben im Arm will sie in einem Anfall von Heimweh nach glücklicheren Tagen Markus Paltram sehen.

Den altertümlichen, malerischen Flecken hinab bewegt sich der Festzug. Voraus mit geschmückten Hüten
die Pfeifer und Bläser. Auf dunklem Tannenreisig, das
einen vierspännigen Wagen bedeckt, ruht der tote, gewaltige Bär. Hinter diesem Gespann fährt in offener,
zweispänniger Kalesche Markus Paltram, der Jäger,
der Triumphator, das Gewehr über den Knien. Grau
wie der Fels ist sein Kleid, düster wie immer blickt er
vor sich hin, er ist ein Einsamer mitten unter den Menschen, er übersieht und überhört die Huldigungen der
ländlichen Menge, die, Tücher und Hüte schwenkend,
in den Fenstern der altertümlichen Häuser und auf der
Straße steht. Aber etwas Würdiges, Hoheitsvolles, Be-
zwingendes liegt in der kraftvollen Gestalt. Hinter
ihm in offenem Wagen folgt der Gemeinderat in wür-
digem Sonntagsstaat, die harten Filzhüte auf den
scharfgeprägten Köpfen, und das malerische Volk der
Bergamasken, das den rauhen Mantel um die Schultern
geschlungen hat, schließt das Gepränge.

So naht sich der Zug der Saumhalterei Grubers, und
die Spitze hat sie schon erreicht. Mit hochwogender
Brust steht Cilgia hinter den Oleandern. Da klatscht
der kleine Lorenz in die Hände, er zappelt und schreit:
«Mutter, Mutter – der Jäger!»

Im gleichen Augenblick hebt Markus Paltram sein wuchtiges Haupt, eine Lohe übergießt sein Gesicht – und mehr erlebt Cilgia nicht. Sie flüchtet in das Halbdunkel des gegen die Sonne abgesperrten Gemachs, sie bedeckt das vor Scham glühende Gesicht, sie hört es nicht, wie ihr Bube «Mütterchen! Mütterchen!» bittet.

Sie hat Markus Paltram wiedergesehen, den Mann, der sie in der tiefsten Seele beleidigt hat, den Mann, den sie doch nie, nie hat vergessen können! Mit gefalteten Händen sitzt sie wie eine Statue da.

Hat auch er sie gesehen? Hinter den dichten, reichblühenden Oleanderbüschen wohl nicht, aber durch den Schrei des Buben weiß er, daß sie dort gestanden hat. Er hat sie schwach gesehen – darüber ist sie unglücklich.

Die Nacht ist eingesunken, aber es ist nicht die schweigsame Nacht des Gebirgstales, in der man durch den schmalen Spalt der Wälder die fernen, goldenen Sterne über bleiche Gipfel ziehen sieht und die fernen Bergbäche in an- und abschwellenden Tönen rauschen hört, sondern der Qualm von Lichtern und Fackeln steigt über die Dächer des Fleckens, und vom Rathausplatz herüber klingen die Geigen und Pfeifen. Das Völklein von Puschlav tanzt Markus Paltram zu Ehren, und die Bürger pokulieren.

Was reden die Männer, die auf dem Rathaus Becher an Becher stoßen? Oh, sie weiß es, sie lassen Markus hochleben, und sie fluchen auf die Missetat Sigismund Grubers.

Cilgia kämpft vor dem Bild Paolo Vergerios und Katharina Diantis. Wie sie Markus Paltram haßt, wie sie ihn verachtet! Was ist er? Ein Jäger, ein Abenteurer wie der gespenstische, verrufene Ritter von Guardaval, ein Mann, der sich in sträflicher Selbstherrlichkeit über die Menschen erhebt und hinwegsetzt, der nur in sich selber lebt und unfruchtbar bleibt für das Land, der mit seinen Ansprüchen keine Stätte hätte, lebte im Volk nicht unbewußt die Freude an der Romantik, sähe es den grauen Jäger nicht ebenso gern wie den kreisenden Adler über den weißen Flammen des Gebirges! Ruhelos schweift er mit seinem Stutzen und seinem Wolfshund Malepart.

In der Bernina hat er eine Gemsenheimat gegründet, wie es keine zweite gibt im Gebirge. Da weiden unter seinem Schutz an die Tausende von Grattieren, und er ist ihr Hüter und Herr. Ja, im Volk verbreitet sich die Sage, er habe sie gezählt, er kenne jedes und habe für jedes einen bestimmten Namen und einen bestimmten Abschußtag. Im Roseg-Tal, im Tale von Bevers und Camogask, am Piz Languard und Mont Pers, an einer Menge Wände des Gebirgs hat er künstliche Salzlecken angelegt und unterhält sie, damit die Tiere gern im Revier weilen; er wildheut im Sonnenbrand an den Felsenplanken und legt in trockenen Höhlen Vorräte an; er trägt den Tieren im Hochwinter, wenn sie Mangel leiden, das Heu zu, daß sie sich sättigen; und die Jagd übt er wie eine Kunst. Er schießt nie, wenn ihn die Gemsen sehen können. Ist an einer Stelle des Gebirgs ein Schuß gegangen, dann gibt er dieser Gegend lange hin den Frieden, damit die Tiere wieder sorglos werden, und im Roseg-Tal sind sie so zutraulich gegen ihn, daß sie alle Scheu ablegen, von den Bergen steigen und das Salz aus seiner Hand lecken. Das ist Markus Paltram, der Jäger. Und die Bernina ist sein Gemsenparadies.

Ringsum im Gebirge, Tagereisen weit von Pontresina, kennen ihn die Hirten. Er ist bald in den Zernezer, bald in den Albula-Bergen, er durchwandert das Bergell und streift auf den Felsenhöhen zwischen dem Veltlin und der Lombardei, ja er wandert bis ins Tirol, und nach den Grenzen der Länder und der Jagdrechte fragt er nicht. Er wird zwar nicht Frevler; aber mit Schreckschüssen treibt er aus weiter Runde das Wild der Bernina zu. Glühend hassen ihn darum die italienischen und tirolischen Jäger, Hinterhalt an Hinterhalt legen sie ihm in ihren Bergen, er fällt in keinen, nein, erhobenen Hauptes schreitet er wie zum Hohn durch die fremden Dörfer. Aber wehe dem italienischen oder tirolischen Jäger, der in die Bernina einbricht, in die gemsenreiche Bernina! Wenn es sein muß, dann eilt Markus Paltram furchtlos auf schmaler Grasplanke gegen das zum Schuß angelegte Gewehr des Wilderers, und sonderbar: Vor seinen Camogasker-Augen sinkt der Stuzen, der Feind, der im Vorteil war, wird wehrlos. Markus Paltram stürzt sich auf ihn, reißt seine Waffe an sich und donnert ihm zu: «Das nächste Mal auf Leben und Tod! Jetzt fort, du Halunke!» Und er schlägt sie in gräßlichem Zorn. Es kommt aber keiner wieder, der Markus Paltram in seiner Wut gesehen hat.

Die Engadiner wissen selbst nicht, sollen sie sich freuen, daß ein so Gewaltiger unter ihnen ist, der für sie die scharfe Wache gegen die fremden Jäger an der Bernina hält? Oder sollen auch sie Markus Paltram mißtrauen? Heute noch duldet er sie in der Bernina, aber morgen vielleicht wirft er sich zum Alleinherrn der weißen Gipfel auf. Das Volk sagt, er wachse und wachse im Schweigen des Gebirges, aber was in ihm lebt, was unter den schweren Brauen ruht, deutet niemand.

Manchmal steigt aus seiner Düsterheit ein wilder Übermut. Die Bergamasker Hirten zittern vor ihm. Er tritt mitten in der Nacht in ihre Hütten, er heißt sie aufstehen, den Kienspan anzünden, dann setzt er sich ruhig auf einen Schemel, sagt: «Singt mir ein Lied! – Warum singt ihr nicht?» fährt er sie an. Und siehe da, unter dem Blick seiner flammenden Augen beginnen die Bergamasken ihren Gesang, was ihnen eben einfällt, fromme oder weltliche Lieder, und seltsam genug mögen diese nächtlichen Vorträge sein.

Er aber nimmt aus seinem Murmeltiersack ruhig etwas Roggenbrot, er streicht aus einer Büchse etwas Berghonig darauf, schiebt die Stücke zwischen die blanken Zähne und hört dann eine Weile noch im dumpfem Brüten dem Gesang der Schafhirten zu. Dann verabschiedet er sich mit einem kurzen Dank.

Die Hütten, wo Kinder sind, verschont er mit seinem nächtlichen Besuch, am Tage aber ruht er sich gern bei ihren Spielen aus. Er hat oft kleine Geschenke für sie, er erzählt ihnen, er habe zu Hause auch ein liebes Kind, das lerne eben gehen und sprechen und heiße Jolande.

«Und was tut Ihr mit Euren vielen Gemsen?» fragen die Kinder.

«Mit denen hausiert meine Frau Pia in den Dörfern des Engadins und verkauft das Pfund zu einem Batzen.»

Noch ist Markus Paltram jung, und schon hat das abergläubische Volk der Bergamasken einen Sagenkranz um ihn gewoben: oft sitze er stundenlang, das Gewehr über den Knien, unbeweglich auf einem Stein und denke nach.

Von Zeit zu Zeit suche er den Weg auf den Piz Bernina. Wenn es ihm nicht gelingt, die Spitze zu erreichen, könne er nicht selig werden. Die oberste Spitze reinen Schnees bringe er dann einer Königin, und darauf werde sie ihn von seinem Camogaskertum erlösen.

In einer bangen, schweren Nacht denkt Cilgia an die Menge Züge, die das Volk von Markus Paltram erzählt. Und wie die Quellen aus dem Erdreich, so steigen holde Liebestage vor ihr auf. Ihre wehen Gedanken flüchten sich in die Zeiten von Pontresina, empor zum Kirchlein Santa Maria, sie denkt an die klingenden Hammerschläge Markus Paltrams – sie denkt an eine wundersame Stunde: «Sagt, daß ich die oberste Flamme vom unersteiglichen Piz Bernina hole, und ich hole sie und bringe sie Euch in meinen Händen. Ich bin stark wie ein Berg, aber Eure Augen müssen auf mir ruhen!»

Ein Wort von ihr beherrscht sein Leben. Sie ist die

Königin, von der die Bergamasken fabeln. In ihren tiefen Gedanken sieht sie zwei Bilder, zwei Männer, zwei Gesichter. Sie sieht ihren blondbärtigen Mann mit den gleichmütigen blauen Augen, mit dem trockenen, geschäftsklugen, auf den nächsten Vorteil bedachten Wesen, den Mann, der Pejder Golzi in die Hände des veltlinischen Gerichts geliefert hat – sie sieht Markus Paltram, sein dunkles Auge, unter dem ein wallendes Meer von Gedanken und Leidenschaften flutet, den einsam Streifenden, der nicht Frieden findet.

Sie erschrickt: Die Linien des blonden Hauptes verblassen und zergehen, die dunklen rätselhaften aber leuchten auf, sie brennen in camogaskerhaftem Glanz. Cilgia Gruber taumelt auf, sie taumelt an das Lager ihres Buben, sie fährt ihm über die rosigen Wangen, sie beruhigt den erschrockenen Kleinen; an seinem Lager überrascht sie der Morgen, der an den Schneeflügeln des Piz Palü pfirsichrot erglüht. Unter jenen Schneeflügeln, bei der gespenstischen Steinhütte von Sassal Masone, die sich im ersten Sonnenrot deutlich von den Wänden des Gebirges abhebt, ist sie einst in unendlichem Glück mit Markus Paltram gestanden. Mit Gewalt ringt sie sich von der schönen Erinnerung los.

Am Abend kommt Sigismund. Was wird sie ihm sagen?

Scheinbar geht das Tagewerk wie sonst, denn in der Saumhalterei Grubers ist, ob der Meister zu Hause sei oder nicht, die Tätigkeit eines jeden geregelt: Die Warenkarawanen kommen und gehen mit dem Schlag der Stunde, die Reisenden, die über die Pässe ziehen, schließen sich ihnen an, und wenn nicht Sturm im Gebirge herrscht, so gleicht der Betrieb des Geschäftes einem Werk, das an Schnüren spielt.

Aber eine schlecht verborgene Unruhe ist heute doch unter Knechten und Mägden. In Puschlav spricht man von der Tat Sigismund Grubers, des reichen Saumhalters, der den armen Hauderer in die Hände des Gerichts geliefert hat, der Volksmund trägt die Kunde von Tal zu Tal, und die Rettung Sigismund Grubers durch Pejder Golzi in der Franzosenzeit lebt wieder im Gedächtnis der Leute auf.

Um so schäbiger erscheint Grubers Tat.

Wohlgelaunt und mit einem gemütlichen Lachen kommt Sigismund am späten Abend nach Hause geritten, er sieht nicht, wie blaß sein Weib ist, er erzählt ihr von günstigem Handel.

«Ich wüßte dir auch ein Geschäft», versetzt Cilgia traurig, «wir müssen einen Mann suchen, der für die ihres Ernährers beraubte Haudererfamilie sorgt: Ich denke an Driosch! Ja, Sigismund, schau mich nicht so verwundert an, der Blitz hat in unser Haus geschlagen!»

Langsam dämmert es im Kopf Grubers, daß er zu Campocologno statt eines klugen Streichs, wie er meinte, eine große Torheit begangen hat. Ein entrüsteter Brief des Pfarrers Taß öffnet ihm die Augen vollends. Aber noch etwas anderes brennt ihn. Wie er Lorenzlein auf den Knien hält, erzählt der Knabe von dem Bären und dem Jäger: «Mit Mütterchen bin ich auf dem Balkon gestanden und habe Markus Paltram gesehen.»

Das trifft Sigismund Gruber ins Mark. Wenn sie mich noch ein wenig achtete, hätte mir Cilgia das nicht angetan! Ja, der Blitz hat in unser Haus geschlagen, und überall grollt das Volk wegen der Gefangennahme des Hauderers! Zornmütig, finster läßt er die Tage gehen.

«Meister, Ihr müßt Euch etwas zerstreuen», mahnt der Lange Hitz mit seinem altjungen Galgenvogelgesicht.

Gruber ist fleißiger auf den Pässen unterwegs als je, und er kehrt nicht gern heim. Denn die traurigen Augen, die blassen Wangen seines Weibes quälen ihn. Cilgia spricht ihm zu, aber er verstockt sich, und sie ahnt Unglück. Sie ruft Thomas, den vom Vater über-kommenen steinalten Knecht.

«Thomas, ich möchte den Langen Hitz aus dem Hause haben – Ihr begreift mich.»

Da leuchtet das Gesicht des guten Alten verständnis-voll auf. Nach einigem Sträuben beichtet er zögernd, was er weiß: «Der Lange Hitz», erzählt er, «geht nie mit den Säumen die Windungen zur Bernina-Höhe, sondern steigt über die Felsen grad auf gegen Sassal Masone. Kommen die Tiere dann aber auf den weiten Wegbogen langsam zur Höhe, so wartet er schon bei den Seen. Er schiebt eine tote Gemse, die am Wege versteckt liegt, rasch unter die Wachstücher. Ein Ge-wehr trägt er nicht, und woher er die Tiere hat, weiß niemand recht. Die Knechte reden aber von einem Gat-ter, in dem er sie oberhalb Sassal Masone an einer Salzlecke des Palü-Gletschers fängt, und Wirtshäuser, wo man den Säumern gern ein Grattier brät, gibt's genug an den Wegen, denn das Gemsfleisch will Velt-liner Wein, der Lange Hitz schlägt die Maultrommel, und ein paar Weibsbilder sind bald zum Tanze da.»

Cilgia zaudert. Dann sagt sie: «Thomas, wie ich ein Kind war, habt Ihr mich auf den Armen getragen. Darum eine Gewissensfrage, die ich an niemand stellen würde als an Euch: Weiß mein Mann davon?»

In ihren goldbraunen Augen steht das Wasser.

Hilflos stammelt der Alte: «Ich denke es. Er ist ja als kluger Herr immer da an den Straßen, wo ihn die Leute am wenigsten erwarten. Man glaubt ihn zu Cle-ven, dann ist er auf dem Stilfser Joch. Ich sage nichts gegen den Herrn, aber er schaut dem Langen Hitz viel zuviel durch die Finger, und der Strick ist unverschämt vertraulich mit dem Herrn. Die anderen Knechte mur-ren. Der Herr sollte es sich nicht so zu Herzen nehmen, daß ihm die Bündner das Jagdrecht verweigert haben. Er sollte das Bürgerrecht kaufen. Dann hindert ihn niemand an der Jagd.»

Zu spät! Eines Tages bringt ein fremder Säumer Cilgia ein Paket. «Es kommt von Markus Paltram», sagt er und geht, und sie öffnet die seltsame Sendung mit bebenden Fingern.

Da rollt ihr unter den zitternden Händen der Ehering hervor, den sie Sigismund geschenkt hat, er fällt über die Tischkante und klirrt auf dem Boden.

Sie schreit auf.

In dem geöffneten Paket liegt die schöne goldene Uhr Sigismunds, sein Taschenmesser mit den eingetriebenen Silberarabesken, sein Geldbeutel mit einigen Goldstücken und seine Brieftasche mit Noten, und darum her ein abgebrochenes Gemshorn.

Ist Sigismund tot? Cilgia steht fassungslos vor den Dingen. Da sieht sie noch einen versiegelten Brief, sie öffnet ihn.

Markus Paltram schreibt in kraftvollen Buchstaben:

An die hochzuverehrende Cilgia Premont! Ihr wünschtet einmal, daß ich nicht schuldbeladen aus den Bergen komme, und Ihr habt einem Unwürdigen zu Puschlav die Ehre erwiesen, daß Ihr vom Balkon auf ihn niedersaht. Darum habe ich Euern Mann, der jagte, ohne ein Recht dazu zu haben, unter vier Augen gewarnt und ihm kein Haar gekrümmt, obgleich ich ihn hasse wie den Tod. Damals trug er ein Gewehr, das zweitemal überraschte ich ihn mit dem langen Hitz vor einer Gemsfalle am Palü-Gletscher. Vor einer Gemsfalle! Meine Jägerpflicht wäre gewesen, beide zu erschießen. Und das Gewehr lag an der Wange, und das Blut war heiß! Ihr kennt mich ja! Aber ein Wunder begab sich – ein als Camogasker Verschriener hat den Jähzorn bezähmt, bezähmt wegen einer Frau, die er anbetet in der Einsamkeit der Wildnis, für die er immer noch bereit ist, die Flamme vom Piz Bernina zu holen, die er um ein einziges Wort bittet: «Markus, ich vergebe dir!»

Ich schüttelte den Wehrlosen, ich zeigte ihm von der Höhe des Gletschers Euer Haus, ich sagte ihm: «Geht dorthin und kniet nieder vor Eurem herrlichen Weib! Dankt ihm das Leben.» Und ich ließ ihn. Da wandte sich der Elende: «Einer von uns muß doch sterben!« Da machte ich ihn ehrlos. Ich lege die Zeugen in Eure Hand! Mögt Ihr ihm die Ehre wiedergeben, wenn Ihr es für gut findet.»

Der Brief zittert zu sehr in Cilgias Händen, als daß sie ihn hätte fertiglesen können. Sie schwankt zum Schreibtisch, sie zündet eine Kerze an, sie verbrennt ihn – und ob alles an ihr bebt, sie schreibt mit fliegender Feder einen Brief an Sigismund. Sie siegelt ein frisches Paket, sie ruft Thomas: «Wißt Ihr, wo der Saumhalter ist?»

Der Alte kraut sich im Haar und will mit der Sprache nicht heraus. Erst als er die Seelenangst im Gesicht Cilgias sieht, beichtet er: «Es ist ein Getuschel und Geflüster unter den Knechten und Mägden, der Saumhalter sei gestern spät, ohne einzutreten, am Haus vorbeigeritten. Er liege krank zu Tirano.»

«Gut. Dann bringt ihm diesen Brief und dieses Paket, ohne Aufsehen. Sagt ihm, ich lasse ihn herzlich grüßen.»

Unergründlich ist das Frauenherz. Sie hat Gruber einen schönen Brief geschrieben:

Sigismund! Nimm die Sachen zu Dir und kehre heim. Ich halte auch in dieser schweren Stunde das am Altar versprochene Wort, ich werde Dich ohne Vorwürfe empfangen. Retten wir um Lorenzleins willen, was zu retten ist, den Langen Hitz aber schicke noch in Tirano von Dir. Gib ihm Geld und lasse ihn vor einem Priester schwören, daß er fürder wenigstens acht Tagereisen weit von unserm Berglande bleibe und schweige.

Deine trauernde Cilgia

In der Nacht schleicht ein Unglücklicher in sein stolzes Heim, und ein Verführter weint auf den Knien vor seinem Weib: «Es ist erst wenige Male, daß ich mit dem Langen Hitz gegangen bin. Cilgia, Cilgia, vergib mir und verlasse mich nicht.»

Sie hebt ihn auf, und das junge Paar versucht ein neues Glück zu bauen. – Der Lange Hitz ist fort, die rechtschaffenen Knechte freuen sich, aber der erste, der einsieht, daß es kein Glück mehr gibt, ist Gruber. Die Güte seines Weibes ist, wie sie es verberge, ohne Achtung, ihr freundliches Wort bleibt auf halbem Weg stecken. Sie kann nicht heucheln, auf ihren Wangen stehen schlechtgetrocknete Tränen, und ihr heimlicher Kampf ist Feuer auf sein Haupt. Auch die Plauderworte Lorenzleins verlassen ihn nicht: Cilgia hat Markus Paltram wiedergesehen.

«Sie liebt ihn, tief unter der Hülle ihres Stolzes liebt sie ihn, und für mich hat sie nur Güte!» Das quält Gruber.

Im Volk aber wütet der Groll wegen des Hauderers, der zu drei Jahren Kerker in Bormio verurteilt ist. Da beherrscht den unglücklichen Sigismund nur noch ein Gedanke: Rache an dem, der ihn entehrt hat vor seinem Weib!

«Einer von uns muß sterben!»

Er weiß wohl, wo er Markus Paltram zu suchen hat. Immer wacht der graue Jäger jetzt an den wilden, jähen Eisabstürzen des Palü-Gletschers hoch über Sassal Masone, wo der Lange Hitz die Gemsgabel gestellt hat. Dort liegt auch das Gewehr, das der selige Vater von Markus Paltram hat verfertigen lassen, im Versteck.

Auf weiten heimlichen Wegen, durch menschenverlassene Täler, über öde Grate treibt es Sigismund Gruber die herbstlichen Berge dahin in die Einsamkeit des Palü-Gletschers.

Und die Geschicke erfüllen sich.

12

Es ist im Spätherbst. Im Tal von Pontresina ächzen die Arven im Sturme. Er rüttelt an den mit Brettern vernagelten Fenstern der Häuser, deren Bewohner in die Ferne gezogen sind. Nur wenige Lichter schimmern.

Durch das Grauen der Sturmnacht schleppt sich ein Mann zu Tal, wo ein Lattenzaun ist, hält er sich daran und stöhnt, und neben ihm wartet geduldig sein Wolfshund.

«Malepart», keucht der Mann, «das war kein leichter Tag. Es ist doch ein Unterschied. Ein Mensch ist kein Bär!» Er wankt hinkend vorwärts; er tritt wie ein Trunkener in sein Haus.

«Markus!» Und Frau Pia, die ihm mit dem Lichte entgegenkommt, schlägt die Hände über dem Kopf zusammen. Ihr felsenfester Mann ist blaß wie der Tod, und die Zähne des Erschöpften klappern.

«Still, Pia, still!» stöhnt er, sich mit der letzten Kraft an den Wänden vorwärts tappend. «Ich bin angeschossen, das Blut rinnt mir am Bein.» Eine weitere Auskunft gibt er der erschrockenen neugierigen Pia nicht. Sie jammert, sie hilft dem Verwundeten; sein düsterer Blick schließt ihr den Mund. Doch hätte auch sie ihm etwas zu erzählen, was ihre Gedanken gefangenhält! Ihr Bruder Orland hat ihr geschrieben und ihr ein buntes Tuch geschickt.

Das beschäftigt sie ebenso stark wie die Wunde ihres Mannes. Er sagt ja selbst, es sei nur ein Streifschuß, gefährlich bloß durch den Blutverlust auf mehrstündigem Weg.

Aber Markus hat sich kaum niedergelegt, so verwirren sich seine Gedanken, die Fieberrosen treten auf die bleichen Wangen. Und mitten in der Nacht beginnt er zu reden.

«Malepart, faß an!» ruft er schweißgebadet. Der treue Hund kommt ans Bett geeilt und beschnuppert seinen Herrn. Markus Paltram erwacht, er streichelt das struppige Tier. «Du hast den rechten Namen», stöhnt er finster. Da sieht er sein Weib an seinem Lager. «Pia, du darfst nicht hören, was ich rede.»

«Du hast ja noch gar nichts gesagt, als den Hund gerufen», erwidert sie mit jener Sanftmut, die an ein glattes Raubtier erinnert.

Da rollt er seine brennenden Augen. «Doch, doch! Aber der Schuft hat mich von hinten angeschossen!»

Die folgenden Tage bebt er im Fieber, der Schweiß perlt an seiner Stirn, unablässig geht seine Rede, doch nur das wenigste versteht die horchende Pia, die eine bessere Krankenpflegerin ist, als man von der ehemaligen Ziegenhirtin erwarten würde. Was sie aber von seinen Lippen hört, das schleicht wie Grauen in ihre schwache, abergläubische Seele.

«Mutter», keucht der Fiebernde, «die Schmerzen stillen ist nichts! Aber töten, Mutter, töten in der großen Gletschereinsamkeit! Doch hat er zuerst und hinterhältig geschossen!»

«Wer hat auf dich geschossen?» flüstert ihm Pia zu.

Aber die Gedanken des Fiebernden gehen einen anderen Weg.

«Ja, ja, ich spüre es, wer getötet hat, ist ein starker Mann. Stark bin ich wie der Ritter von Guardaval, stark wie ein Berg, ich hole für sie die Flamme vom Piz Bernina!»

«Für wen?» flüstert ihm Pia mit lauernden Augen zu.

Es ist, als merke der Kranke, daß ihn sein Weib ausfragen will; er fährt mit der Hand über das Gesicht, als ob er etwas wegwischen wolle, seine Rede stockt.

Dann beginnt er wieder: «Das Geschlecht Paltram muß untergehen . . . , im Gletscher untergehen. Was tut's? – Ein treuloser Camogasker! – Nein, ein Camogasker ist stark genug – ich erlöse das Engadin. Die Berge flüstern es mir nicht zu, aber auf der Spitze der Bernina werde ich es von der Sonne hören! Man kann nicht hinaufsteigen . . . , aber im Wagen kann man fahren . . . , es sinken die Gipfel! – Horch, horch! Nein, Sonne, du erzählst nicht gut! Einen Tag, einen ganzen Tag haben Aratsch und seine Geliebte zu wandern, dann erst stürzt die Bernina ein. – Doch sage, warum friert der schöne Jägerknabe, und die Pia liegt auch im Schnee . . . , und die vielen Flocken fallen! Ich aber verbrenne vor Durst.»

Und der Fiebernde fährt erwachend auf: «Pia, Wasser! Wasser!»

Er schlürft den Trank gierig.

Pia aber, wie sie diesen Fieberreden lauscht, schleicht das Grauen in Knochen und Gebein.

Und wieder fabelt er in langen Selbstgesprächen.

Da reicht sie ihm die kleine Jolande ins Bett, und siehe da, das Kind schlummert an der Brust des Vaters ein, und bei den regelmäßigen Atemzügen des süßen Mündchens findet er selber das Glück eines friedlichen Schlafs. Es ist, als würde die Kleine mit ihrem Geplauder sein Arzt. –

In diesen Tagen – der erste Schnee ist eben im Tal gefallen – erschreckt eine merkwürdige Kunde das Bergland. Sigismund Gruber, der reiche Saumhalter, ist geheimnisvoll am letzten schönen Herbsttag verschwunden . . . , auf offener Straße, am hellen Tage verschwunden. Er begleitete in erster Morgenfrühe einen Saum aus den Toren von Bormio, ein Stück gegen das Stilfser Joch. Plötzlich trennte sich der verdüsterte Mann ohne ein Wort des Abschieds von seinen Säumern, stellte zu Bormio das Pferd ein und ward nie wieder gesehen.

Weil es in der Art seines Geschäftes lag, daß er oft einen, zwei Tage ausblieb, vermißte man ihn erst am dritten Tag. Und bis man Nachforschungen begann, war Schnee gefallen, der sie erschwerte.

Von da und dort kamen Gerüchte, man habe ihn erst noch kürzlich getroffen, sie machten sein Verschwinden nur noch geheimnisvoller.

Tage kamen, Tage gingen, und Vermutungen bildeten sich: Er hat sich aus dem Staube gemacht, weil ihn das Gewissen wegen Pejder Golzi quälte. Aber glaubwürdig war das nicht! Gruber war kein Abenteurer, und ein so blühendes Geschäft, eine so herrliche Frau, einen so prächtigen Buben läßt man nicht leichten Herzens im Stich. Zuletzt bildete sich die bestimmte Annahme, er sei einer Rachetat des fahrenden Volkes zum Opfer gefallen, und es liefen Sagen genug, mit was für furchtbaren Eiden die fahrenden Leute aller Länder verbunden seien, wenn es sich darum handle, eine Missetat, die an einem der Ihrigen begangen worden sei, zu vergelten.

Selbst die Behörden suchten hier die Spur.

Das Ereignis erschütterte, aber die Nachreden auf Sigismund Gruber waren kühl, nur das Mitleid mit seiner Frau und seinem Knäblein groß; die Familie hatte ja, so bezeugten alle, die sie kannten, in innigstem Glück gelebt.

In dieser schweren Zeit war Pfarrer Taß häufig zu Puschlav.

«Wie erträgt Frau Cilgia den Schlag?» fragten die Freunde.

«Stolz wie immer. Sie führt das Geschäft weiter, damit die Knechte nicht auf den Winter brotlos werden. Sie ist blaß, sehr blaß, aber gefaßt.»

«Hat sie keinen bestimmten Verdacht?»

«Keinen!»

«Und die Knechte?»

«Sie trauen es dem Langen Hitz zu. Doch dagegen

spricht Cilgia mit aller Festigkeit, und die war seine Freundin nie.»

Und das Rätsel blieb, die Untersuchungen gingen ihren Weg. –

Langsam erholt sich Markus Paltram, und wie er sein Weib fieberfrei anblickt, da fragt er verwundert: «Was ist das?»

Er meint das bunte Tuch, das sie um die Schultern geschlungen hat.

«Es ist ein Geschenk von meinem Bruder Orland, es ist das Zeichen, daß ich zu ihm gehen muß!» Pia sagt es so überzeugungsvoll, daß Markus Paltram sie erstaunt ansieht.

«Warst du krank?» sagt er. «Hattest *du* das Fieber, nicht ich? Sei kein Narr, Pia!»

«Aber ich habe es ja immer gesagt, daß ich einmal zu meinem Bruder gehe», versetzt sie ruhig, fast demütig.

«Und unsere kleine Jolande?» fragt er mit finsterem Hohn.

«Ja, unsere kleine Jolande!» erwidert sie gedankenvoll. «Aber ich muß doch zu meinem Bruder gehen.» Und der Trotz schürzt ihre Lippen.

«Pia, du bleibst da!» Markus Paltram sieht sein Weib mit einem seiner gewaltigen, zwingenden Blicke an. Sie krümmt sich unter diesem Blick, zieht aber ihr Tuch enger zusammen, als finde sie darin Schutz und Kraft gegen ihn.

Nach einiger Zeit kann er wieder auf die Jagd gehen, und die noch hübsche Pia hausiert mit dem Fleisch der Gemsen in den Dörfern.

Neugierig fragen die Leute: «Warum kommt Ihr erst jetzt wieder?»

Da sagt sie wohl: «Der Husten hat halt Markus für eine Weile gelegt», aber sie läßt dabei einen Blick ihrer schönen Raubtieraugen mitgleiten, der zu sagen scheint: Das glaubt nur ein Narr! Und manchmal fügt sie bei: «Ich gehe im Frühling zu meinem Bruder Orland!»

Da und dort erkundigt sie sich um den Weg nach Hamburg, und die Leute schütteln hinter ihr die Köpfe. Ihren Plan nimmt niemand ernst als sie selbst. Wo die Straße einsam ist, prägt sie sich an den Fingern zählend die Namen der Städte ein, die zwischen dem Engadin und Hamburg liegen, und jeder Finger ist eine Stadt, und wenn sie über zehn gezählt hat, beginnt sie von neuem.

«Die verrückte Pia!» sprechen die Leute und lachen. Ein sonderbares Gerücht entsteht: Sie fürchtet ihren Mann so gräßlich, sie wird wie ihre Großmutter, sie hat einen Sparren im Kopf!

Aus ihrem verschlagenen Wesen wurde niemand klug. Oft schien es, sie habe einen unbändigen Stolz auf Markus Paltram, oft blitzte etwas wie Rachsucht hervor – eine Empörung, weil er ihren Willen fesselte –, und es ging keine tolle Nachrede über ihn, die sie nicht bestätigte. «Es ist, wenn er am Abend in seiner Werkstatt die Kugeln gießt, ein anderer bei ihm. Sie zählen die Kugeln, und je die siebenundsiebzigste legen sie auf die Seite. Die ist schwerer als die anderen. Die muß einem Jäger in die Brust. So lange, als das dauert, hat er Glück in den Bergen.» So versicherte sie.

Man ist im Engadin nicht abergläubisch. Man lachte zu den Aufschneidereien der Frau Pia. Man sagte: «Markus Paltram gibt es ihr selber so an.» Je geheimnisvoller er anderen erscheint, um so weniger wagen sie es, in der Bernina zu jagen, aber etwas davon blieb, und als Pia lange genug solche Dinge erzählt hatte, glaubte sie selbst daran.

«Hat er denn schon einen getötet?» fragen neugierige Weiber.

«Er sagt es mir nicht», versetzt sie unschuldig, «aber er träumt immer so schwer von einem Tiroler. Dann muß ich ihm das Kind ins Bett geben.»

Lügt sie oder redet sie die Wahrheit? Allmählich horchen auch die ernsthafteren Leute darauf. Wie man aber Pia einmal ernsthaft ausforschen will, da ist sie verschwunden, da wandert sie schon über die Berge, folgt sie dem einzigen holden Gedanken, der in ihrer niederen Stirne Raum gefunden hat: der Liebe zu ihrem Bruder. Sie hat um seinetwillen selbst ihre abergläubische Furcht vor Markus Paltram besiegt.

«Mutter – wo?» fragt ein kleiner Plaudermund: die entzückende kleine Jolande. Das zierliche, schmale Gemschen mit den Gliederchen wie biegsamer Stahl und den Augen wie Licht, mit dem Stimmchen wie Silber.

Markus Paltram ist wütend auf sein Weib, das von diesem lieblichen Schwarzköpfchen ohne eine Regung der Mutterliebe hat weglaufen können. Aber auch das hat er wohl um Cilgia verdient!

Er geht nicht auf die Jagd, bis er eine rechtschaffene Frau als Hüterin für Landola, wie er Jolande kosend nennt, gefunden hat. Nein, dem Haupte der Kleinen, die er mehr liebt als einst Märklein, darf kein Leid geschehen!

Mit allen Fasern hängt er an dem feinen Kind, und ebenso hängt es an ihm. Wo aber ist Pia?

Eines Tages traf der Brief eines Sankt-Moritzers ein, der zu Köln ein Café besaß: die ehemalige Geißhirtin von Pontresina, die er als Junge gekannt, sei auf einem Rheinfloß angekommen und ihm zugeführt worden. Mit einem Warenfuhrwerk habe er sie nach Bremen geschickt, dort werden Bündner weiter für sie sorgen.

Sicher und unbeirrt geht dieses merkwürdige Weib seinen Weg.

Um Markus Paltram aber weben sich die Gerüchte, die Sagen, die Anklagen dichter und dichter. Er ist im Herbst angeschossen aus den Bergen zurückgekommen. Man spricht jetzt überall davon.

Wer kennt die Geheimnisse des großen Gebirgs? Jahr um Jahr gehen in seinen Stürmen Menschenleben verloren, man weiß nicht, wie! Jägertragödien, für die es keinen Richter gibt, weil kein Kläger da ist, weil die Felsen und Gletscher nicht reden, hat es, wo die Jagdreviere der Länder zusammenstoßen, immer gegeben. Sie leben in der Überlieferung des Volkes und werden sich ereignen, solange die Büchse dem Widerhall in den Felsen ruft.

Im blutigen Schein jener Jägertragödie steht Markus Paltram vor der Witterung des Volkes. Aber niemand wagt es, das Verschwinden Grubers mit dem Gerücht, daß Markus Paltram einen Jäger erschossen habe, zu verbinden.

Gruber verschwand in Bormio, er trug kein Gewehr, er ging, da er kein Recht dazu besaß, nie auf die Jagd, und sein Fall ist ja durch die Missetat, die er an Pejder Golzi verübt hat, erklärt.

Ja, vielleicht ist alles, was man über Markus Paltram sagt, nur üble Nachrede, und er hüllt sich nur in das verachtungsvolle Schweigen, damit er um so mehr der gefürchtete Herr der Bernina sei!

Und andere Dinge geben den Leuten des Engadins mehr zu sprechen als Markus Paltram. Es ist eine bewegte Zeit der Bündner Politik. Eben haben es die Abgesandten des Engadins, vor allem der jugendliche Staatsmann Luzius von Planta und der stille, zähe Saratz, vor dem Rat in Chur durchgesetzt, daß man eine Fahrstraße von Chur über die Berge ins Engadin und von da nach Italien bauen will. Ein Hoffnungsstrahl durchfliegt das sich entvölkernde Tal. Dem Beschluß zu Ehren will man ein kleines Schützenfest veranstalten, und die übliche Kehrfolge trifft Madulain, den Heimatort Markus Paltrams.

Eines Sommertags kommt er, eine Gemse auf dem Rücken, nach Samaden. Er tritt auf den Vorplatz des Gasthauses ‚Zur Krone‘, wo eine kleine Gesellschaft von Bürgern Kegel schiebt, und trinkt etwas Wein, den er stark mit Wasser mischt.

Da meint einer: «Markus, Ihr kommt doch auch zu dem Schießen nach Madulain; ehe wir alle aus dem Engadin wandern, wollen wir noch prüfen, wie die Stutzen gehen.»

«Ich komme», antwortet er gutgelaunt und ruhig.

Da fängt Doktor Troll, einer der Kegler, an zu spitzeln, denn er hat den alten Zusammenstoß am Lager Pias nicht vergessen. Ein Wort ruft das andere.

«Paltram», höhnt der Doktor, «ehe Ihr Euch mit uns zusammensetzt, reinigt Euch vor dem Gericht! Man sagt, es klebe Blut an Euch!»

«Doktor», lächelt Paltram, mit einem sonderbaren Aufleuchten der Augen, «dieser Schimpf bleibt nicht ungestraft. Verlaßt Euch drauf!»

«Habt Ihr keinen getötet?» höhnt der Doktor.

«Doktor», antwortet Markus Paltram ernst, «das ist zwischen Gott und mir!»

Damit geht er und läßt die anderen in grenzenloser Verblüffung, denn seine Worte klingen wie ein Bekenntnis. Aber wen hat er getötet? Wo? Wann?

Wenn er nicht selber spricht, wird es niemand erfahren – niemand wird seine Schuld, seine Verantwortung kennen.

Aber das Gerücht ist wieder frisch, und schon gellt seinetwegen wieder ein Schrei der Entrüstung durchs Tal.

Doktor Troll fährt in halbdunkler Nacht von Sankt Moritz nach Samaden. Er raucht und leitet sein Pferd.

Da kracht, wie er an den Häusern von Celerina vorüberfährt, ein Schuß. Der Kopf der Pfeife ist hinweg.

Der erschrockene Doktor bändigt mit Mühe sein Roß. Markus Paltram tritt mit höflichem Gruß auf ihn zu: «Guten Abend, Herr Doktor. Es ist nur die Quittung für Samaden. Jetzt Frieden!»

Die Leute des Dörfchens aber, die den Schuß gehört haben, eilen herbei.

«Ich habe ein Käuzchen schießen wollen», erzählt Markus, der finstere Mann, mit schalkhaftem Lächeln, «da kam gerade das Fuhrwerk dazwischen. Das Pfeifchen des Doktors ist hin.» Dann geht er.

Ein unglaublicher Schuß im nächtlichen Dunkel! Die Leute schütteln die Köpfe: Es kann nicht sein! Aber hat Markus Paltram als Junge zu Madulain nicht oft genug seinem Bruder in brüderlichem Scherz mit der Kugel das Tonpfeifchen vom Munde hinweggeblasen? Wer ist es, der so ein sträfliches Spiel mit dem Menschenleben treiben darf und den Gerichten mit den Worten trotzt: «Bringt Zeugen!»

Im Volke gärt es gegen Markus Paltram. Da kommt das Schießen von Madulain, und hochaufgerichtet, eine männlich schöne Gestalt wie die eines Helden der Vorzeit, erscheint der graue Jäger und tritt unter sein Volk.

Da gehen ihm die Leiter des Festes, seine Heimatgenossen entgegen: «Markus Paltram, du bist ausgeschlossen vom Schuß!»

«Mir das?» Er wird blaß, und seine Augen haben den camogaskerhaften Glanz. Man fürchtet ein Unglück.

«Du weißt warum, die anderen verlassen das Fest, wenn du nicht gehst.»

«Ich gehe, ich gehe!» schreit er. «Auf Wiedersehen in der Bernina!»

Das tönt, wie wenn er sprechen würde: «Tod euch allen!» Das tönt finster und schrecklich.

«Bist du der Herr der Bernina, ihr König?»

«Das werdet ihr sehen!» grollt er, richtet sich hoch auf und sieht sich mit kaltem Zorne um, mit einem Blick, der die harten Männer erschüttert.

«Ja, ich bin der König der Bernina», sagt sein Auge.

Mitten in einer unheimlichen Stille geht er. Das Band zwischen ihm und seiner Heimat ist zerrissen, und in dumpfen Lauten und Wogen rollt der Zorn der Zurückgebliebenen, siedet das schwer erregbare Bündner Geblüt.

«Der König der Bernina! Nun wir werden sehen!» Das Volk grollt in Drohungen. Aber wohl ist keinem dabei, und das Schießen von Madulain ist ein Trauerfest. Das Lachen, das da und dort ertönt, erschreckt.

Vom Schießen zu Madulain an ist Markus Paltram der Herr, der König der Bernina, und nur ein Tollkühner wagt sich in sein Gebiet.

Er schaltet und waltet darin wie der Ritter von Guardaval, und er scherzt nicht; er sucht nach jedem Gewehr in den Hütten der Bergamasken und nimmt es an sich. Er geht mit denen furchtbar ins Gericht, die Freundschaft mit den Tieren halten und ihm die äsenden Gemsen, die kurzweiligen Spielgenossen ihrer Einsamkeit, nicht verraten wollen. Er zwingt sie, daß sie ihm dienen und das Wild zu Tal tragen, und wehe dem, der nicht gehorcht oder schwatzt. Wie ein böser Geist erscheint Markus Paltram nachts in seiner Hütte.

Dunkle Sagen gehen, daß ihn auch die Sennerinnen und Wildheuerinnen zu fürchten haben: nicht seine Gewalt, aber sein Lächeln, seine weiche Rede, das hinreißend Traurige in seinem Gesicht.

Er ist wahrhaft der Ritter von Guardaval. Wer mag ihm widerstehen, der Glut seiner Leidenschaft?

Und immer neu erheben sich die Gerüchte von unbekannten Jägern aus Italien und Tirol, die als Wilderer unter seinem Gewehr gefallen seien, gefallen, wo es weder Zeugen noch Richter gibt. Seine Hütte, sagt der Volksmund, sei voll von Trophäen, die er erschossenen Jägern abgenommen habe, und mit Grauen gehen die Leute an seiner Wohnung vorbei, wo doch das lieblichste Kind, die kleine Landola, aus hellen Fenstern schaut.

«Vater, komm heim!» ruft es freudvoll in die weißen Berge.

Bei diesem Kind lächelt Markus Paltram, der Menschenfeind, der wie eine Zuchtrute über dem Bergland ist.

Die Seinen hassen ihn, den Übergewaltigen, den keine Tat der Milde schmückt. Soll ihn aber sein Volk nie liebenlernen? Ihn, den einst eine Cilgia Premont geliebt hat?

13

Aus Mangel an Anhalten schlief die Untersuchung über das geheimnisvolle Verschwinden Sigismund Grubers ein. Hauderer um Hauderer, die man verhaftete, brachten den Nachweis, daß sie sich zu der verhängnisvollen Zeit in anderen Teilen des Landes aufgehalten hatten, als wo Gruber weilen konnte.

Niemand war darüber froher als Cilgia. Länger, als üblich ist, trug sie um den Toten Trauerkleider; sie wollte zeigen, daß sie sein Andenken in Ehren halte, und die stolze, ernste junge Frau und ihr Knabe, das blonde Bürschchen voll lachender Frische, erfuhren zahlreiche Zeichen der Teilnahme. War sie verdient? Cilgia selbst dachte manchmal schwer und anhaltend darüber nach, ja in tiefer Unruhe, mit Gewissensvorwürfen, denn mit tödlichem Schrecken spürte sie, wie leicht sie Sigismund aufgegeben hatte. Gewiß hatte sie ihm ehrliche, herzliche Teilnahme nachgeweint, oft in die stille Gebirgsnacht gelauscht, ob er nicht doch noch geritten komme. Und wäre er dahergesprengt, so hätte sie ihm freudig das Haus aufgeschlossen.

Sie hatte gezögert, ihr Geschäft aufzulösen; sie hatte länger, als die Wahrscheinlichkeit erlaubte, gehofft, daß er wirklich wiederkäme. Aber alles doch mehr um des vaterlosen Bübchens als um ihrer selber willen. Hätte ihre Ehe nach dem Ereignis von Campocologno, nach dem Zusammenstoß Markus Paltrams mit Sigismund Gruber, nach der Beichte des alten Thomas noch irgendein Glück bergen können? Sie war ehrlich genug, vor sich selber mit «Nein» zu antworten. Sie war die Natur nicht, die einen Mann ertrug, auf dem in der Öffentlichkeit oder im stillen ein Makel haftete. Zwischen ihr und Sigismund Gruber wäre es zu Kämpfen gekommen, die schlimmer gewesen wären als das Sterben. Sie konnte, davon war sie im Innersten überzeugt, an den toten Sigismund freundlicher denken als an den lebendigen. Und es jammerte sie um den stattlichen Mann, der nicht stark genug gewesen war, Fehler seiner Jugend zu besiegen, und deswegen in der Blüte der Jahre hatte zugrunde gehen müssen. Herzlich konnte sie um ihn weinen.

Oft und oft prüfte sie ihr Gewissen, sprach sie sich in schlaflosen Nächten mit dem alten Lorenz Gruber, dessen Andenken sie heilig hielt, über ihre kurze Ehe mit Sigismund aus. Sie sah ihn leibhaftig, den rechtschaffenen, schwerfälligen Alten, mit den klugen Augen, mit dem wallenden Bart, mit den silbernen Knöpfen am Rock und dem breiten gestickten Gurt.

Und siehe da: Ihr war, der alte Gruber verstehe sie und billige es, daß sie keinem Menschen mit einem Wort oder mit einer Miene den gräßlichen Verdacht verrate, wie Sigismund untergegangen sei. Nicht einmal Pfarrer Taß, den herzlieben Freund und Berater in der schweren Zeit! Lange wies sie den Gedanken weit von sich, daß Markus Paltram Sigismund getötet haben könnte. Sie besiegte ihn aber nicht, besonders nicht, seit sie von dem Gerücht hörte, der graue Jäger sei im Herbst angeschossen aus dem Gebirge zurückgekehrt.

Und – sie spürte es wider Willen – es war auch eine Stimme in ihr, die Markus Paltram verteidigte. War Sigismund Gruber durch seine Hand gefallen, so hatte es Markus Paltram doch nicht ohne Not getan! Sigismund Gruber hatte den Tod gesucht!

In herben Schmerzen schwieg sie, sie schwieg um ihres sonnigen Buben willen.

Durfte sie sprechen: «Ihr alle wißt nicht, was ich weiß. Ihr habt die Beichte eines unglücklichen Mannes nicht gehört, der vor mir auf den Knien lag, der in entsetzlichen Selbstvorwürfen sein Leben verfluchte.» Durfte sie es sagen, was ihre innerste Gewißheit war: «Sigismund hat dem Leben Markus Paltrams viele Wochen nachgestellt. Ich halte meinen Mann für den Schuldigen!» Durfte sie das erzählen, auch nur ihrem Oheim?

So litt und stritt Cilgia. An reichem Trost im schweren Jahre fehlte es ihr nicht, sie brauchte nur den blonden Lorenz mit den blauen Augen, ihren verständigen, frohsinnigen Buben, anzusehen, so war ein Sonnenstrahl schon da. Oft kam der gemütliche Pfarrer. Selbst das eisgraue alte Mesnerlein sprach einmal vor. Der Landamman, der alte, feine, etwas eigensinnige Herr, ritt nie nach Tirano, ohne daß er zu einem Gespräch hereingetreten wäre, und einmal hing es an einem Haar, daß er bei ihr Driosch, dem Händler, begegnet wäre. Selbst Lorsa mit seiner jungen Frau kam einmal zu Besuch. Luzius von Planta schrieb dann und wann: Cilgia lebte mit dem Engadin.

Aber freilich, die Freunde alle meldeten nicht viel Erfreuliches. Niedergang, überall Niedergang, und die Straße, die man baut, kommt zu spät. Doch regt sich etwas im schweren Engadiner Geblüt!

Ein wunderbarer Gruß aus fernem Süden ist erklungen: *Lieder von der Bernina!*

Das kleine hübsche Buch liegt auf ihrem Schoß. *Romanische Gedichte von Konradin von Flugi* heißt der Untertitel. Der Druckort ist Chur. Luzius von Planta hat die Herausgabe besorgt.

Ein verträumtes Lächeln gleitet über das kleine Buch, die Gedanken Cilgias gehen zurück nach Fetan, wo der unbehilfliche Herr Konradin die ersten unbehilflichen Verse stammelte und sie die einzige Vertraute seiner geheimen Kunst gewesen war. Was ist aus dem unreifen, zagenden Herrn Konradin geworden? Von seinem Bruder, der in Paris in diplomatischen Diensten stand, ist er auf eigene Füße gestellt worden, und seit drei Jahren ist er der Privatsekretär des Königs von Neapel. Herr Konradin ist am Hofe ein einflußreicher Mann, und das Volk Neapels schätzt den schlichten Bündner, der es wagen darf, der Verschwendungssucht des Königs mit freimütigen Vorstellungen entgegenzutreten.

Sein Herz aber ist im Engadin geblieben. Oh, man spürt es den Liedern schon an, wie sie entstanden sind, aus tiefem Heimweh, das dem Dichter alles, was Engadin heißt, mit Sonne überstrahlt! Und doch sind es nicht Strophen einer müden Seele, sie sind voll tapferen Glaubens, daß der Heimat wieder hellere Tage aufgehen. In reizenden Bildern schildert Konradin, der liebeglühende Sohn der hohen Berge, die Spiele der Jugend, die gehaltvollen Sitten und Bräuche des Volkes, seine Burschen und Mädchen, seine stolzen Männer, seine verschwiegenen Frauen; er singt vom jungen Inn, vom Heimatdörfchen über dem See, von den Gletschern und ihren Sagen, vom Schneelicht der Bernina, das in alle Kammern leuchtet. Aber er findet auch heiße Worte der Mahnung, daß sein Völkchen sich aufraffe und im Tal selbst in Bescheidenheit ein tätiges Leben ergreife!

Ein Klang und Ton ist in den Liedern, der die Herzen des sonst so nüchternen Volkes erregt. Wie wenn die Flamme in dürres Laub fällt, zünden sie in das Leben des Engadins: Sie sind, wie Pfarrer Taß sagt, ein «Trostbüchlein zur rechten Zeit».

Nur einer behauptet mit Festigkeit, er habe die Phantastereien Konradins nicht gelesen. Der alte, feine, strenge Herr Landammann.

«Das ist nicht väterlich», sagt ihm Cilgia. «Ihr solltet Euch doch überzeugen, daß die Traube reif geworden ist!» Und mit dem alten Edelmanne durch die blühenden Gärten schreitend, sagt sie ihm Lied um Lied Konradins aus freiem Gedächtnis her. Sie spricht sie mit warmer, silberklarer Stimme, und dann und wann lächelt der Alte und nimmt schmunzelnd eine Prise aus silberner Dose.

«Er setzt den Leuten die Fliegen gut hinters Ohr!» meint er einmal – aber bald darauf: «Eben, eben. Da hat er in diesen Versen wieder an die Älteste Drioschs gedacht. Er soll in Neapel bleiben!» Und ein verdrießlicher Schatten geht über sein gefältetes Gesicht. Cilgia aber legt ihren Arm in den des alten Herrn und bittet und bettelt für Konradin und Menja.

«Rührt sie Euch nicht, Eure blonde Nachbarin hinter den Blumen? Wie ein Mütterchen hat sie die Schwestern aufgezogen und hat sie im Brautkranz gehen sehen. Sie aber wartet. Sie gibt gegen den Willen ihres Vaters ihre Jugend an ihre Treue und bleibt heiter dabei. Sie erfüllt ihr Tagewerk mit stillem Fleiß, sie pflegt ihre Blumen, und jede Knospe ist eine Hoffnung, und jede, die abfällt, ein verlorener Tag.»

«Ich habe nichts gegen Menja Driosch», erwidert der alte Herr kühl. «Aber Konradin ist ein Narr!»

Da wird Cilgia eifrig. «Vergeßt nicht, Herr Landammann, die Lieder Herrn Konradins werden im Engadin zu Bibel und Chronik gelegt und im Schatzkämmerchen der Truhe aufbewahrt. Er lebt noch in seinen Liedern, wenn wir alle vergessen sind!»

«Ich sage nur, er ist ein Narr», lächelt der Landammann über ihren Eifer. «Hört, Cilgia, ich habe keine Freude an seiner Wahl. Aber ich sollte so jung sein wie Konradin, und ich liebte ein Mädchen! Glaubt Ihr, ich würde danach fragen, ob sie meinem Vater gefällt oder nicht? Nein, ich führte, die ich liebte, und wäre die ganze Welt dagegen, zum Altar! So täte ich!»

«Und so soll Konradin tun», jubelt Cilgia. «Herr Landammann, Ihr verdient eine Rose ins Knopfloch!»

«Ich gebe ihm diesen Rat natürlich nicht», lächelt der alte Diplomat. «Man hätte ihn mir auch nicht geben müssen aber ich hätte die Folgen auf mich genommen.»

«Ihr habt Konradin zu sehr in der Ehrfurcht vor Euch erzogen, er hängt an Euren Augen.»

«Er ist jetzt dreißig. Er soll die Kraft zu einer Wahl haben – den Vater um des Weibes willen aufgeben. Oder das Weib um des Vaters willen!»

Diese Anschauungen hat Cilgia hinter dem strengen Herrn Landammann nicht vermutet. Er grollt zwar wegen der unnützen Poeterei, er sagt, er mache sich noch alle Vorbehalte. Aber sie hat doch den Eindruck, daß zwei treue Herzen glücklich werden können. Das gibt Sonne in die trüben Tage.

Und dann und wann sendet sie aus ihrem Garten einen Strauß köstlichster Blumen an den alten Landammann. Die kleine Schwäche, die der stolze, aufrechte Greis für sie hat, gefällt ihr über die Maßen gut.

Und eines Tages trägt sie keine Trauerkleider mehr um Sigismund. Sie geht im hellen Sommergewand, sie ist beinahe die ehemalige Cilgia Premont – etwas sinnend zwar, etwas ernster und vornehmer, aber voll glücklicher Einfälle und Pläne. Am Tag, wo sie die Trauer ablegt, ist Driosch, der Händler, da, dessen dichtes Haar nun auch schon leicht ergraut.

Ein festlicher, sonntäglicher Hauch geht durch das Haus, neben den Gedecken des Tisches stehen frische Blumen, man spürt, daß das Leben in dem verödeten Haus wieder Einzug halten will.

«Warum so viele Umstände, Frau Cilgia?» lacht Driosch trocken. «Doch nicht, weil der Hauderer frei ist? Es hat ja genug gekostet!»

«Nein, obwohl ich auch das als ein großes Glück betrachte und wir darüber heute noch sprechen müssen; oder eigentlich jetzt! Ich danke Euch, Driosch, dafür, daß Ihr so unter der Hand die Angelegenheit ins reine gebracht habt. Es ist mir wohler, seit Pejder Golzi nicht mehr zu Bormio sitzt.»

«Aber über Campocologno hinaus darf er nicht wieder, sonst stecken ihn die Gendarmen wieder ein. Das haben sie ihm bei Himmel und Hölle angedroht, und ich habe eine gewisse Bürgschaft übernommen. Wenn er nur Wort hält, sonst komme ich selber in Verlegenheit!» Und das Gesicht Drioschs ist ernst.

«Ebendas ist's», erwiderte Cilgia. «Darum will ich ihn binden. Nach allen Diensten, die Ihr mir schon erwiesen habt, bitte ich Euch nur noch um diesen: Kauft ihm eine Hütte zu Strada, stellt ihm ein Kühlein und zwei Geißen hinein, und nahe dabei erwerbt etwas Wiese und eine Scholle Acker!»

«Ihr glaubt doch nicht, daß ein Hauderer seßhaft werde?» wandte Driosch ein.

«Seine Frau hat es mir versprochen», erwidert Cilgia schlicht, «ich traue ihr. Ich möchte es versuchen.»

Während die beiden den Plan erwägen, schaut sie mit merkbarer Ungeduld aus dem Fenster.

«Wen erwartet Ihr denn?» fragt Driosch.

«Pfarrer Taß – und noch einen!» Das letzte sagte sie mit einem Lächeln. Sie plaudern eine Weile, sie plaudern von Menja, und Cilgias Wangen röten sich in verhaltener Spannung. Da hört man Pferdegetrappel, und «Hoch Engadin!» jauchzt eine Stimme.

Driosch kennt sie. «Das ist der junge Flugi! Ich reite!»

Die Ader ob des alten Familienhasses schwillt an der starken Bauernstirne.

«Ihr könnt nicht», lacht ihn Cilgia aus. «Ich habe Thomas Euer Pferd vor den Flecken auf die Weide führen lassen.»

«Dann habt Ihr mir also eine Falle gestellt», zürnt er.

«Nein, Konradin nur eine Gelegenheit verschafft, sich mit Euch auszusprechen! Ich möchte zweie glücklich sehen!»

Pfarrer Taß führt auch schon Konradin von Flugi herein. «Da bringe ich den Dichter und Tröster des Engadins», lacht er gemütlich.

Groß war die Freude Cilgias und Konradins, Driosch aber hielt sich abseits, mißtrauisch betrachtete er den Ankömmling. Die Züge Konradins von Flugi waren von männlicher Reife, die nachlässige Haltung von ehemals nicht mehr an ihm, seine Gestalt hatte sich aufgerichtet, das Gesicht verfeinert, aber was er auch in den diplomatischen Kanzleien von Paris und Neapel erlebt haben mochte, er war jeder Zoll ein Engadiner geblieben.

Etwas Gesundes, Braves, Treuherziges strömte aus Auge, Wesen und Wort des Mannes.

Das spürte Driosch mit wachsender Achtung. Er reichte ihm aber die Hand nur kühl und fragte fast gleichgültig: «So, Ihr kommt also wieder in unser menschenleeres Sankt Moritz?»

Es lag wie eine Anspielung, wie ein Vorwurf gegen den Landammann, darin. Im Gesicht Konradins zuckte es, und er hielt die Hand Drioschs fest.

«Zwei Dinge haben mich heimgetrieben: die Sehnsucht nach den Augen Eurer Menja und die Not des Engadins», sprach er ruhig. «Driosch, ich bitte um die Hand Eurer Menja!»

Das klang so warm und ehrlich, aber Driosch antwortete düster: «Damit der Landammann sie beleidigen kann!»

Eine dunkle Röte flog über das Gesicht Konradins. Erst nach ein paar Augenblicken sagte er bewegt: «Ich verdiene diese Antwort nicht. Seid sicher, ich weiß Menja zu schützen. Eure Pläne für das Bad Sankt Moritz – ich nehme sie auf, ich verteidige sie, ich führe sie durch! Hier habt Ihr mein Ehrenwort. Es ist, weiß Gott, Zeit, daß wir handeln. Wir bauen im nächsten Sommer das Bad!»

Mit einer warmen Bitte in den Augen streckte er ihm wieder die Rechte hin. Es wand sich etwas in Driosch, als er den Sohn seines Gegners als einen Bittenden und Versprechenden vor sich stehen sah.

«Denkt an Menja!» bat Cilgia.

Da schlug Driosch in die dargebotene Hand ein. «Gut», sagte er, «Hat mein Kind so lange auf Euch gewartet, so nehmt es! Ich hoffe nur, daß Euer Vater so rechtlich ist wie ich. Sonst...» Das klang schwer und sorgenvoll.

Doch der Pfarrer fiel ein: «Ein Brautpaar! Das bedeutet Freude für das Engadin. Man hat es so lange nicht erlebt!» Und er hob sein Glas.

Es war ein glücklicher Tag im Hause Cilgias. Aber er verdeckte die Sorge nicht ganz.

«Vom Maloja bis Zernez kann man gehen, man findet keinen neuen Ziegel auf einem Dach», klagte der Pfarrer. «Die Häuser der Ausgewanderten, die niemand pflegt, stürzen ein, und jedes Dorf hat seine Ruinen, die wie Untergang talauf, talab schauen. Es ist zum Tränenvergießen, wie wertlos alles geworden ist!»

Ihm aber antwortete der in Liebe und Heimatglück aufwallende Herr Konradin: «Auf das Wohl unseres Freundes Luzius von Planta, der uns im Ratsaal zu Chur den Bau der Alpenstraßen erobert hat! Es lebe die Zeit, wo man mit Wagen und Post über die hohen Berge fährt! Ich sehe sie an den grünen Hängen niedersteigen: Sie bringen Gäste zum Sauerquell von Sankt Moritz!»

Mit der Bedächtigkeit des lebenserfahrenen Mannes dämpfte Driosch seine Begeisterung: «Wir sind ein halbes Jahrhundert zu spät! Der Weltverkehr geht nie wieder über die Bündner Pässe. Schaut Euch vor, daß nicht die Spötter recht behalten, daß das Bad Sankt Moritz gebaut wird und dann – keine Gäste kommen!»

Als sie am Abend die drei Männer zu Pferde gegen die Bernina traben sah, dachte Cilgia an einen, der es einst auch wie Herr Konradin in heißlodernder Begeisterung vor ihr und dem Himmel versprochen hatte, daß er die erlöschende Ampel des Engadins füllen werde. Sie dachte an Markus Paltram und erschauerte bei dem Namen. Dennoch war ihr, als könnte nach den großen Stürmen auch ihr wieder die Sonne lächeln.

Sie betrachtete ihren prächtigen Buben. Es fiel ihr ein, daß bald die Zeit komme, wo Lorenzlein lesen und schreiben lernen sollte. Und sie dachte an die Schulpläne ihres Vaters. Einige Tage später ging sie zum Podesta. Sie sprach: «Es war immer der Stolz von Puschlav, daß wir ein aufgeklärtes Völkchen sind; um es aber zu bleiben, sollten wir einen Lehrer, einen tüchtigen Pestalozzianer haben. Ich tue das Meine.» – «Was wollt Ihr tun?» fragte der Podesta. «Ich richte der Gemeinde unentgeltlich ein Schulzimmer in meinem Hause ein. Ich will es nicht so tot bleiben lassen, wie es jetzt ist.»

Der Plan gefiel in Puschlav. «Ihr Mann, der verschollene Gruber», sagten die Leute, «hat immer ein saures Gesicht gemacht, wenn er trotz seinem großen Umtrieb zu den öffentlichen Lasten hat beisteuern müssen, sie aber ist wie ihr Vater, der zu früh gestorbene Podesta, sie hat die Ader für das öffentliche Wohl!»

Gegen den Herbst kam noch einmal Pfarrer Taß geritten. «Es geschehen noch Zeichen und Wunder», erzählte er fröhlich. »Der Aristokrat, ich meine den Landammann, hat sich mit dem Volkstribunen halb und halb versöhnt. Aber gekracht hat es in Sankt Moritz, als müßte das ganze Dörfchen auseinandergehen. Herr Konradin saß mit Menja schon zu Pferd, um in die weite Welt zu reiten. ,Was soll nun dieses schöne Paar wegen der Hartköpfe fort?' so murrte das Volk. ,Wir sehen doch auch lieber etwas Junges als nur unsere alten, streitbaren Herren!' Ich kam dazu – und siehe da, der Landammann brach seinen Starrsinn, er ging zu Driosch, und jetzt ist großer Waffenstillstand. Sie haben beide mit mir eine Flasche getrunken. Aber das Bad, das Bad, das kommt nicht: Das ganze Dorf ist dagegen!»

«Es kommt», sagte Cilgia fest, «nur ist der Feldzugsplan ein Geheimnis!»

Allmählich wurde es Herbst. Es war an einem trüben Oktobertag, der Schnee fiel dicht und schwer, es herrschte Wetter wie damals, als Sigismund verschwand, und der Sturm geigte an den Ecken des Hauses.

«Mutter», bettelte der kleine Lorenz, «erzähle mir eine Geschichte. Erzähle mir vom König der Bernina! Ist es wahr, daß er auf einen Berg steigen will, den niemand ersteigen kann?»

«Bist ein törichter Bub», sagte sie heftig und wandte den Kopf gegen das Fenster, damit er sie nicht sehen könne. Der Name traf sie wie ein stechender Schmerz.

Da bemerkte sie auf der Straße eine weibliche Gestalt, die, in ein großes dunkles Tuch eingeschlagen, fast wie eine Nonne aussah und sich durch den mit den Winden wogenden Schnee kämpfte. Das Weib schritt den Flecken aufwärts und entschwand rasch im dichten Wirbel der Flocken. Wäre Cilgia nicht so stark von ihren Gedanken befangen gewesen, so hätte sie die wie einen Schatten vorüberhuschende Gestalt erkennen müssen. Der Sturm nahm zu, ein wilder, schrecklicher Spätabend folgte dem Tag.

Sie wachte noch. Da ging durch den Flecken der Ruf: «Ein Unglück!» Er kam von veltlinischen Säumern, die sich durch den Schnee der Bernina gekämpft hatten und erst gegen Mitternacht, selbst zum Sterben erschöpft, Puschlav erreichten.

Cilgia war eine der ersten bei den lärmenden vermummten Männern, bei den Pferden, die voll Eiszotteln hingen, und die Laterne des alten Thomas leuchtete in die Schneenacht. Auf einem der Pferde saß halb, lag halb mit einem schwarzen Tuch umhüllt ein Weib: die Gestalt, die Cilgia wie einen Schatten durch den Schnee hatte gehen sehen, und zwei Männer hielten sie.

«Eine Wegstunde oberhalb des Fleckens haben wir sie gefunden», erzählten die Säumer. «Es ist ein Roß an ihrem Leib gestrauchelt. Da haben wir sie aufgehoben, sie lebte noch und atmete, aber wir konnten uns nicht weiter um sie kümmern, denn wir hatten genug mit uns und unseren Rossen zu tun.»

«Bringt sie in mein Haus», sagte Cilgia erbarmungsvoll.

Als man aber im Zimmer die Tücher zurückschlug, in die die Verunglückte eingehüllt war, erschrak Cilgia, und jede Farbe wich aus ihren Zügen.

«Gott, das ist Pia! Das ist das Weib Markus Paltrams!»

Die Leute aber, die sie begleitet hatten, um die Wiederbelebungsversuche anzustellen, erklärten bald: «Da ist jede Mühe umsonst, sie ist tot! Sollen wir sie in die Gemeindescheune bringen, oder wollt Ihr sie hierbehalten?»

Tieferschüttert antwortete Cilgia: «Laßt sie hier!» Ein Weib aus dem Flecken schloß die gläsernen Augen der Toten und wachte bei ihr.

Am folgenden Tag hatte der Sturm nachgelassen, und das Wetter war so leidlich, daß man es wagen durfte, einen Boten mit der Unglücksmeldung nach Pontresina zu schicken. Im Lauf dieses Tages wurde auch einiges aus den Schicksalen der wandernden Pia bekannt, denn der Fuhrmann, auf dessen Warenwagen sie von Mailand an mitgefahren, hielt sich noch in Tirano auf. Wie sie ihm erzählt, hatte sie ihren Bruder in Hamburg erreicht; nach einiger Zeit aber hatte sie das Heimweh nach Mann und Kind und den Bergen überfallen, Orlando hatte sie dann auf einen Segler gegeben; sie war von Schiff auf Schiff gekommen, immer hatte sie gute Menschen getroffen, die einen in mehreren Sprachen abgefaßten Geleitbrief ihres Bruders lasen und weiter für sie sorgten, bis sie in Genua landete.

«Sie war zuerst ganz still», erzählte der Fuhrmann. «Als sie aber aus der Ebene die Berge sah, kam es wie eine Art Tollheit über sie, und ihr Vorwärtstrieb war kaum mehr zu bändigen.»

In acht Tagen, mit vielen Unterbrechungen, die das Aus- und Einladen der Waren erforderte, war er mit ihr von Mailand nach Tirano gelangt. Zuletzt sprach sie nur noch von ihrem Kinde in Pontresina, sprach wirres Zeug, als ob sie nicht ganz gut im Kopf wäre, und machte sich trotz aller Abmahnungen auf den schwerverschneiten Weg.

Am Morgen betrachtete Cilgia noch einmal die blasse Tote. Die wilde Pia, die heimtückische Pia. Eine seltsame, in ihren dunklen Gängen nicht leicht verständliche Seele war zur Ruhe gekommen. Nun war aber Cilgia doch, es liege ein Glanz auf der niedrigen Stirne des Weibes. Die unwandelbare Schwestertreue, das erwachte Heimweh nach dem Kinde! Sie legte frische Rosen und Nelken, die sie von den Stöcken zwischen den Fenstern schnitt, auf die Brust der Leiche.

Oh, wie hatte sie diese geringe Pia gehaßt! Aber das Sterben im Schnee löschte die Bitterkeit hinweg. Schrecklicher war ihr der Gedanke, daß nun Markus Paltram kommen würde, die Verunglückte abzuholen, daß sie ihm gegenübertreten, daß sie ihm ihre Teilnahme bezeigen müßte. Sollte sie ihn fragen: «Wißt Ihr, wo mein Mann Gruber geblieben ist?»

Um Lorenzleins willen verwarf sie in herbem Kampfe den Plan. Wie, wenn Markus Paltram bekennen würde: «Ich habe ihn erschossen!», dann müßte sie die Leiche suchen und beerdigen lassen, dann sah das Volk klar in den schmachvollen Untergang des reichen Saumhalters. Das durfte wegen ihres Buben nicht sein! –

Die Stunde kam, wo Markus Paltram seinem toten Weib die Hand reichte, würdig, feierlich. Da trat auch Cilgia im Trauerkleid herzu, von eigenem Leid umhüllt wie eine, der niemand nahen darf, in unzugänglicher Vornehmheit, fremd und kühl, mit wenigen, fast trockenen Worten des Mitgefühls grüßte sie ihn.

Als er aber die Rosen und Nelken auf der Brust der Leiche sah, fragte er Cilgia: «Habt Ihr sie dahergelegt?»

Sie nickte nur mit dem stolzen, blassen Haupt.

Da sank der gewaltige Mann neben die Bahre und schluchzte. War es doch etwas Liebe zu seinem toten Weib? Schluchzte der felsenstarke Jäger unter der Gewalt der Geschicke?

Cilgia und der Säumer Tuons, der Markus Paltram auf dem schweren Gang begleitet hatte, zogen sich zurück. Markus Paltram war mit seinem toten Weib allein.

Cilgia hatte seine Erscheinung in allen Tiefen ihrer Seele ergriffen. Sie spürte es wohl, sie stand einem Ebenbürtigen gegenüber.

Aus ihrem Sinnen erweckte sie ein Klopfen an der Tür. Markus Paltram trat nochmals ins Zimmer, gemessen, feierlich. «Das Nötige ist geschehen, wir können uns auf den Weg begeben. Ich komme, Euch für den großen Liebesdienst zu danken und Abschied zu sagen.»

«Erquickt Euch auf den weiten Weg!» versetzte Cilgia in voller äußerer Ruhe. »Da stehen Wein, Brot und Fleisch.»

Und eine Weile schien es, als ob sie nur von den Dingen sprechen wollten, die der Traueranlaß bot. Sie redeten wie zwei Fremde – dann wurden sie still. Da fiel der Blick Markus Paltrams auf das Bild Paolo Vergerios und Katharina Diantis, er blieb in dunkler Träumerei daran hängen. Seine Augen glitten hinüber zu Cilgia, die sich um ihre Blumen mühte. Es war ein langer, dürstender Blick, unter dem sie erbebte.

Sie war in ihrem dunklen Kleid nicht mehr die wundersame, jugendduftige, strahlende Gestalt von

Pontresina. Aber sie war mehr! Sie besaß den Adel eines Weibes, das gekämpft hatte, und etwas Klares, Schönes, in sich Einiges standen in dem Gesicht und dem braunen Goldglanz der großen Augen; um die frischen, roten Lippen spielte ein ungemein feiner und lieblicher Zug, als wären sie immer noch bereit, froh ins Leben zu lachen. Und das kastanienbraune Haar schmiegte sich weich und schön um das beredte Gesicht.

Was ging in Markus Paltram vor? «Cilgia Premont!» löste es sich von seinen Lippen, als bräche etwas in seinem Innersten. «Ihr habt wohl wie kein Mensch auf der Welt das Recht, mich zu verdammen, und wegen der Sünde an Euch muß ich schweifen wie der ewige Jude. Aber Ihr seid besser als Katharina Dianti, gebt mir ein gutes Wort auf den Weg, ein einziges gutes Wort!»

Wie nach ferner verlorener Heimat suchend sah er sie mit flehenden Augen an, und seine Stimme klang voll Demut. Flehend und demütig – der König der Bernina –, herzbezwingend demütig. In heißer Bewegung stand er auf, sie aber kämpfte in Verlegenheit und Purpurglut.

Eine lange, bange Stille. Da flüsterte sie mit abgewandtem Haupt: «Markus Paltram, ich habe Euch vergeben! Doch jetzt geht!»

Er aber taumelte, als wollte er im Dank vor ihr niederknien. «Cilgia Premont!» stammelte er, und das Wasser stand in seinen Augen.

Da riß sie die Bewegung des Mannes wider Willen fort. Glutrot und verwirrt, mit bebender Stimme sprach sie: «Ich sage Euch mehr, als ich darf. Wenn Ihr Euren Namen mit dem Ruhm einer einzigen guten Tat umgebt, so wird sich kein Mensch mehr freuen als ich. Jetzt geht! Lebt wohl, Markus Paltram!»

Sie sah ihn an, und unendliche Trauer zuckte durch die Worte: Jetzt geht! Lebt wohl, Markus Paltram!

In den schönen, warmen Augen Cilgias sah er, daß

sie ihm wirklich und wahrhaftig verziehen hatte, verziehen wie Katharina Dianti ihrem Peiniger Paolo Vergerio.

«Ihr werdet von mir hören», erwiderte er in herzlicher Bewegung.

14

«Ihr werdet von mir hören!»

Durch das verschneite Berninagebirge irrte ein Mann, der sein Weib beerdigt hatte, und schrie nach einer guten Tat, nach einer guten Tat Cilgia Premont zu Ehren. Und er meinte, er würde nie selig, wenn er den Weg nicht fände, sein Versprechen einzulösen, ihr zu zeigen, daß er der Verworfene nicht sei, für den er im Volk gelte.

«Ihr Berge, ihr wißt es! Ich habe getötet, aber nur in bitterster Not! – Sigismund Gruber, werde lebendig, ich will für dich in die Spalte steigen, aber gib es zu, daß vorher noch ein reiner Schein auf meinen Namen fällt!»

Und er besah seine Hände. «Sie sind nicht rein genug», spricht er kopfschüttelnd. –

Ja, eine gute Tat! Da gehört nicht nur das Wollen dazu, sondern das Erbarmen des geheimnisvollen Höchsten der Welt, daß wir die Gelegenheit zu ihr finden. Und als es Markus Paltram selbst nicht glaubte, da erbarmte sich seiner das Geschick und schmückte den verfemten Namen des Camogaskers.

Es war an einem schönen, hellen Wintertag mit Sonne und blauem Himmel. Da zog eine bunt zusammengewürfelte Gesellschaft, die mit einem Saumzug von Chur aufgebrochen war, über den Albula. An den jähen Albula-Bergen glänzte viel neuer Schnee. Die Säumer waren unruhig und trieben die Pferde rasch. Da und dort an den obersten Hängen flog von Zeit zu Zeit ein Wölklein von Schnee auf, in der Höhe herrschte heftiger Wirbelsturm, und kleine Lawinen rissen Furchen in die Hänge. Die Reisegesellschaft sah schon durch die Spalte des Weges einige Häuser im tiefen Grunde des Engadins. Da stoben die Wolken an den Höhen plötzlich stärker auf, die ganze Schneehalde über der Straße fing zu leben und zu rauschen an. Die Gesellschaft stürmte vorwärts und verlor den Zusammenhang. Der Schnee begann zu rieseln und zu stäuben, und es wurde dunkel. Durch das Tosen hörte jeder die Schreie der anderen. Dann bedeckte die Lawine die Gesellschaft, die Verschütteten spürten mit beklemmender Angst, wie die Last über ihnen größer wurde. Dann schwanden ihnen die Sinne.

Da kam Markus Paltram vom Martini-Markt zu Chur, wo er Gemsfelle verkauft hatte. Er sah die frische Lawine, schaute sich um, Malepart schnupperte im Schnee, und plötzlich tauchte der Huf eines Pferdes aus der Wüstenei. Markus Paltram wußte, wo die Weger ihre Schaufeln und ihre Werkzeuge in den Felsen bergen. Er holte sie, und in drei Stunden grub er mit Malepart die Gesellschaft aus: zuerst eine Frau und ein Kind, zuletzt einen fremden Maler, rieb sie mit Schnee ein und brachte sie zu Atem.

Mit Feuereile lief durch das Engadin, durch alle Täler des Bündner Landes die überraschende Kunde: Markus Paltram, der Herr der Bernina, hat am Albula sieben Menschen aus einer Lawine gerettet, und man hörte die Namen der dem Grab Entrissenen: Adam Näf, Seidenhändler von Aarau; Ludwig Georgy, Kunstmaler aus Leipzig; Frau Elisa Candrei, Gastwirtin von Bormio, mit ihrem siebenjährigen Söhnchen; Giulio Battisti von Bibiana; ein Italienerjunge, der mit einem Murmeltier die Welt durchzogen hatte; und die Säumer Rudolf und Thomas Calonder von Thusis.

In Samada wurde die Tat zu Protokoll gegeben und von den Geretteten unterzeichnet. Am Schluß des Protokolles steht: *Nach drei Tagen ist die Gesellschaft heil über die Bernina gezogen.*

Die Rettungstat ist eine der glänzendsten in den Chroniken des Gebirges. In der steten Gefahr, selbst von neuen Lawinen begraben zu werden, hat sie Markus Paltram vollführt. Die Kunde davon war der Reisegesellschaft nach Puschlav vorangeeilt. Die Bewohner standen am Weg und grüßten freudig, denn es ist immer etwas Großes, Menschen, deren Leben schon verloren war, in die Augen zu blicken. Es ist fast eine Freude, wie wenn man das Wunder an sich selbst erlebt hätte. Cilgia sah mit Lorenz vom Balkon auf den kleinen Zug.

Da rief der leichtsinnige junge Maler: »Lebt wohl, Herr Näf, gute Geschäfte im Veltlin! Wenn ich von Rom komme, besuche ich Euch zu Aarau!« Und er grüßte zum Balkon empor und trat in das Haus Cilgias.

«Gestattet, daß ich Euch einen Gruß meines Retters zu Pontresina bringe und Euch unser Reiseabenteuer erzähle.»

Ludwig Georgy, der unter dem Mantel die Samtjoppe des Künstlers trug, war ein starkknochiger, rauhbärtiger, herzfröhlicher Geselle, jung und voll Hoffnungen, zum Lachen und Plaudern allezeit aufgelegt. Und wenn er lachte und plauderte, so lag darin eine sonnige Welt von Treuherzigkeit. Ihn fesselten die Bilder Paolo Vergerios und Katharina Diantis; er bat um die Bewilligung, sie nachzumalen; er schloß mit der Besitzerin der Gemälde Freundschaft; es gefiel ihm in Puschlav überaus wohl, und als die Bilder schon lange gemalt waren, ging er nicht fort.

Dafür zeichnete er, was ihm gefiel: Bürgersleute, Ziegen, Häuser, er zeichnete auch Lorenzlein. Und er blieb immer noch. Er wohnte im alten Gasthaus des Fleckens, aber fast den ganzen Tag war er im Hause Cilgias, nur am Abend setzte er sich mit den Puschlavern zum Schoppen und erzählte ihnen fröhliche Geschichten.

Er wußte bald einiges aus Cilgias Leben, sie noch mehr aus dem seinen. Sie verstanden sich gut und immer besser, die Frau und der Maler.

Ludwig Georgy war eines von vielen Kindern einer schlichten Bürgersfamilie. Er war Lehrling bei einem Schreiner gewesen. In einem Neubau hatte irgendein adeliger Herr Zeichnungen, die er mit flüchtiger Hand hingeworfen, entdeckt, war sein Gönner geworden und hatte ihn einem Maler, einem tüchtigen Meister, zugeführt. Und auf dem Weg nach Rom hatte der angehende Künstler dann die Bekanntschaft des Seidenhändlers Näf gemacht und war mit ihm in die Bündner Berge geraten.

«Malerlein», lachte eines Tages Cilgia, «Puschlav ist nicht Rom. Ihr habt Euch vor einem großen Gönner zu rechtfertigen, ein Ehrenwort gegen Euern Meister einzulösen!»

«Ihr werft mich also aus dem Hause?» fragte er lustig.

«Ja, aber hört! Ich wünsche, daß das Malerlein zu Rom seinen Studien lebe, sich nicht verbummle, nicht um ein Butterbrot zeichne oder male, sondern sich erinnere, daß es im stillen Weltwinkel von Puschlav eine Freundin hat, die gern von ihrem Gelde ein weniges auf den Altar seiner Kunst legt.»

«Frau Cilgia», stammelte der Maler hochrot, «versprecht mir nur eins...!» Und er stammelte etwas sehr Närrisches.

«Ihr seid ein Tor!» unterbrach sie ihn verlegen. «Packt Eure Siebensachen zusammen und werdet ein Künstler! Wer hätte gedacht, daß ein deutscher Bär so leicht Feuer fängt!» Und herzlich, herzlich lachte sie ihn aus, den jungen Schwärmer.

Am anderen Tag ritt Ludwig Georgy gegen Tirano. Die Erinnerung an ihn warf Sonne, viel Sonne in Cilgias Leben. Mit warmer Teilnahme begleiteten ihn ihre Gedanken. Ein Geretteter Markus Paltrams, ein

Künstler, an dessen Bildern vielleicht die Augen Tausender von Menschen einst voll Freude hangen! Wenigstens eine Rose blühte auf dunklem See!

Sie war überzeugt: Ludwig Georgy hat Talent, viel Talent, nur etwas ernsthafter, meinte sie, müsse er noch werden.

Und sie herzte ihren Lorenz: «Knabe, daß du mir auch etwas Rechtes wirst!»

15

Der Frühling kam, der traurigste Frühling des Engadins.

Die letzte Jugend, die den Dörfern geblieben war, zog aus, die einen als Zuckerbäcker, die anderen als Angestellte von Bündner Cafés in weiten Städten und Landen. Noch andere als Lehrlinge in Kaufmannsgeschäften, einige vielleicht auch wahllos auf gut Glück. Manche kamen nach ein paar Jahren wieder und holten sich aus den zurückgebliebenen Mädchen der Dörfer Frauen, und selbst die weibliche Jugend verlor sich aus dem Tal.

Draußen, in der Welt zerstreut, blühte ein neues Engadin, im Tal aber herrschte das Grauen über die Entvölkerung, denn die einmal fortgegangen waren, kehrten nicht zurück. Was sollten sie in der Heimat suchen?

Ja einige – das war der größte Schmerz der Alten – wurden aus Geschäftsvorteil Bürger fremder Länder.

Wohl sangen die Abziehenden das Lied Konradins von Flugi:

> *Dir halt' ich Treue, wie dem Kind*
> *der Bursch die Treue hält,*
> *der Fischer seinem Boot im Wind,*
> *das mit ihm steht und fällt.*

Aber das Lied klang den Zurückbleibenden wie Hohn in die Seele. Die zerfallenden Dörfer waren stumm, viele Gemeinden hatten Mühe, ihre Ämter zu besetzen, denn es fehlten die Männer, und Trauer im Herzen, zogen die Engadiner auf die Landsgemeinde. Mit dumpfer Verzweiflung spürten sie es: Die Auflösung des Lebens im grünen Hochtal war da.

15 Heer, Bernina

Doch gerade in dieser Zeit der äußersten Not hoben die Anhänger des Alten, die österreichische Partei im Bündnerland, die Köpfe. Napoleons Stern war im Sinken, die Reiche, die er gegründet, im Wanken, und nicht nur im Bündnerland, überall in der weiten Welt sprach man von der Wiederherstellung der alten Ordnung und der alten Rechtsverhältnisse. Da mußte doch von Gott und Rechts wegen das Veltlin auf Grundlage der alten Verträge wieder zu Rätien geschlagen, der Gewaltstreich des Korsen gutgemacht werden.

Man sprach von einem großen Diplomatenkongreß zu Wien, der kommen würde, man rechnete auf die Fürsprache Österreichs, auf den Gerechtigkeitssinn der Könige, man wollte frühzeitig genug eine Gesandtschaft in die österreichische Hauptstadt senden, um die Ansprüche Bündens zur Geltung zu bringen.

In ihren Träumen lebten die alten Engadiner schon wieder als Herren des Veltlins wie ehedem. Sie waren nicht nur die Regenten im blühenden, fruchtbaren Tal, sie saßen auch wieder wochenlang auf den ihnen widerrechtlich entzogener Privatgütern, sie fuhren im Herbst zur Weinlese und nahmen von ihren Pächtern den größeren Teil der Ernte. Und das Engadin war wieder, was es vor der Revolution gewesen war: eine Hochburg vornehm herrenbäuerlichen Lebens in Mäßigkeit und Genügsamkeit, mit den Freuden der Landsgemeinde, der ländlichen Schützenfeste, der Schlittenfahrten und der tollen Fastnacht. Die verderbliche Auswanderung kam dann von selbst zum Stillstand. Das waren die großen Hoffnungen der Alten. An ihrer Spitze stand der würdige Landammann, der in seinen jungen Jahren den Glanz des Hofes zu Wien gesehen hatte und ein unerschütterliches Vertrauen in das Wohlwollen Österreichs für das Bündnerland und in der Gerechtigkeit des Kaisers setzte. Hinter ihm alle die aristokratischen Bauern und Viehhändler von Sankt Moritz, dem wohlhabenden Dörfchen auf sonniger Höhe. Und das waren harte Köpfe, ihre Losung: «Wieder das Alte, aber nichts Neues!»

Zwischen dem Landammann und Konradin aber herrschte schwerer Disput. Auch Konradin kannte die Diplomatie, und er traute den alten Briefen nicht.

Der Vater grollte: «Ohne meine Erlaubnis ist er heimgekommen, wider meinen Willen hat er sich mit Menja Driosch, der Tochter des alten Widersachers, verlobt! Alles, was ich nicht will, tut er, der Schwärmer, der Poet, der Plebejer, der Revolutionär!»

Der starre Landedelmann hatte sich nie entschließen können, die Gedichte seines Sohnes zu lesen, wenigstens gab er nicht zu, daß er je nach den Versen gelangt: er kenne nur einige davon durch Frau Premont. Aber vielleicht blühte doch in einer versteckten Falte seiner Brust etwas Vaterstolz. So glaubte wenigstens die wackere Mutter.

Die Gedichte Konradins lebten in allen Häusern, sie waren der Trost des Volkes, das sie mit Erhebung las, nach ihnen wie zur Postille und Chronik griff, wenn es seine Kinder lesen und schreiben lehren wollte. Sie gingen mit den Ausziehenden, in ihrem Klange grüßten sich die Engadiner in der Fremde. Irgendein Säumer sang es zur Kurzweil auf einsamem Weg.

Gewiß, das Volk machte sich aus den Liedern mehr als aus dem Dichter, denn keusch und sparsam ist es in seinem Lob. Von Angesicht zu Angesicht rühmt es keinen, und zuviel traut es einem Verseschmied nicht. Aber man horchte doch, wenn Herr Konradin sprach, und legte Wert auf seine Worte.

Nur zu einem schüttelten die Leute die Köpfe: Ein Bad, das viele tausend Gulden kostet, will er aus Sankt Moritz machen. Das paßt zu den Straßen, die man baut und auf denen niemand fahren wird!

Konradin von Flugi aber war voll heiligen Eifers, und der ehemalige Bund der Jugend stand mit männlicher Kraft am Werk.

«Du darfst dich nicht zu weit vorwagen», mahnte Lorsa seinen Freund, «wegen deines Vaters nicht.»

Die Freunde verabredeten, daß Lorsa die Führung vor den Bürgern übernehme. Im stillen warben sie Genossen und hofften, daß in der Maiengemeinde zu Sankt Moritz eine Mehrheit der Bürger die Errichtung des Bades bewillige. Sie trauten aber der Gemeindeversammlung nicht ganz: «Der Landammann reißt uns im letzten Augenblick mit der Macht seines Ansehens und der Gewalt seiner Beredsamkeit die Mehrheit hinweg!»

«Die Gemeinde ist durch alte Übung auf den Tag nach dem großen Markt von Tirano festgesetzt. Wenn wir es einrichten könnten, daß er hinüberritte, mit ihm die hartköpfigsten unserer Bauern, daß sie sich verspäteten und die Gemeindeversammlung ohne sie abgehalten werden könnte!»

Viele Wochen hindurch sprach niemand mehr von der Errichtung eines Bades in Sankt Moritz. Im stillen aber spann sich ein Spiel kühler Bündner Verschlagenheit über die Berge.

Jeder Viehhändler, jeder Bauer bekam seinen Anlaß, auf den Markt in Tirano zu gehen, jung und alt von Sankt Moritz wollte über den Bernina-Paß reisen.

«Man kann die Maiengemeinde nicht abhalten, der Landammann sagt es», so ging die Rede.

Was aber den feierlichen, feinen Landammann bewog, nach Tirano zu gehen?

Ein Brief Cilgia Premonts. In ihrem Haus würde am Tag nach dem Markt die Schule von Puschlav eingeweiht. Es würde die Puschlaver freuen, wenn das Engadin die alte Freundschaft für den Flecken dadurch bezeigte, daß einige angesehene Engadiner daran teilnähmen. Als besondere Ehre würde man es empfinden, wenn der Landammann selbst zu der Einweihung kommen wollte. Er befinde sich in guter Gesellschaft: Pfarrer Taß und Driosch kämen auch.

«Driosch, ja wenn Driosch hinübergeht, ist keine Gefahr!»

Eine amtliche Einladung des Podesta gab derjenigen Cilgias Nachdruck.

Aber ein gewisses Mißtrauen blieb dem alten Herrn. Als indessen am Maitag auch die Jugend des Dorfes über die Bernina zog, da war der Landammann sicher, daß keine Überrumpelung stattfinden werde. Fortunatus Lorsa selber ritt über den Berg.

In Tirano überfiel die jungen Engadiner schon früh am Abend eine auffällige Tanzlust: «In unseren Dörfern ist doch keine Freude mehr, wir wollen wieder einmal die Nacht durchtanzen.» Und manche taten, als hätten sie noch eine Reise nach Bormio oder Chiavenna vor.

Die Alten brachen nach der Heimat auf, sie blieben aber in Puschlav hängen. Denn im alten Wirtshaus war viel Gesellschaft aus dem Engadin. Andreas Saratz schaute aus dem Fenster und rief jeden herein. «Es kommt mir auf eine Maß nicht an, was wollt ihr auch so früh über den Berg?»

Die trinkfesten Engadiner sammelten sich, der Wein wurde immer besser, die Gesellschaft lauter. «Wir bleiben da und sehen uns morgen das Jugendfest der Puschlaver an. Es ist zu spät, über die Bernina-Höhe zu reiten. Wir kommen tief in die Nacht!»

«Es ist zu spät», wiederholte der Nachbar und kraulte sich im Haar, niemand mochte sich vom Trunke trennen. «Gut, ich sehe mir das Jugendfest auch an!» So Mann um Mann.

Gleichwie die im Wirtshaus fanden die paar Gäste, die im Garten Cilgia Premonts saßen, nicht die Zeit, sich darum zu kümmern, was auf dem Bernina-Wege ging. Sie sahen die späten Reiter nicht, die durch eine Hintergasse des Fleckens jagten, sondern lauschten den Weisen eines Posthorns, das Frau Cilgia zur Verschönerung des Abends in einiger Entfernung blasen ließ.

Der Podesta plauderte mit dem Landammann, die liebenswürdige, schöne Wirtin unterhielt alle Gäste zusammen.

Driosch war bester Laune. Als er mit Frau Cilgia unter den knospenden Bäumen dahinschritt, sagte er: «Gerecht seid Ihr, Ihr führt den Landammann grad so anmutig in die Falle wie mich bei der Rückkehr Konradins!»

Sie winkte ihm Schweigen und lachte nur mit den Augen.

Am anderen Tag aber zogen bekränzte Kinder mit Musik durch den Flecken Puschlav. In dem blumengeschmückten Schulzimmer hielt der Landammann eine sehr schöne Rede auf Cilgia Premont. «Ich sage Prement, denn der Name ist uns im Engadin geläufiger und erinnert uns an den edelsten Bürger Puschlavs, dessen unvergeßliches Beispiel von Gemeinnützigkeit durch Euch, edle Frau, fortlebt! Solange wir solche Frauen unter uns haben, brauchen wir um die Zukunft des Bündnerlandes nicht zu bangen!» Aus silbernem Becher trank er mit der gehaltenen Liebenswürdigkeit des Edelmannes Gesundheit zu.

Nun saß Cilgia doch auf glühenden Kohlen. Aber das Kinderfest nahm den reizendsten Verlauf. Die Freundschaft der Engadiner und Puschlaver ging in hohen Wogen, und man sprach von den großen Hoffnungen der Wiedererwerbung des Veltlins, denn manche Anzeichen deuteten stark darauf, daß die französische Herrschaft wanke, ja man erwartete bereits, daß die Österreicher das Tal besetzen, natürlich nur vorübergehend besetzen würden, um es dann gegen eine mäßige Entschädigung den rechtmäßigen Herren, den Bündnern abzutreten. So sprach man mancherlei, und der gemütliche Pfarrer Taß brachte einen Toast aus auf Herrn Konradin, der das Romanische zu einer Dichtersprache emporgeweiht, sie mit unvergänglichen Blumen der Poesie geschmückt habe.

«Daß er heute nicht bei uns ist!» schmollte Cilgia.

«Er läuft in den Dörfern nach alten Volksgesängen herum, das ist jetzt sein Steckenpferd!» Der Landammann sagte es in mißbilligendem Ton, am entgegengesetzten Ende der Tafel aber schneuzte sich Driosch.

Man sprach auch von Markus Paltram, und Pfarrer Taß erzählte eine merkwürdige Geschichte: «Er beginnt wieder zu heilen. Ein Signore Belloni, ein sehr reicher Mailänder, stürzte am Bernina-Wege und erlitt mehrere Brüche. Man brachte den Hilflosen, der sich nicht rühren konnte, ohne in großen Schmerzen aufzuschreien, zu mir ins Pfarrhaus. Da liegt er nun seit acht Tagen. Er muß schon, wie sich der Unfall ereignete, etwas von Markus Paltram gehört haben. Er verlangte den Mann, der die Schmerzen stillen könne. Da holte der Mesner den grauen Jäger. Er kam. Der Mailänder, der vor Schmerzen halb wahnsinnig war, versprach das Weiße aus dem Auge, wenn er ihm die Schmerzen lindere, etwas Schlaf verschaffe. Paltram wurde heftig: ,Das kann ich nicht; könnte ich es, so täte ich es doch nicht! Es ist eine schlechte Kunst.' Aber er flickt jetzt den Mailänder wie einst die Geißhirtin mit Reiben und Drücken, und in sechs oder sieben Wochen, behauptet er, könne Belloni wieder zu Pferde steigen. Und das Sonderbarste: der Mailänder glaubt ihm wie ein Kind.»

Als der Pfarrer so erzählte, stand neben ihm mit großen Augen Lorenz; das gespannte, fragende Gesicht des Knaben verriet, daß er sich kein Wort entgehen ließ. Plötzlich stürmte er zu seiner Mutter, die etwas verträumt zugehört hatte.

«Mutter, ich weiß, was ich, wenn ich groß bin, werde, etwas Rechtes, Mutter: ein Arzt wie der König der Bernina!» Seine Augen leuchteten.

Kam man auf Markus Paltram zu sprechen, so ging die Rede nicht leicht aus. Man erzählte, er habe vor nicht langer Zeit im Zernezer Wald ein junges Bärchen ausgenommen und sein Kind viele Wochen damit spielen lassen, bis das Tier seine Raubnatur zeigte und er es fahrenden Leuten schenkte. Man sprach von seiner Grausamkeit gegen die Bergamasken, von den tollen Sagen, die sie über ihn verbreiteten.

«Die neueste», berichtete Driosch, «ist die, daß ein toter Jäger aus dem Gletscher aufstehen und ihn richten werde.»

Als sie die Bernina-Häuser erreichten, hörten sie sonderbare Mär: «In Sankt Moritz sind heute morgen etwa zwanzig junge Bürger aus Italien zurückgekehrt und ist nach überliefertem Recht und Brauch die Maiengemeinde abgehalten worden. Fortunatus Lorsa wurde von ihr als Vorsteher gewählt, bis der alte von Puschlav zurückgekehrt sei. Fast einhellig hat die Gemeinde beschlossen, den Bau eines Bades zu gestatten. Die junge Partei hat die alte Halle schon niedergelegt; das Baugespann für die neue errichtet und es mit Böllerschüssen begrüßt.»

Der alte Landammann zitterte vor Erregung. «Diese Beschlüsse sind ungültig!» stieß er endlich hervor und maß Driosch mit Blicken alten Grolls.

«Ihr seht, daß ich nicht dabei war», versetzte der Viehhändler kühl. «Es geht mir wie Euch. Die Jungen werfen uns unter das alte Eisen. Sie haben mich gebeten, daß ich nichts zu ihren Plänen helfe!»

«Altes Eisen?» zürnte der Landammann. «Das wollen wir sehen!»

Umsonst schlug Pastor Taß die Töne der Versöhnlichkeit an, der Junker blieb unzugänglich. Er spürte nur den heißen Ärger über die List der Jungen. Er sprach kein Wort, und der Pfarrer fand es für gut, die beiden Gegner nach Sankt Moritz zu begleiten.

Das Dörfchen war, obwohl es bald auf Mitternacht ging, noch hell erleuchtet. Auf der Höhe des alten Wallfahrtskirchleins stand ein Triumphbogen, und darin hing ein Transparent mit einer Inschrift.

Der Landammann war wütend. «Auch den Hohn wagen sie!» keuchte er.

Aber als die Reiter sich näherten, lasen sie: *Gruß dem Landammann, dem Gesandten des rätischen Volkes!*

Vom Kirchlein her trat an der Spitze der Jungmannschaft Fortunatus Lorsa mit gezogenem Hut an die Reiter heran und bat sie, zu halten.

«Hochzuverehrender Vorsteher!» begann er. «Wir vom Bund der Jugend des Engadins, wir Sankt-Moritzer vorab, sind durch den edlen Herrn Luzius von Planta und andere bei der Regierung in Chur vorstellig geworden, daß dem Engadin in der Gesandtschaft, die nach Wien geht, ein besonderer Vertreter gebühre, und wir wußten keinen höheren und würdigeren Namen vorzuschlagen als den Euern! Heute haben wir die Freude und die Ehre, Euch als den Gesandten des Tales zu begrüßen, und bitten Euch, daß Ihr das wichtige Amt nicht ausschlagt!

Über das, was die Jungmannschaft von Sankt Moritz in Gemeindeangelegenheiten getan, stehen wir gern Rechenschaft. Vor allem aber versichern wir Euch, daß wir eine Kränkung verdienter Mitbürger und Vorsteher nicht beabsichtigen, sondern nur von dem brennenden Wunsche geleitet waren, wieder Leben und Verdienst ins Tal zu ziehen und dem Frieden zu dienen!»

Dann wandte er sich zu Driosch: «Geehrter Mitbürger! Ein ehemaliger Plan von Euch hat die Zustimmung der Gemeinde gefunden; wir bauen das Bad. Aber wir haben auch etwas, wogegen Ihr immer geeifert und die Mehrheit errungen habt, beschlossen: Die alte Kirchenschuld muß abgetragen werden. Für das Recht, das Bad zu bauen, leihen wir der Gemeinde das Geld zur Tilgung der Schuld und bitten Euch, daß Ihr die alte Gegnerschaft gegen die Regelung dieser Angelegenheit aufgebt. Wir wollen Frieden!»

Jetzt horchte der Landammann auf: Driosch war

von der Jungmannschaft getroffen wie er, und die junge Partei zog der alten mit dem Beschluß, die Kirchenschuld zu ordnen, einen dreißigjährigen Pfahl aus dem Fleisch. Das empfand der Landammann dankbar. Dazu: Wien wiedersehen!

«Zieht den Vorteil an Euch», flüsterte ihm Taß zu. – Nur mit ein paar kühlen, grollenden Worten erwiderte der Landammann Fortunatus Lorsa, aber er sprach doch, und der äußere Friede war hergestellt.

Die versöhnliche, für den Landammann ehrenvolle Haltung des jungen Engadins nach der gelungenen Hintergehung brach dem bitteren Stachel die Spitze ab, die Mäßigung der Sieger gefiel dem Volke. Man spürte es, die Jungmannschaft war eine Macht, die man ernst nehmen mußte.

In Sankt Moritz aber zuckte und wühlte der Groll der Alten.

«Was wollen wir noch, die Jugend steht jetzt am Amboß!» lachte Driosch.

Doch auch der Landammann wollte noch einmal Schmied werden. Die Gesandtschaft nach Wien, wo er einst glückliche Jugendjahre verlebt hatte, wo der Entscheid über die Zukunft des Landes lag, erfüllte sein Sinnen und Denken, und ob er der Jungmannschaft auch äußerlich immer kühl begegnete, war es ihm innerlich doch eine große Genugtuung, daß sie, die jetzt das Regiment an sich gerissen, ihn für den ehrenvollen Posten eines Gesandten erwählt hatte.

Die Hochzeit Konradins von Flugi mit Menja Driosch war ein Sonnenstrahl in das Leben des Engadins; in der langen Treue der beiden sah das Volk die alte Bündner Zähigkeit, die zum Siege führt. Ein unendliches Glück stand in den vergißmeinnichtblauen Augen Menjas, als sie im Brautkranz ging, und Konradin von Flugi wogte das Herz von Hoffnungen.

Nur eine fehlte dem Fest: Cilgia! Sie wollte den Landammann an dem festlichen Tage nicht an die Falle erinnern, in die sie ihn gelockt hatte. Aber ihre Hand erkannte man an dem Feste doch. Überall auf dem Weg, den der Hochzeitszug beschritt, lagen frische Rosen und Nelken, selbst beim Ausritt, der die Gesellschaft am Nachmittag nach Samaden führte. «So viele und so schöne Blumen hat im Lande nur sie!» Und bald erfuhr man, daß ein ganzer Saumzug die Körbe mit den frischgeschnittenen Rosen und Nelken von Puschlav herbeigebracht hatte.

Die Gesandtschaft war abgereist. In Sankt Moritz aber begann die Jungmannschaft, den Inn durch ein neues Bett in den See zu leiten und zwischen diesem und dem Berg Rosatsch die köstlichen altberühmten Sauerquellen zu fassen. An Widrigkeiten und Kämpfen fehlte es nicht, und bei dem großen Mißtrauen gegen das Unternehmen, das viele Tausende von Gulden kostete, war das Geld dafür und für die Kirchenschuld schwer zu beschaffen. Das meiste gaben Freunde im Ausland her. «Man baut Straßen, auf denen niemand fährt, man errichtet Bäder, in denen niemand badet!» Das war der landläufige Witz, und die Jungmannschaft von Sankt Moritz erhielt den Spottnamen: Die Geldverlocher!

Dafür vertraute das Volk auf die Erfolge der Gesandtschaft in Wien.

16

Im Pfarrhaus zu Pontresina war lieber Besuch ein-
getroffen. Cilgia Premont, wie sie von den Engadinern
allgemein genannt wurde, war von Puschlav geritten
gekommen, mit ihr der Knabe Lorenz und Ludwig
Georgy, der Maler, der sich auf der Heimreise von
Rom nach Deutschland befand. Gemeinsam wollten sie
morgen der Einweihung des Bades Sankt Moritz bei-
wohnen, und Ludwig Georgy wollte, ehe er weiterzog,
für Cilgia Premont das Kirchlein Santa Maria, für sich
selber Markus Paltram, den König der Bernina, malen.
Der Naturschwärmer trieb sich jetzt mit Pfarrer Taß
irgendwo im Roseg-Tal herum, Cilgia aber war, von
ihrem Ritt ermüdet, mit ihrem Knaben im Pfarrhaus
geblieben, im Pfarrhaus, das so viele schöne und
schmerzliche Erinnerungen aus ihrem Leben barg.

Da lockte sie der milde Frühsommerabend, der sein
Licht über die Gletscher goß, doch noch ins Freie. Wie
einst schritt sie gegen Santa Maria empor, wie einst
grüßte sie die Dörfler, redeten die Leute hinter ihr und
bewunderten die stolze Gestalt, die Augen wie zwei
Sonnen. Wie einst setzte sie sich auf die Bank am alten
Tor, an dem die Jahrzahl 1497 eingemeißelt ist, und
träumte in den Frieden der Berge und horchte dem
Rauschen des in Wald und Kluft verborgenen Bernina-
Baches.

Nur eins war anders als ehemals: Der Hammer Markus Paltrams klang nicht mehr in die Stille.

Doch überkam sie der Geist der alten Zeit. Schmerzlich verträumt ließ sie auf der Bank am Tor die fernen
Liebestage vorüberziehen.

Etwas verwundert betrachtete der Knabe Lorenz

seine Mutter. Als sie ihm aber auf sein Geplauder nur zerstreut antwortete, da lief er an den lustigen Bach, der mit eiligen Wellen gegen Paltrams Hütte quellt, warf Hölzer, die er am Weg fand, hinein und freute sich, daß sie so munter auf den kleinen Wellen tanzten. Bis zu Paltrams Hütte lief er ihnen nach und beschaute sich das schwer mit Moos behangene Wasserrad.

Er versuchte es, in Gang zu bringen. Da gesellte sich zu ihm ein leichtes schmales Mädchen mit dunklen Augen und einem herben Mündchen, das ein wenig über seine vergeblichen Bemühungen lächelte.

«Das mußt du so machen», sagte sie, und mit einem behenden Ruck an einer Kette leitete sie das Wasser auf das Rad; es begann zu klappern, und die beiden jubelten.

«Wie heißt du?» fragte der Knabe das barfüßige, frische, saubere Kind, das kleiner und jünger war als er.

«Sage mir zuerst deinen Namen», erwiderte es etwas herb.

«Lorenz Gruber!»

Da antwortete es mit einem hübschen Lächeln: «Und ich bin Landola Paltram.»

«Wie? Bist du das Kind des Königs der Bernina? Ist das euer Haus?»

«Ja», erwiderte sie stolz und mit glänzenden Augen.

«Deinen Vater möchte ich gern sehen.»

«Er kommt jetzt bald vom Piz Languard. Wir wollen gegen das Kirchlein hinaufgehen und ihn abholen.»

Als die Kleine die verträumte Frauengestalt am Tor des Kirchleins sah, stutzte sie.

«Es ist meine Mutter!» versetzte Lorenzlein beruhigend.

«Du hast aber eine schöne Mutter!» erwiderte die Kleine mit eifersüchtigen Augen. Und ihr kluges Gesichtchen verdüsterte sich wie in einem heimlichen Schmerz.

In diesem Augenblick wandte Cilgia das stolze Haupt. Da zog Lorenz das widerstrebende Mädchen mi. sich zu ihr hin. «Sage ihr nur guten Abend!» munterte er Landola auf.

Die Kleine faßte Zutrauen zu der schönen fremden Frau, ein neugieriges, hoffnungsreiches Lächeln zitterte um Landolas Mund, es war wie stumme Bitte um eine Freundlichkeit.

Sonderbar! Cilgia hatte die Kleine gleich erkannt, ihr Bild gab ihr einen Stich durchs Herz. – «Das Kind Pias!» –, sie wollte sich von ihm abwenden. Aber das schöne hoffnungsreiche Lächeln des feingliedrigen Kindes besiegte die erste Abneigung, sie litt es, daß es sich mit Lorenz auf die Bank setzte. Etwas scheu tat es Landola. Als das Kind sie wie eine Wundererscheinung betrachtete und keinen Blick von ihr wandte, mußte auch Cilgia lächeln.

«Was hast du mit mir, Landola?» fragte sie gütig und streichelte das reizende Köpfchen.

«Ihr habt so schöne Augen – sind sie neu?» versetzte die Kleine schüchtern und drollig. Da konnte sich Cilgia nicht enthalten, sie herzte das hübsche Wesen.

In diesem Augenblick kam Markus Paltram vom Bergwald her, im grauen Jägergewand, das Gewehr und einen Gemsbock auf dem Rücken, das menschgewordene Gebirge in seiner Schönheit, in seiner Kraft und seinem geheimnisvollen Reiz.

«Vater!» schrie Landola und entwand sich den Armen Cilgias.

Er stutzte, eine Blutwelle ging über sein Gesicht, er bebte vor dem Bild. «Cilgia Premont, Ihr da, und Ihr seid lieb zu meinem Kinde?» Es war, als gehe ein heiliger Schrecken über den Gewaltigen, und die Kinder sahen einander verwundert an.

Da erhob sich Cilgia in glühender Verlegenheit, sie zitterte wie der Mann vor ihr. «Markus! Ich muß gehen!»

«Oh, nur noch einmal mit Euch reden, Cilgia Premont!» bat er.

«Nicht jetzt, nicht vor meinem Lorenz! Aber ich komme von Sankt Moritz nach Pontresina zurück, es ist vielleicht gut, wenn wir zusammen sprechen. Es hat mich innig gefreut, daß mein Wort zu Puschlav so herrliche Früchte getragen hat. Ich danke Euch für die Errettung der sieben Leute.»

«Ich kann alles, wenn Ihr mit mir seid, Cilgia!»

Die Geißen, eine übermütige Schar, kamen wie einst mit ihren Glöckchen vom Berg, eine Hirtin führte sie wie einst Pia, und über die Berge zogen die Rosenschiffe der Abendröte. In tiefer Bewegung schritt Cilgia hinunter gegen das Dorf. «Es geht nicht!» flüsterte sie und blickte nach ihrem Knaben. Der aber schwärmte für den König der Bernina, den großen Jäger.

Am andern Tage ging Cilgia mit Lorenz, mit dem Pfarrer und dem Maler durch den schönen Lärchenwald, in dem der dunkle Statzer See liegt, nach Sankt Moritz hinüber zur festlichen Eröffnung des Bades.

Wieder leuchtete vor ihnen der lichte See von Sankt Moritz mit grünen und blauen Strahlen, im Kranz grüner Wälder und Wiesen und des weißen Schneegebirges, während das freundliche Dörfchen auf anmutiger Höhe grüßte. Zwei Boote lagen wieder am Ufer, darin standen zwei Männer: der feine Luzius von Planta und Konradin von Flugi, der Dichter. Ein herzliches «Grüß Gott!» erscholl, und die bekränzten Kähne mit den Gästen zogen über den See und glitten ein Stück innwärts empor. In den grünen Wiesen flatterten auf einem stattlichen Neubau die Fahnen.

«So sind denn die Träume unserer Jugend wahr geworden», sagte Herr Konradin.

Cilgia aber fuhr sich über die schöne Stirne. Sie dachte an einen Traum, der nicht wahr werden konnte.

In der Halle des schlichten geschmackvollen Steinbaues sprudelte der Sauerquell im kristallklaren Bron-

nen mit einer Mächtigkeit, die zuvor kein Mensch ge-
ahnt hatte. Die Quellen zusammen waren ein Bach.
Und an der Wand, hinter der die Badezellen lagen,
stand als Inschrift das Gedicht, das der große Albrecht
von Haller dem Engadin und den Engadinern gewidmet:

Allhier bekränzt der Herbst die Hügel nicht mit Reben,
die Erde hat zum Durst nur Brunnen hergegeben.
     Wohl dir, vergnügtes Volk!
Das Schicksal hat dir hier kein Tempe zugesprochen;
die Wolken, die du trinkst, sind schwer von Reif
                   und Strahl,
der lange Winter kürzt des Frühlings späte Wochen.
Und ein verewigt Eis umringt das kühle Tal,
doch deiner Sitten Wert hat alles das verbessert:
Der Elemente Neid hat dir dein Glück vergrößert!

Mit ein paar Blumen um die Röhren, aus denen die
Wasser sangen, mit ein paar Wimpeln auf dem Dach
bildete die Inschrift den ganzen Festschmuck des Gebäudes.

Neugieriges Landvolk strömte herbei und kostete
die Quelle.

«Das ist ein gutes Zeichen, daß Ihr kommt!» rief
Lorsa Cilgia freudig entgegen und bot ihr den Will-
kommenstrunk. Köstlich schmeckten die Wasser.

«Ich bringe Euch noch jemand mit», antwortete sie,
«den Maler Ludwig Georgy. Er ist eben nach zwei
Jahren Aufenthaltes von Rom zurückgekehrt und sieht
das Engadin zum erstenmal im Sommer. Er ist hin-
gerissen von seiner Schönheit, er will den Morteratsch-
Gletscher und die Bernina malen. Ich empfehle Euch
den Künstler, es ist leicht mit ihm Freund sein!»

Es war ein stilles Fest in Sankt Moritz, denn unter
der Freude wogten die Sorgen. Früher als die Gesandtschaft, die noch in Wien weilte, waren die Freunde

ans Ziel gekommen, das Bad war gebaut, aber wird es im vergessenen Engadin Gäste finden?

In seinem Heim wollte Herr Konradin mit Menja künftighin die Gäste, welche das Bad besuchen würden, empfangen.

«Junker Konradin von Flugi, der einstige Privatsekretär des Königs von Neapel, der Dichter des Ladins, der erste Gastwirt zu Sankt Moritz und seine Hausfrau!» Darauf erhoben die Freunde bei dem kleinen Familienfest ihre Gläser.

Man sprach von der Gesandtschaft Bündens, die nun im zähen Festhalten an ihren Forderungen bald ein Jahr in der fernen Stadt weilte. Die Berichte, die sie heimschickte, waren niederschlagend. Verschleppungen, Vertröstungen, Ausflüchte! Unterdessen hatte sich im Veltlin die österreichische Verwaltung festgesetzt, und die österreichischen Beamten taten nicht so, wie wenn sie es je wieder zu verlassen gedächten. Die erwachten Hoffnungen, daß das Tal in den Besitz der Bündner zurückkäme, verflackerten wie Strohfeuer. Das dämpfte den Jubel.

Der fröhlichste Gast war der deutsche Maler, der gerade in der Zeit des Gärens und Reifens stand. «Ich merke, hier ist gut sein. Ich bleibe bis zum Herbste da: ich arbeite! Vor diesen flammenden Bergen, vor den innigen blauen Seen will ich Künstler werden. Es gibt ja wahrhaftig vom Rhein und Thüringer Wald in Deutschland Gemälde genug, es gibt sie schon vom Vierwaldstätter See, vom Berner Oberland. Aber wer hat je Bilder aus dem Engadin gesehen? Das ist eine neue Welt, ich versuche es, ich gründe vielleicht darauf meinen Ruf!»

So sprudelte und jubelte er begeistert, und man trank auf die werdenden Bilder. Cilgia nickte ihm lachend zu.

Da erwiderte der in der Samtjoppe: «Es lebe das Land, wo Frauen wachsen wie Cilgia Premont und Männer wie Markus Paltram!»

Markus Paltram. Wie immer, wenn der Name genannt wurde, sprach man lange über ihn. Wohl war Markus Paltram der furchtbare Herr der Bernina, aber auch der, der sieben Menschenleben gerettet hatte. Mit scheuer Achtung sah das Volk zu ihm empor. Wenn es stürmt und schneit, wenn die Lawinen gehen und die Runsen krachen, ist er im Gebirge, Tag und Nacht. Er wittert, wo Menschen in Gefahr sind, er führt dem ermatteten Säumer das Pferd, er gräbt die verschneiten Züge aus. So erzählt man weit und breit. Er muß so viele retten, hat sich die Sage gebildet, wie er auf den Höhen des Gebirges tötet.

«Er ist besser als sein Ruf», erwiderte Fortunatus Lorsa, «nennt mir einen einzigen Jäger, den er getötet hat! Niemand weiß einen Namen, es ist ein leeres, ungreifbares Gerücht. Er widerspricht ihm nicht, er lächelt dazu, wie wenn es wahr wäre, und gründet sein Königtum der Bernina auf den Aberglauben der Bergamasken, die von jeher alles Törichte lieber, als was von gesunden Sinnen ist, angenommen haben.»

Ähnlich sprach Herr Konradin.

«Und was sagt Ihr von ihm, Frau Cilgia?» fragte der Maler.

Sie errötete und schwieg einen Augenblick. «Die Freunde können es Euch erzählen», sagte sie halblaut, «daß niemand unter Markus Paltram schwerer gelitten hat als ich, aber er unter sich selbst noch mehr!» Das klang unendlich wehmütig vom Munde Cilgias. Es klang, als ob sie ihn noch immer liebe.

Mit Verwunderung hörten es die Freunde. Sie hatte es mit Schmerzen gesprochen, damit Ludwig Georgy, der gewiß nicht wegen des Engadins von Rom zurückgekehrt war, aber mit seinen blauen fröhlichen Augen ihre Gestalt verschlang, nicht wieder in die Schwärmerei des letzten Tages von Puschlav verfalle.

Cilgia kämpfte den letzten schweren Kampf. Droben beim Kirchlein Santa Maria sah sie Markus Paltram.

«Also, Markus, was habt Ihr mir zu sagen?» flüsterte sie verlegen.

Da kniet der felsenfeste Mann bebend vor ihr. «O Cilgia, sagt es noch einmal! Ihr könnt es mir nicht genug sagen, daß Ihr mir verziehen habt! Es ist Öl auf eine Wunde, die immer brennt. – Sagt, ist zwischen uns kein Glück mehr möglich? Meine arme, kleine mutterlose Landola spricht nur von Euch. Ihr seid ihr alle Schönheit und Güte, alles seid Ihr dem Kinde – wie mir. Ihr wißt, was Ihr mit einem guten Wort aus mir machen könnt!» Als ob sich in seiner Brust eine Lawine löste, sprach er es.

«Steht auf, Markus! Dort schlägt mein Knabe seinen Reif, er darf uns nicht sehen!» stammelte Cilgia.

Das Wort «mein Knabe» wirkte auf Markus Paltram wie ein Schlag. Er taumelte auf. «Ja, die Kinder!» sagte er wie geistesabwesend. «Ich sah gestern Euern Knaben mit meinem Kinde spielen, das war so sonderbar!»

Da spürte er, wie die goldbraunen Augen Cilgias in unendlicher Trauer und Liebe auf ihn gerichtet waren.

«Gebt mir doch ein spätes Glück, Cilgia!» Wort und Blick an dem gewaltigen Manne sind glühende Bitte, seine Hand sucht ihre Hand. Cilgia atmet schwer, es ist, als wolle sie fliehen, da stößt sie es hervor: «Es geht mir seltsam! Ich sollte Euch verachten, ich sollte von Euch fliehen – und liebe Euch doch!»

«Cilgia!» keucht Markus Paltram.

Ihre Augen umflorten sich. «Nur eins, Markus: Auge in Auge. Danach entscheide ich: Habt Ihr ein reines Gewissen gegen meinen Knaben Lorenz, der den Namen Gruber trägt?»

Markus Paltram wird totenblaß, aber er ermannt sich. «Cilgia, ich habe diese Frage erwartet, es gibt in meinem Leben keine Todsünde als die, die ich mit Pia an Euch begangen habe, ihretwegen bin ich der Heimatlose unter den Menschen!»

«Das ist verziehen», ist ihre Antwort, «aber Gruber?» Halb hofft sie, halb faßt sie der Schreck vor der Antwort, die kommen würde. Alles an ihr ist Beben und Spannung.

«Ich habe ihn gerecht gerichtet», sagt Paltram ruhig, doch in furchtbarem Ernst. «Ich schwöre es vor Gott, ich habe ein reines Gewissen gegen Gruber. – Hört und urteilt selbst: Ich verfolge eine Gemsenspur am Gletscher, da kracht ein Schuß, ich sehe mich um, entdecke niemand, spüre aber das warme rieselnde Blut am Bein. Ich gehe vorwärts – Da steht in wilden Eisblöcken vor mir Gruber, er hebt schon wieder das Gewehr zum Schuß, ich reiße meins auch an die Wange ... So knien wir Blick in Blick auf dreißig Schritt. Alles, was ich mit Euch erlebt habe, geht in diesem Augenblick an mir vorüber! – Es ist Cilgias Mann, denke ich, ich reiße das Gewehr zurück, stehe auf: Du kannst nicht auf ihn schießen! Da kracht sein zweiter Schuß, und die Kugel zersplittert neben mir das Eis, ich verliere die Besinnung, stürze auf ihn los, Mann gegen Mann ringen wir. Da weiß ich nicht mehr, was ich tue. Ein Stoß – er versinkt in einer Gletscherspalte, die voll Wasser steht, ich werfe ihm sein Gewehr nach, ich schleppe mich weiter und wasche meine Wunde an einem Bächlein. – Als ich wieder einmal über den Gletscher ging, hatte sich die Spalte, in der Gruber lag, geschlossen. Das ist mein ganzes Geheimnis aus dem Gebirge ... Nun richtet!»

Cilgia war ins Gras gesunken. Sie hielt das Gesicht mit beiden Händen bedeckt. «Ich habe es gewußt!» stöhnt sie. «Oh, hättet Ihr mir an jenem Tag gefolgt, als ich hier Eure Hände nahm und Euch bat: Laßt ab von der Jagd!»

Da hebt sie Markus Paltram empor: «Cilgia!» sagt er voll innerem Jammer.

«Ich liebe Euch», flüstert sie verwirrt, «aber ich darf Euch nicht mehr angehören wegen meines Knaben. Es wäre zu grauenhaft: der Mann im Eis, der Vater meines Lorenz. Schweigt um meines Knaben willen!» Und zitternd drückt sie Markus Paltram die Hand. «Lebe wohl, Markus!»

«Ja, der Mann im Eis», wiederholt er dumpf. «Ich fürchte Gruber nicht! Sogar in der Nacht habe ich dort gestanden, wo er ruhen muß. Ich weiß nur eins: Ich habe ihn gegen meinen Willen töten müssen, das ist der Lohn für meinen Verrat in jener Fastnacht!»

«Lebe wohl, Markus! Sei gut, sei um meinetwillen gut! Nie dürfen wir uns wiedersehen – nie, nie!»

Und gegen das Dörfchen hinab schwankt Cilgia Premont. Sie sieht die ringsum strahlende Gebirgswelt nicht, sie sieht nur das gräßliche Bild, von dem sich der Schleier gehoben hat. Und sie liebt den, der ihren Mann erschlagen hat!

In der Einsamkeit des Gebirges aber irrt Markus Paltram. Ist es ein Gaukelspiel der Hölle, daß er glaubte, auch nur einen Augenblick glaubte, Cilgia könnte noch je die Seine werden! Die Hoffnung lebte nur in seinem heißen Blut, sein Verstand glaubte nie daran. Und er neidete Aratsch und seine Geliebte, denn die dürfen wandern einen ganzen Tag. Sie aber wird er nie, nie wiedersehen!

Er steht im fahlen Mondschein am Morteratsch, und die Stadt im Eise leuchtet, die Spalten flimmern. Da fällt es wieder über ihn: «Das Geschlecht Paltram muß untergehen!»

Eine sonderbare Angst überfällt ihn. Seine kleine Landola hat mit dem Knaben Cilgias gespielt, mit dem Sohne Grubers. Und das kleine heiße Herz hängt an dem Bilde Cilgias. In seltsamen Ahnungen spürt er irgendeine Gefahr für sein Kind. Und wie ist sie ihm lieb, seine Landola!

17

Bescheiden wie erster Frühling begann nach der Gründung des Bades, als der engadinische Sommer wiederkam, etwas Kurleben in Sankt Moritz. Der Sammelpunkt desselben war das Gasthaus des Dichters Konradin Flugi und seiner sonnigen Hauswirtin Menja. «Mütterchen Menja» nannten die Gäste die junge blonde Frau.

Die ersten Gäste waren der Seidenhändler Näf von Aarau, seine Frau, seine Tochter und zwei Söhne, eine wohlhabende Familie, die gekommen war, den Retter des Vaters zu begrüßen. Dazu gesellten sich einige Bürger von Chur, die der alte Ruhm der Wasser und die Neugier, das Bad von Sankt Moritz zu sehen, angelockt hatten, und etliche Tiroler Bauern, die die Sitte, nach der Heuernte eine Reise zum Brunnen von Sankt Moritz zu machen, nicht vergessen hatten. Weitab von den Ereignissen der Welt, oft wochenlang ohne jede Nachricht, was in den Ländern der Tiefe geschah, lebte der kleine Kreis, auf sich selbst angewiesen, wie eine einzige Familie, bei Veltliner Wein, luftgedörrtem Fleisch oder dem Gemsbraten, den Markus Paltram, das Pfund um wenige Kreuzer, lieferte.

Eine reizende Kleine begleitete manchmal die alte Frau, die das Fleisch brachte: Jolande! Sie glich, das sagten alle Einheimischen, der wilden Pia, sie war schmal und kraftvoll wie eine Gemse; aber es war doch nicht sie. Unter dem schönen Ansatz des dunklen weichen Haares glänzte eine freie reine Stirn, und in den leuchtenden kirschschwarzen Augen war nichts Raubtierartiges.

Ein herb-inniges, verschlossenes Kind war Jolande,

schon mit ihren wenigen Jahren eine Schweigerin, aber ihre Augen prüften und ihre Ohren horchten, sie horchten, was man von ihrem Vater spreche. Sie hatte einen brennenden, ja krankhaften Stolz auf ihn, sie bebte, wenn man von ihm sprach.

Diese heiße, leidenschaftliche Art des Mädchens, das sich doch schon selber zügelte, war überaus reizvoll. Sie widersprach nicht, wenn sie etwas, was ihr nicht gefiel, von ihrem Vater hörte, aber die feinen schmalen Lippen schürzten sich, zuerst rührend schmerzlich und dann zu einer Verächtlichkeit, wie man sie selten an einem Kinde gesehen. Wenn sie aber sprach, geschah es mit einem lieblichen Zauber der Stimme. Und immer ging sie den Gästen Konradins zu früh.

«Jolande, willst du mit dem Vater auch einmal zur Jagd gehen?» fragte der Wirt.

«Gewiß, an meinem zwölften Geburtstag darf ich die erste Gemse schießen!» Im Sprechen zeigte sie die schönen weißen Zähne, und die kirschschwarzen Augen leuchteten.

«Hast du schon auf ein Ziel geschossen?»

«Ja, aber nur mit dem Vogelrohr habe ich es versucht.»

Nicht häufig sprach sie soviel Worte, nie nahm sie das kleinste Geschenk an; nicht verletzend, sondern mit einem herb standhaften Lächeln wies sie es zurück.

«Das Eisenköpfchen!» grollte Adam Näf, der stattliche Händler, der die schwere goldene Uhrkette über die Brust gespannt hatte. «Heillos vornehm ist sie.»

«Schaut ihr nur auf das simple Kleid, ist ein Mängelchen daran?» versetzte Menja. «Und wie sie Kopf und Hütchen trägt! Paltram will eine Prinzeß aus ihr erziehen!»

Ludwig Georgy, der burschikose Maler aber, der das Engadin auch wieder aufgesucht hatte, war vernarrt in Jolande. «Sie muß mir auf die Leinwand!»

In den ersten Septembertagen zogen die Gäste fort.

Ein Saumpferd trug die Staffelei, die fertigen und angefangenen Bilder und die Skizzen des Künstlers. Er pfiff und sang vor Fröhlichkeit, denn ein Bild, das Adam Näf gekauft, hatte seine schmale Börse gefüllt.

Und seine Hoffnungen waren groß. «Das sind keine hundertmal gemalten Schlösser, das ist frisches, keusches Hochgebirge. Die werden staunen im lieben Deutschland! Da hat ja keine gute Seele eine Ahnung vom Morteratsch, vom Sankt Moritzer See!»

«Und von den lumpigen Bergamasken, die Eure besondere Liebe haben», fiel Adam Näf lachend ein. So ritten sie durch den Sonnenschein.

In Sankt Moritz aber saßen die *Geldverlocher* und rechneten aus, daß das Bad ein Moloch sei, an dem sie vollends verarmen müßten.

«Man darf es keinem Menschen verraten, wie wir stehen!» sagte Lorsa.

«Das Bad kommt schon noch in die Höhe!» tröstete vertrauensvoll Herr Konradin.

Es kam aber auch im nächsten Jahr und im dritten nicht; was an neuen Gästen zu den alten zustieß, war nicht der Rede wert.

Aber auch die alte Partei hatte allen Grund, über den Mißerfolg der Jungen nicht zu lachen. In tiefer Stille war die Abordnung aus Wien zurückgekehrt, und der Landammann sprach nicht gern von der Sendung. Mit Hofbescheiden, mit Versprechungen, die doch keine bestimmten Verpflichtungen enthielten, mit einer Menge Verschiebungen der Audienzen und kränkenden Verschleppungen waren die zähen, unbequemen Bündner Gesandten hingehalten worden. Dann endlich erklärten die österreichischen Räte, daß sie die Verhandlungen nicht weiterführen könnten, ein längeres Bleiben der Gesandtschaft überflüssig sei: Österreich halte an den bestehenden Verhältnissen fest. Und um den Bündnern den Abzug zu erleichtern, versprach man ihnen dreißigtausend Gulden als Entschädigung für die von den Franzosen eingezogenen Privatgüter. Die Summe war aber so mit Bedingungen verklausuliert, daß niemand zu hoffen wagte, sie würde je ausbezahlt werden.

Der Ausgang der Gesandtschaft war der größte Schmerz im Leben des Landammanns von Flugi, des treuen Anhängers der bündnerischen Freundschaft zu Österreich.

«Sie haben in Wien einen Nagel zu meinem Sarg geschlagen!» So klagte der greise, würdige Herr.

Ein liebliches Enkelkind zog aber den Nagel aus dem Sarg, und im Gasthaus des Herrn Konradin saßen die alten, früher so streitbaren Herren, der Landammann und Driosch, schlürften am Nachmittag den Kaffee, spielten Karten und überließen die Politik den Jungen. Wenn doch ein Gewitter drohte, war der gemeinsame Enkel ein lustiger Friedensstifter.

Und jeden Sommer einmal ritt der alte Landammann zu Cilgia Premont nach Puschlav. «Sie ist wohl eine hinterhältige Teufelin gewesen, aber auf der Welt versteht mich niemand besser als sie», pflegte er zu sagen.

Jeden Sommer rückte auch Ludwig Georgy, der Maler, mit der Sicherheit eines Zugvogels wieder ein.

Und er malte, malte: bald in Sankt Moritz, bald in Pontresina, bald in Puschlav. Dabei qualmte er aus der Pfeife, daß er in der Arbeit innehalten mußte, bis sich der Dampf über den Farben der Landschaft verzogen hatte.

«Kein Stück ist noch verkauft», erzählte er, «aber einen Händler habe ich in Frankfurt entdeckt, der ist Goldes wert. Er legt die Bilder auf den Speicher und leiht mir das Notwendige zum Leben. Er sagt ‚Die Gemälde kommen schon ins Ziehen! Malt zu!‘ Jetzt eben geht er mit einer Ladung ‚Engadin‘ nach London: Er hofft ein paar Engländer zu erwischen!» Das trug der Prachtmensch so in einem Tone der Selbstverspottung vor, daß auch niemand im Engadin seine Kunst sehr ernst nahm; nur eine: Cilgia.

Um so größer war das Erstaunen, als eines Tages eine malerische Karawane englischer Touristen, wie vom Himmel geschneit, im Engadin erschien und mit einem «Good morning» zu Sankt Moritz nach dem Maler Ludwig Georgy fragte. In London waren seine Bilder zum Ziehen gekommen.

Im nächsten Jahr kamen hinter den Engländern neugierige Franzosen und Deutsche ins Engadin, und die Landsleute des Malers, den sie zuerst für einen farbenbegabten Phantasten gehalten hatten, jubelten am lautesten. Die sturmgepeitschten Arven, die sich im Gefelse drängenden Herden der Bergamasken, das Idyll der äsenden Gemsen, das Schneeleuchten der Gipfel, der Traum der Seen, der innige Zauber des Lichtes, alles, was Ludwig Georgy gemalt: Und das war nicht der Traum eines phantasievollen Arkadiers, das war herrlich beobachtete Natur! Im Engadin gab es wirklich so grüne Wiesen, wie er sie malte, es gab die leuchtenden Blumenteppiche, die Seen, die wie ein Kinderlächeln prangen, die Berge, die wie silberne Flammen in einen dunkelblauen Himmel steigen, und jene überirdisch schönen Sonnenuntergänge, wo aus den Schneespitzen das Feuer bricht, während sich ein magisches Dämmerblau um die Dörfer breitet. In diesen Dörfern gab es Gestalten, die er malte, ein hartes, zähes, in einer eigenartigen Würde dahinlebendes stolzes Volk.

In Sankt Moritz gab es eine Sauerquelle, deren vielhundertjähriger Ruhm in Vergessenheit geraten war, doch jetzt wieder auflebte. An ihr sammelten sich die Leidenden; sie stiegen im Juni an Krücken aus den Sänften, sie blieben bis im September dort und schritten auf der Heimreise jauchzend über die Berge. Die Namen Engadin und Sankt Moritz begannen in der weiten Welt und besonders in den großen Städten zu klingen.

Man lebte in der poesievollen Zeit der ersten Schweizerreisen. Jede Fahrt war noch eine Entdeckung, und die über die Berge zogen, waren Leute von Geist und Gemüt, mit einer gewissen Schwärmerei bereit, das Schöne aufzuspüren, das Unvollkommene zu übersehen, es kam die gebildete Aristokratie der Länder. Und Sankt Moritz wurde das Sommerlager der Vornehmsten.

Die Reisenden ritten noch eine Weile über die Pässe; eines Tages aber kam – ein unerhörtes Wunder! – die erste Kutsche von Chur, später die Postwagen mit dem bunten Sommervolk.

Die Säumer, die mit untergeschlagenen Armen vor ihren Häusern gesessen, wurden Fuhrleute und Postillione, und der alte Tuons knallte mit der Peitsche, wenn er durch das Dorf Pontresina fuhr, daß er die Toten von Santa Maria hätte wecken mögen.

Ein Aufatmen ging durchs Engadin, die verderbliche Auswanderung stockte, die Dörfer, die durch den Sommerverkehr auf den Straßen Verdienst fanden, schmückten sich, und da und dort entstanden schlichte bürgerliche Gasthäuser. Langsam hob sich das Tal.

Und die Dankbarkeit des Volkes wandte sich zwei Namen zu: Ludwig Georgy – Markus Paltram. Es erschien ihm wie eine höhere Fügung, daß der Künstler, der den Ruhm des Engadins durch seine Bilder in die Welt verbreitete, ein Geretteter des grauen Jägers sei, und Ludwig Georgy war der erste, der das Verdienst auf Markus Paltram schob.

«Die verfluchte Lawine», scherzte er burschikos, «war für uns alle ein Glück! Ich säße ohne sie irgendwo, ein Genremaler unter tausend deutschen Genremalern, nun aber hat mir das Glück die frische, wunderherrliche Stoffwelt des Engadins zugewiesen, und ich male sie, weil ich dabei mein Leben finde und ein bißchen Ehre in der Welt..., ich male sie im Grund heillos eigennützig!»

Dazu schlug Ludwig Georgy sein hellstes Lachen an, das Lachen eines goldigen, harmlosen Menschen.

Nein, sein ganzes Wesen widersprach der Rolle des rettenden Helden.

Aber Markus Paltram, der Geheimnisvolle! Er wachte an den Pässen, und Winter um Winter, Jahr um Jahr gelangen ihm merkwürdige Rettungen, ihm, der so viele Jäger erschossen haben sollte! Zu den vielen Legenden, die über ihn gingen, bildete sich eine neue: er hätte die Not des Engadins heben sollen, aber er war ein Camogasker und nicht rein genug!

Markus lächelte wehmütig dazu: «Ja, nicht rein genug!» Er schritt seinen einsamen Weg, und um die Fremden, die durch die Dörfer streiften, kümmerte er sich nicht.

Desto mehr sie sich um ihn. Der große Sonderling von Pontresina, ein einfacher Jäger und doch ein König, der hocherhobenen Hauptes durch sein Volk dahinschritt! Seine Erscheinung und sein Leben fesselten sie, seine Hütte mit dem bemoosten Wasserrad, mit der Esse, aus der nie mehr Feuer schlug, wurde mit dem stimmungsvollen Kirchlein Santa Maria in der Höhe ein Wallfahrtsort der fremden Engadinschwärmer.

Das Wort *König der Bernina,* das zuerst ein zorniger Schimpf der Engadiner auf die Anmaßungen Markus Paltrams gewesen war, wurde im Munde der Gäste ein Ehrentitel. «Wir haben den König der Bernina gesehen. Er ist wie ein wandernder Fels!» Und sie glaubten, sie hätten etwas Großes erlebt.

Als Jolande zwölfjährig wurde, verbreitete sich eine sonderbare Kunde – um so rascher, da fast alle Gäste die reizvolle Gestalt kannten. Als Knabe verkleidet, begleitete sie den Vater auf die Jagd. Und was zuerst nur Gerücht war, das bestätigten bald manche aus eigener Anschauung. Ja, den Leuten der Berge fiel es gar nicht besonders auf. Denn italienische Wildheuerinnen, die in Männerkleidung das Gras der Felsenplanken sicheln, gab es in den Grenzbergen von jeher, und es war nicht unerhört, sondern genugsam überliefert, daß Engadinerinnen schon früher in Männerkleidern zur Jagd in die Berge gegangen waren, wo die Mädchen- oder Frauenkleider nichts wert sind.

In Pontresina gewöhnten sich die Leute bald an sie oder an ihn, an Landolo, wie Markus Paltram seinen Jägerknaben nannte. Wie der Vater ging er in Grau. Eine Mädchenart blieb dem fein-kecken Burschen: Er trug gern eine leuchtende Blume auf der Brust und er- rötete leicht wie ein Mädchen, auch erschien er für sein Alter etwas zu zart, aber das leichte Gewehr über dem Rücken, schritt er spannkräftig wie eine Gemse neben dem Vater.

Doch so elastisch war Landolo nur, wenn er sich un- beobachtet wußte. Sobald die Neugier nach ihm sah, steifte und bäumte sich die Gestalt in verschwiegener Herbheit, in innerer Zurückhaltung. «Rührt nicht an mir», bat der flammende Blick, das Erröten, «nicht mit euern Augen, nicht mit euern Worten!» Die Schweig- samkeit und der brennende Stolz wappneten die Ge- stalt.

Ein Lächeln, ein Wort aber von Landolo, ein guter Blick der kirschdunklen Augen: man sagte, es gebe nichts Hinreißenderes im Gebirge.

Und ein heißblütiger, leidenschaftlicher kleiner Jäger war Landolo. Markus Paltram hütete ihn wie seinen Augapfel, doch gab er Ludwig Georgy die Erlaubnis, ihn und den Knaben zu malen: eine Gefälligkeit, um die der Maler viele Jahre gerungen. Es wurde sein be- rühmtestes Gemälde und hat in den Ländern der Tiefe mehr dazu beigetragen, daß das Engadin bekannt wurde, als irgendeines seiner übrigen Bilder.

Der König der Bernina und sein Töchterlein! Es ist ein Gemälde voll Stimmungsgehalt. Im Hintergrunde leuchtet ein Stück blauen Roseg-Gletschers und dämmern weiße Berge, im Mittelgrund ragen die Äste einer Wetterarve in das Bild, im Vordergrund sitzt Markus Paltram in halbhohem Seidenhut, das Gewehr auf den Knien, und blickt mit scharfem Adlerauge, mit einem durch nichts gemilderten Ausdruck der Kraft und Selbstherrlichkeit in das Gebirge. Neben ihm, etwas tiefer, ruht, das Gewehr im Arm, die Brust von der keimenden Fülle leicht gehoben, Landolo und blickt dem Vater, der es nicht achtet, mit einem innigen Lächeln der Bewunderung ins Gesicht. Vor ihnen liegt in funkelnden Alpenblumen die Beute: ein Gemsenpaar.

Die brennenden Augen und das mädchenhafte Lächeln des Knaben, über dessen Stirne eine entzückende Reinheit ruht, sind dem Maler besonders gut geraten.

Das Bild ging in eine Menge Zeitschriften und Volkskalender über, und aus den ersten Reiseberichten der Gäste von Sankt Moritz schöpften die Kalenderschreiber die Erklärungen dazu.

Markus Paltram, der König der Bernina – schrieben sie – ist der merkwürdigste Jäger, der dem Graubündner Land je geboren wurde. Er hat schon an die zweitausend Gemsen geschossen. Er pflegt seine Grattiere wie der Hirt seine Herde, er duldet aber keinen anderen Jäger im Revier, und dreißig Italiener und Tiroler, die darein einbrachen, hat er getötet, unzählige gezüchtigt, aber er steht groß im Volke. Dreiunddreißig Menschen hat er aus Todesgefahr befreit. In allen Wetternächten wacht er an den Straßen und rettet. Er ist zugleich der große Chirurg seines Tales, er hilft Armen und Reichen; berühmte Ärzte bestätigen seine Geschicklichkeit, und es ist gar nicht selten, daß auch Fremde den Rat und die Hilfe des geheimnisvollen Mannes aufsuchen. Die Bergamasken, die ihn grenzenlos fürchten und grenzenlos verehren, gehen in allen Krankheiten zu ihm und warten an den Straßen, bis er mit seiner Tochter von der Jagd kommt. Besonders bewunderungswürdig sind die Kropfoperationen, die er an den Hirten vollzieht, um so mehr, als nie ein Patient unter seinem Messer geblieben ist, das er mit außerordentlicher Sicherheit haarscharf am Nervus vagus vorüberführt.

So schilderten die Zeitgenossen Markus Paltram, und niemand war über die segensreiche Wandlung im Wesen des Gewaltigen glücklicher als Cilgia Premont.

Auch sie hat einen herrlichen Beruf gefunden, und ihr Bild lebt in einer jener zahlreichen Schriften, welche die begeisterten ersten Freunde des Engadins über ihre Eindrücke im hohen hellen Bergland hinterlassen haben.

Ein englischer Referent schreibt:

Auf den Rat unseres liebenswürdigen und gebildeten Gastwirtes, des engadinischen Dichters, Junkers Konradin von Flugi, ritten wir in Begleitung des Malers Ludwig Georgy über die Bernina. Im schönsten Haus des Fleckens wurden wir einer seltenen Frau vorgestellt. Sie hat eine unentgeltliche Schule für die Kinder des Ortes eingerichtet, und ein Lehrer aus dem Institut Pestalozzis wirkt daran. Was in anderen Ländern nur mit Zögern und Zaudern und höchstens in den Städten zustande kommt, ist hier in der Kluft der Gebirge schon blühendes Geschehnis. Es gibt eine Volksschule. Frau Premont, so heißt die Begründerin, ist selbst Erzieherin. Wir trafen sie mit einer Schar Mädchen in ihrem großen und wohlgepflegten Garten. Unter ihrer Anleitung versetzten die Mädchen, die alle hochabsätzige Soccoli und rote Schürzen trugen, Blumen. Sie zieht mit Hilfe der Jugend die herrlichsten Nelken, die je in einem Lande gesehen worden sind: handgroße Exemplare voll von leuchtendem Weiß, von goldenem Gelb, von prangender Röte. Die seltenste Blume ist eine schwarze Nelke mit goldenem Tupf in der Mitte. Durch die Mädchen, die sie anleitet, ist die Blumenpflege in alle Häuser verbreitet worden, und der Podesta, den wir sprachen, versicherte uns, daß es sich nicht nur um den Schmuck des malerischen Fleckens handle, sondern, daß die Bewohner aus dem Verkauf der Zwiebeln und Ableger der Blumen ansehnliche Gewinne zögen. Unternehmende Einwohner bringen jetzt geschnittene Blumen über die Bernina nach Sankt Moritz zum Verkauf. Es ist ein schönes Verdienst der Frau Premont, daß in Puschlav ein ansehnlicher Blumenhandel entstanden ist, der vielleicht durch die steigende Zahl der Gäste von Sankt Moritz noch mehr Bedeutung erlangen wird.

Der Referent schildert dann einen Abstecher ins Veltlin und kommt wieder auf Cilgia Premont zu sprechen.

Auch auf der Rückreise begrüßten wir Frau Premont. Sie empfing uns in einem Zimmer mit zwei wertvollen alten Bildern.

Sie erzählte uns die rührende Geschichte derselben. Sie wurde aber durch den Eintritt eines Jünglings, ihres Sohnes, unterbrochen. Wir fragten den wohlgebildeten Jungen, was er werden wolle.

«Arzt», erwidert er mit offenem Blick.

«Wie kommen Sie darauf?»

«Durch Markus Paltram!»

Die Mutter verwies es ihm mit leichtem Spott als eine Unbescheidenheit, daß er sich von uns mit «Sie» anreden ließ. Er entschuldigte sich, und wir sahen das schönste Verhältnis zwischen Mutter und Sohn. Die merkwürdige Frau in der Enge der Berge hat seine Lateinstudien selbst geleitet, sie erzählte indessen, daß sie ihm nichts mehr geben könne und ihn ziehen lassen müsse.

Er will in Deutschland seine Studien fortsetzen.

Es sind überaus ansprechende Bilder, die ersten Reiseberichte aus dem Engadin; aber eines Tages erschien, von einem deutschen Naturforscher geschrieben, eine furchtbare Anklage gegen Markus Paltram, den er auf einem Jagdausflug begleitet hatte. Markus Paltram habe unter seinen Augen das Gewehr auf einen fremden Jäger angelegt, und der Erzähler selber habe ihn nur mit Mühe an einem Mord verhindert.

Der Bericht des Naturforschers bestürzte im Engadin. Was da schwarz auf weiß vor aller Augen geschrieben stand, war doch viel ernster, als wenn das Volk bei der Lampe des Winterabends die Camogasker-Sage erzählte und einen blutigen Schein um das Haupt des grauen Jägers wob. Denn das geschah mit dem unbewußten Vorbehalt: es könnte eine Fabel sein!

Man empfand die Anklage des Naturforschers, des einzigen, der Markus Paltram je das Gewehr gegen einen Menschen hat erheben sehen, wie eine Beleidigung des wieder aufblühenden Tales. Das war mehr als alle Meldungen der abergläubischen Bergamasken.

Und siehe da: Das Engadin stand auf für seinen Retter. «Markus Paltram, unser großer Jäger, der Retter, der Arzt!»

Langsam hatte sich das Urteil gewandt. Er erschien seinem Volk wie die leibhaftige Verkörperung seiner herrlichen Berge. Und wann hat je ein Volk auf seine Helden einen Fleck kommen lassen? Während Markus zu der Anklage schwieg, erhob sich das ganze Engadin, um sie als eine Verleumdung zu brandmarken.

Die Schweiz blühte auf in hohem geistigem und wirtschaftlichem Aufschwung, und just da der fremde Angriff auf Markus Paltram erging, sprach man von einem großen eidgenössischen Schützenfest, das die Stämme zwischen Boden- und Genfer See, zwischen Rhein und Bernina in gehobenen vaterländischen Gefühlen sammeln sollte.

Da war es Konradin von Flugi, da waren es die Männer des ehemaligen Jugendbundes, die den Gedanken in das Volk des Engadins warfen, daß man in großer Schar zum allgemeinen Feste ziehen wolle.

«Zeigen wir, daß das Engadin lebt, daß die Wunde nicht mehr blutet, zeigen wir unseren Miteidgenossen unsere blühende Jugend!» – «Und unseren großen Schützen! Bezeugen wir, indem wir ihn in unsere Mitte nehmen, daß wir nichts Ungerechtes an ihm sehen!»

«Markus Paltram, gebt uns die Ehre, daß Ihr mit uns zum Fest zieht! Wir geben das Banner in Eure Hand. Das ist die Genugtuung für den Schimpf von Madulain!»

Da wurden ihm vor Freude die Augen naß, und nach einiger Zeit des Bedenkens fügte er sich dem stürmischen Wunsche seines Volkes. «Ich komme, damit Jolande ein schönes Andenken an ihren Vater habe, und wenn ihr mich für rein genug haltet, so bin ich es!»

Der ehemalige Jugendbund aber sammelte sich in einem neuen Verein, der *Ligia grischia,* dem «Rätischen Bund», und verstärkt um viele, übte der Verein die Lieder Konradins. Den romanischen Männergesang wollten sie vor dem Lande zu Ehren bringen.

Ludwig Georgy aber übernahm die malerische Ausgestaltung des Zuges. Auf drei reichgeschmückten Prachtwagen wollte man das Wild, den mächtigen Bär, den stolzen Adler, den gewaltigen Geier der engadinischen Berge zum Feste führen.

«Die übernehme ich», sagte Markus Paltram, «die Gemsen schießt ihr! Schießt so viele, daß wir einen Tag lang das Fest mit Gemsen bewirten können!»

Und allen war die Bernina frei.

«Nie habe ich einen Engadiner gehindert, daß er in der Bernina jage. Wenn ihr nicht gekommen seid, so ist es eure Schuld!»

18

Auf einem Wagen hat Markus Paltram eine Gesellschaft junger Gemsen, die er eingefangen hat und an
den Tierpark einer fernen Stadt liefern will, über den
Albula gefahren.

Jolande, die Siebzehnjährige, hatte neben ihm gesessen – nicht als Landolo, sondern im Mädchenkleid,
in einem etwas zu eng gewordenen Kleid. In Chur
ist sie ausgerüstet worden für das große eidgenössische
Fest, zu dem sie den Vater begleiten soll. Sie hat einen
leichten Hut aus feinem Stroh bekommen.

Und jetzt wandelt sie in neuem Gewand neben dem
Vater durch die kleine alte Stadt. Nichts Duftigeres
als Jolande im einfachen hellen Sommerkleid, die
dunklen Augen im schmalen Gesicht, dessen Stolz und
Kühnheit weiche Züge der Jugend mildern.

Die Leute stehen still, sie flüstern: «Der König der
Bernina und seine Tochter. Sie ist wie eine Prinzeß.»

Jolande aber erduldet Qualen: zu lange hatte sie
Knabenkleider getragen, und die Firnen und Gletscher
fehlen ihr, die Hitze im Tal ist drückend, und die
Neugier der Leute tut ihr weh. Das Kind der Berge in
einer Stadt, selbst nur in einer kleinen Stadt!

«Ich will heim, Vater, zwinge mich nicht! Auf das
große Fest mag ich nicht gehen!» Mit wahrer Pein sagt
es Jolande.

Noch säumt der bestellte Unterhändler. Da kommt
an seiner Stelle ein Brief, Markus Paltram möge die
Gemsen an den Bodensee bringen.

«Gut, so gehe heim, Jolande!»

«Darf ich die schönen Kleider tragen?»

«Die andern sind zu schlecht, trage sie.»

Es fand sich für sie Gelegenheit, ein Stück Weges zu fahren. Und der Wagen rollte in herrlicher Sommerfrühe über Churwalden zum Lenzer Heidsee, dann bergab. Da holte er einen jungen Wanderer ein, der voll Fröhlichkeit am Knotenstock fürbaß schritt. Er war gut gekleidet, die Mütze und das farbige Band über der Brust verrieten den Studenten.

Er rief den alten Fuhrmann an. «Hättet Ihr etwas Raum für mich bis Tiefencastel? Ich kann sonst noch genug gehen, mein Ziel ist Puschlav. Es kommt mir auf einen Neunuhrschoppen mit Imbiß nicht an!» Und halb verlegen, halb keck grüßte er das schlanke Mädchen mit großer Höflichkeit.

Seine blauen treuherzigen Augen und sein frisches, fröhliches Gesicht gefielen ihr. Ebendarum wollte sie seine Gesellschaft nicht, und ihre Augen baten den Fuhrmann, daß er den Jüngling abweise. Aber der alte Fuhrmann hieß ihn aufsteigen, und schweigend ging die Fahrt eine Weile. Wie sie jedoch um eine Felsenecke kamen, stieß der Student einen Jauchzer aus. Denn vor ihnen lagen in Glanz und Gloria die Albula-Berge und hoben die weißen Häupter in den blauen Himmel.

«Alt frei Bündnerland – was geht darüber!»

Da zog der alte Fuhrmann die Pfeife aus dem Mund, klopfte die Asche daraus und begann zu plaudern.

Und heimatfroh erzählte der Jüngling, der gewiß das zwanzigste Jahr noch nicht überschritten hatte, von langen Wanderfreuden.

Jolande mischte sich nicht in das Gespräch, in herber Unnahbarkeit blickte sie streng und stolz.

Und der Jüngling wagte, obgleich er große Lust dazu zeigte, nicht, das stolze Mädchen anzureden.

Da fragte der Fuhrmann: «Und wen habt Ihr in Puschlav zu besuchen?»

«Meine Mutter, Frau Cilgia Gruber, oder wie sie das Volk nennt: Frau Cilgia Premont!» Schöne Sohnesfreude klang aus seinen Worten.

Jolande Paltram erglühte bei diesem Namen. Sie dachte an das Bild der Frau, das der Vater wie das einer Heiligen verehrte. Oh, sie wußte es wohl, mitten in der Nacht trat er manchmal vor dieses Bild. Das Geheimnis seines Lebens hing mit ihm zusammen. Was für ein Geheimnis das war, darüber hatte sie sich manchmal den Kopf zerbrochen. Es mußte ein schönes sein.

Sie sah in Gedanken die herrliche Frau, die einst am Tor von Santa Maria gesessen, die sie geliebkost und von der sie in kindlicher Einfalt gewünscht hatte, sie möchte ihre Mutter sein!

Und das war der Sohn, das war der Knabe, mit dem sie einst zu Pontresina gespielt.

Die Herbigkeit auf dem schmalen Mädchengesicht verlor sich.

«Ludwig Georgy, der Maler, hat mir viel Schönes von Eurer Mutter erzählt.» Das bebte silberhell hervor, und das kleine Lächeln, was das lieblichste an Jolande war, spielte um ihr Mündchen.

«Wer seid Ihr, daß Ihr Ludwig Georgy kennt?» fragte der Jüngling etwas verlegen.

«Jolande Paltram!»

Da wurde er erst recht neugierig und teilnahmsvoll. Das Eis war gebrochen, die jungen Reisenden plauderten und waren überrascht, als sie schon in Tiefencastel anlangten. Sollten sie sich trennen, da nun ein so langer gemeinsamer Weg vor ihnen lag?

Der Fuhrmann blieb zurück, sie aber wanderten durch den schönen Sommertag in die firnenüberleuchtete Gebirgswelt des Albula, und die Wildwasser rauschten, und die Blumen glänzten in den Felsen. Und die Stimmen der Einsamkeit redeten um sie.

Seltsam schön berührt von der Begegnung, schritt Jolande rasch und leicht wie eine Gemse neben ihrem Kameraden. Sie sprach wenig, aber sie lauschte dem frohmütigen Geplauder ihres Reisegefährten mit ganzem Ohr. Von ferner Stadt erzählte der Student, von Hoffnungen und Plänen. «Und eigentlich ist Euer Vater schuld, daß ich Arzt werden will: Chirurg wie er! Der Gedanke kam mir, als ich von seinen Heilungen hörte.»

Mit Wärme sprach der Jüngling, die Wangen des Mädchens erglühten, die junge Brust hob sich freudig, und verstohlen hingen ihre Blicke an ihm. Sie wurde schweigsamer und schweigsamer, in herber Keuschheit verschloß sie ihre Gedanken. Doch das wenige, was sie sagte, klang klug und gütig. Und Stimme und Lächeln gaben ihm Reiz.

Etwas wie Heimweh nach der sonnigen Welt der Menschen, von der ihr Gefährte plauderte, hatte sie überfallen, sie, die doch schon das kleine Chur mit den vielen Menschen bedrückt hatte.

«Ich bin nur eine Jägerin. Aber wenn Ihr so redet, hätte ich auch Lust, etwas Größeres zu werden.» Sie sagte es bitter wie in Selbstbeschämung.

So wanderten sie durch ein Meer rotglühender Alpenrosen, durch den stillen innigen Frühling des Hochgebirges, durch das Gebiet der Primeln und Männertreu und der Fransenglöckchen der Soldanellen. Und aus stahlblauem Himmel rief ein Adler sein »Pülüf – pülüf!»

Sittig wanderten sie, wie je nur zwei Menschenkinder durch Gottes strahlende Welt gegangen sind. Und der junge fröhliche Student wollte Jolande wohl nichts mehr sein als ein guter Kamerad. Sie aber wurde immer unruhiger, sie wußte selbst nicht, warum.

Das junge Wanderpaar rastete am «Weißen Stein», und als das schlichte Mahl beendet war, wurden sie einig, daß sie, ob es darüber auch Mitternacht würde, bis nach Pontresina gehen wollten. Sie würden nicht müde, versicherte eines das andere.

Halbwegs zwischen der Paßhöhe und dem Engadin überfiel sie die Dämmerung; über fernen blassen Gipfeln aber stieg der volle Mond auf und goß sein Silberlicht in die Berge, in den schweigsamen Hochgebirgswald, auf die rauschenden Wellen, auf den einsamen Weg.

Keine Menschenseele weit und breit, in den Adern aber singt das junge Blut sein Lied, und Wort verlangt nach Wort. Und Jolande Paltram war nicht mehr schweigsam – um so stiller ihr Gefährte.

Mit einem Anflug von Übermut erzählte sie von den Jagdgängen mit ihrem Vater, mit brennendem Kindesstolz von seinen Rettungstaten, von seinen Erfolgen. «Und dennoch haben ihn böse Menschen verleumdet!»

Mit steigendem Wohlgefallen sah der Jüngling die Glut der Entrüstung in den funkelnden Mädchenaugen. Jolande Paltram war so schön in ihrem Zorn!

Aber der Weg ist weit, weit! Und als das junge Paar durch den Frieden der Dörfer schritt, schmiedete es Wiedersehenspläne.

Blaß und hoch stand die Bernina am blauen Mondnachthimmel.

«Ich raste jetzt einen Tag bei meinem Großonkel, dem Pfarrer zu Pontresina, übermorgen in der Frühe gehe ich über die Bernina nach Puschlav. Dann kehre ich zum Großonkel in die Ferien zurück, und wir können uns wiedersehen!» So der leichtblütige Student.

Das Paar dachte nicht weiter – wiedersehen und aneinander Wohlgefallen haben, das ist ja nichts Böses!

Als sie aber gegen Pontresina schritten, atmete Jolande schwer.

«Ihr seid gewiß zu müde», meinte Lorenz teilnehmend.

«Nein», flüsterte sie, «ich ginge noch weit mit Euch.»

Und als sie das Dorf Pontresina erreichten, der Mond durch die Waldspalte des Roseg-Tales leuchtete, als sie sich die Hand zum Abschied boten, da bebte die ihrige in der seinen, und sie ließ sie lange darin, etwas wie ein Seufzer ging über ihre Lippen.

«Was habt Ihr, Jolande?»

Eine heiße Flamme stand in ihrem Gesicht. «Darf ich Euch etwas sagen?» bebte ihre Stimme. «Aber wenn Ihr deswegen übel von mir denken würdet, es wäre mein Tod!»

«Redet nur, Jolande! Euch nehme ich gewiß nichts übel.»

Da schlug sie die dunklen Augen nieder.

«Ich will Euch übermorgen, wenn Ihr nach Puschlav geht, an der Straße erwarten. Ich trage das Jägerkleid, damit die Leute glauben, ich gehe auf die Jagd, und wir können dann noch ein Stündchen miteinander wandern.»

Sie stotterte es leise in brennender Scham. Fast verlegen nahm Lorenz das rasche Wiedersehen an, jugendliche Abenteuerlust nur besiegte die Bedenken. Sie war so eigenartig und so schön – Jolande Paltram, die Jägerin.

Als er am zweiten Tag Pfarrer Taß verlassen hatte, gesellte sich oberhalb Pontresina in funkelndem Morgenschein zu ihm der Jägerknabe, den Filz auf dem Kopfe, das Gewehr an der Schulter. «Jetzt bin ich Landolo!» lächelte der schöne Junge.

Der Student aber gab ihm mit einer heißen Beklemmung die Hand.

«Gefalle ich Euch so nicht?» fragte Landolo mit einem Ausdruck der Angst, und grenzenlose, glühende Scham lag in dem schmalen Gesicht.

«Ich muß mich zuerst daran gewöhnen», erwiderte Lorenz in herzlicher Güte.

Jolande wußte plötzlich, sie hätte nicht so vor ihrem jungen Freunde erscheinen sollen. Ihr war, als sei das Knabenkleid von Nesseln.

Bald aber kamen sie über die Peinlichkeit der ersten Begegnung hinweg und wanderten und plauderten über die Dinge am Weg. Sie liefen über die Sprudelwellen des Bernina-Baches zum Morteratsch und ruhten auf den Blöcken am Fuß des Gletschers. Die Stadt im Eise unterhalb der Verlorenen Insel strahlte im Morgen-funkelspiel. Und sie sprachen von der Sage, die im Donnern des Gletschers seufzt.

«Ich würde es nicht wie die Maid von Pontresina halten», flüsterte Landolo, «ich würde treu warten. Aber wenn er nicht käme...» Und in finsterem Sinnen brach sie das Wort ab, in ihren Schläfen hämmerte die Leidenschaft.

Sie war nicht mehr die herbstolze Jolande, nicht mehr der Jägerknabe, dessen Auge zürnte: «Wagt es nicht, mich anzurühren!» Sie dürstete nach einem guten Wort ihres Kameraden.

Er aber schwieg beklommen. Nein, diesen Ausgang des Abenteuers hatte er nicht gewollt!

Sie schob seine verlegene Stille auf ihr Kleid.

Erbarmen! Erbarmen! flehten ihre Augen, sage nichts wegen meines Kleides! Und um ihren Mund zuckte es rührend. Plötzlich erhob sie sich: «Ich gehe jetzt heim.»

Und vor den Schmerzen Jolandes wurde auch Lo-renz weich. Mit lieben Worten bot er ihr die Hand.

Da lehnte Jolande das Haupt an die Schulter des Jünglings.

Und sie flüsterte: «Lorenz, vergebt mir, in diesem Kleid werdet Ihr mich nie mehr sehen!»

Heiße Tränen rannen ihr über die glühenden Wan-gen. Und verwirrt suchte der Jüngling nach Trost. Ein plötzlicher Einfall: Er küßte Jolande. Da brach aus ihren Tränen hervor ein Leuchten des Glücks.

Sie stammelte in Scham und Sturm viel Törichtes, heiliger Liebesjubel jauchzte aus den Worten, eine un-heimliche Stärke des Gefühles. Dennoch war alles, was sie sprach, von ergreifender Reinheit. Schwer trennten sich der Jüngling und das Mädchen.

Wie geschlagen und mit wehem Herzen stieg Lorenz Gruber nach Puschlav.

Jolande in Knabenkleidern: oh, sie standen ihr gut! Aber was im Mondschein erwacht war, das war weggeflogen wie ein Traum, weggeflogen vor diesem Kleid. Sein Kuß war ein Kuß des Erbarmens gewesen.

Das Gewissen ließ ihm keine Ruhe, nach einigen Tagen beichtete er das wunderliche Reiseabenteuer seiner Mutter. Totenblaß hörte sie ihrem Sohne zu.

«Ich danke dir für dein Vertrauen», sagte sie. «Ich werde einst, wenn du ein reifer Mann bist, mit dir zu reden haben.» Dann schwankte sie hinweg.

Wie oft hatte der alte einsame Pfarrer gewünscht, daß der muntere Lorenz nach Pontresina zu Besuch käme, sie aber hatte es immer und unter mancherlei Vorwänden abgelehnt. Seit die beiden Kinder zusammen gespielt, war sie nie ruhig gewesen. Und nun waren sie doch zusammen durch die Nacht gegangen.

Einige Tage später wandte sie sich wieder an ihren Sohn: «Lorenz, es ist vielleicht für deinen künftigen Beruf nützlich, wenn du die Welt ein wenig ansiehst! Ziehe nach Italien! Hier hast du Reisegeld.»

Markus Paltram ist von Chur mit einem schönen Erlös für die Gemsen und beinahe heiter zurückgekehrt. Die Vorbereitungen für den Zug zum eidgenössischen Schützenfest sind in vollem Gang, in den Wäldern von Zernez sind die Bären geschossen, über den Gletschern des Palü, wo die Geierhorste sind, will er einen Riesenraubvogel erlegen. Landolo begleitet ihn, Landolo, der sein Knabenkleid nicht mehr tragen will.

«Torheiten», zürnt der Vater, «man jagt doch nicht im Weiberrock!» Und Landolo fügt sich.

Sie wandeln über Sassal Masone – in senkrechten blauen Tiefen liegt Puschlav –, und der verschwiegene Landolo grüßt in Gedanken Lorenz, der dort unten wohnen muß. Wann wird er nach Pontresina kommen?

Halb in einer Gletscherspalte verborgen, lauern

Markus und sein Knabe stundenlang mit jener Geduld, die der Jäger reichlich üben muß.

Im fernen Blau kreist majestätisch wie der Geist des Gebirges der Geier, er sinkt, er rauscht gegen seinen Horst in der Höhle einer Felsenwand. Da erspäht er das tote Tier, das ihm Markus Paltram als Lockbeute auf den Gletscher gelegt, er kommt mit ausgebreiteten Flügeln. Die Kugel saust, der Vogel fällt und stürzt auf den untersten Rand des Eises nahe bei der grauen Steinhütte von Sassal Masone, die den sonderbaren Schmuck von Tierschädeln trägt.

Landolo jauchzt und klettert aus dem Versteck, er schwingt sich über die Brüche des Gletschers, das Jagdfieber ist in ihm lebendig, und er ist behender als eine Gemse.

Gemächlich folgt der Vater. Der Knabe ruft etwas. Es tönt wie ein Schreckensruf. Eiliger steigt Markus Paltram über die Kanten abwärts.

«Ein Gerippe – ein Gerippe, Vater!» ruft Landolo, und Markus Paltram erbebt und erblaßt.

In dem Trümmerschutt, durch den die Gletschermilch aus dem Eise strömt und wie ein weißes Band in die fernen Tiefen von Puschlav niederflattert, liegen zwischen den goldenen Sternen der Alpenprimeln gebleichte Knochen.

Nebenan ruht mit ausgebreiteten Schwingen der mächtige Geier.

Landolo zittert über den Fund am ganzen Leib. In furchtbarer Angst blickt Markus auf seinen Knaben.

«Es wird, denke ich, ein Opfer aus der Franzosenzeit sein.» Er stößt es angstvoll hervor, und der Schweiß perlt auf seiner Stirne. Seine Stimme aber klingt so seltsam erregt und unsicher, wie wenn er sagen wollte: Ich weiß, daß es kein Opfer aus der Franzosenzeit ist.

Er lügt, er lügt um Landolos willen. Sein schöner Jägerknabe soll sich nicht beunruhigen, mit den starken

Bergschuhen, die mit einem Kranz von Nägeln umgeben sind, wühlt er das lose graue Gletschergeschiebe auf, als grübe er ein Grab. Fast rauh gebietet er Landolo: «Wirf die Gebeine in diese Grube.»

«Sollten wir sie nicht nach Puschlav oder Pontresina bringen», wendet Landolo schüchtern ein, «damit sie in geweihter Erde ruhen können?»

«Wirf sie in diese Grube!» befiehlt der Vater hart.

Und verwirrt sammelt Landolo die Knochen, da schreit er: «Vater, da liegt der Rest eines Gewehrs.»

«Wirf es in diese Grube!»

Aber neugierig nimmt Landolo eine Steinscherbe und kratzt damit den Rost von dem verdorbenen Schloß.

«Vater», schreit er, *M. P.* steht auf dem Schloß, das Gewehr ist von dir verfertigt!»

Da starrt Markus Paltram den Knaben entgeistert an: Es ist ihm, die Stimme rede mit den schrecklichen Tönen des Weltgerichtes.

Und doch ist es die schöne, klangreiche Stimme seines Landolo.

«Vater, da ist Geld! – Vater, da ist eine verrostete Uhr!» Mit fiebernden Wangen, bebend in Ahnungen steht Landolo.

«Wirf sie in die Grube!» knirscht Markus Paltram.

«Vater, um dieses Knöchelchen ist ein schöner goldener Ring.» Aber der Knabe läßt den Ring, als wäre das Gold feurig geworden, fallen, klirrend hüpft der Reif von Stein zu Stein.

Und der Knabe hat sich auf das Geschiebe geworfen, er schluchzt herzzerbrechend.

«Sei ruhig, Landolo!» Markus Paltram streichelt in unendlichem Mitleid sein Kind, dem die prächtigen weichen Zöpfe unter dem Hut hervorgeglitten sind.

«Vater», wimmert es, «der Name *Cilgia Premont* steht in dem Ring.»

«Landolo, Landolo!» stammelt er und hebt den halb ohnmächtigen Knaben empor.

Der taumelt. «O Vater – fort, fort!» Halb bewußtlos stöhnt es Landolo.

Sein Kind im Arm, schiebt Markus Paltram den Gletscherschutt über die Knochen und Funde. Dann spricht er mit gebrochener Stimme: «Landolo, sei ruhig! Der auf dem Gletscher gerichtet worden ist, ist gerecht gerichtet – so wahr mir Gott helfe –, er ist gerecht gerichtet! Er ist der einzige. Er hat mich aus dem Hinterhalt angeschossen, und ich tat, was keiner sonst getan hätte, ich ließ ihm auch den zweiten Schuß. Wenn es einen höheren Richter gibt, dann wird Gruber zeugen müssen, daß er den Tod gewollt hat.»

«Gruber!» Landolo wiederholt das Wort, und seine Augen sind schreckhaft weit. Es ist, als ringe das Kind mit seinem Leben. «Vater, gelt, ich darf das Knabenkleid ablegen? Es ist nicht gut, daß ich es trage!»

«Lege es ab!» erwidert Markus Paltram milde, und bittend fährt er fort: «Jolande, sieh mich nicht so schrecklich an! Weiß Gott, ich habe wegen Gruber ein ruhiges Gewissen. Brich mir das Herz nicht mit deinen Augen, brich mir es nicht!» Gräßliche Angst bebt in seinen Worten.

Da neigt Jolande das junge schöne Haupt an seine Brust und legt in einer unbewußten Liebkosung den Kinderarm um seinen gewaltigen Nacken.

Glockenrein klingt ihre Stimme: «O Vater, ich weiß, daß du gut bist!» Und mit einem schmerzlichen Lächeln hebt sie die Augen zu ihm.

Da küßt der graue Jäger sein Kind. Er, der bisher trotz aller brennenden Liebe zu hart war, sein Kind zu küssen. «Nur von dir, Jolande, möchte ich gut genannt sein, was die Welt von mir spricht, ist mir eins!»

«Vater!»

Und Paltram ergreift die Beute, und sie scheiden von dem traurigen Ort, und sie sprechen nicht mehr von dem, was sie gesehen haben. Jolande ist stark. Sie drängt die Tränen zurück und bezwingt das weinerliche Zucken um den Mund, aber sie geht so matt, so matt!

Heute noch Landolo, dann immer Jolande! Und auf die Jagd wird sie nie wieder gehen!

«Auf das Fest kommst du mit. Ich kann mich nicht mehr losmachen und noch weniger ohne dich sein!»

«Nein, ich komme nicht, Vater! Vater, quäle mich nicht!»

Und alles freundliche Zureden am folgenden Tag ist umsonst, umsonst sein Grollen. Er spürt es wohl, das Kind ließe sich eher töten als ein Ja abringen. Sie hat einen so starken Willen wie er.

Und doch muß er sein Wort halten und mit den anderen gehen.

In einer Sternennacht kommt der Abschied. Jolande tritt mit dem Vater noch ins Freie, in heißem Kummer kann er kaum weg von ihr.

Ein herzzerbrechender Abschied! Warum nur? In einer Woche wird er wieder dasein.

Aber nun kommen seltsame Tage, so seltsam, daß er kaum den stillen Augenblick findet, an sein Kind zu denken. Denn das Fest ist seine Ehrung.

19

Eine alte Stadt an einem blauen Fluß und am Ufer
ein großes buntes Fest: überall wogende Wimpel.

Ein Taumel durchbraust die Straßen, aber so vielen
Bannern man zujauchzt, keinem doch mehr als dem
des fernen Engadins, seinen drei Wagen voll Wild,
seinem Bären, der auf Tannenreisern liegt. «Hoch Engadin, hoch!» Überall läuft der Ruf vor den starken
Männern des Gebirges, die, von schönen Frauen und
lieblichen Mädchen begleitet, in so stattlichen Scharen
niedergestiegen sind.

Und vor ihnen schreitet einer hoch und breit und
gewaltig wie ein Held der Vorzeit, wie der lebendig
gewordene Fels des Gebirges. Er trägt sein Banner,
das Steinbockbanner, mit unvergleichlicher Würde und
Vornehmheit. Und obgleich er kein Jüngling mehr ist,
fliegen ihm von den Erkern herab die Blumen der
Mädchen und Frauen zu, und die Tücher winken. Und
überall ertönt der Ruf: «Der König der Bernina! Der
König der Bernina, der so viele Menschen aus den Lawinen gerettet hat!» Wer kannte ihn nicht aus Bildern
und Kalendern!

Eine Art Ehrfurcht breitet sich um den stolzen,
freien Mann, der in der Reife der Kraft dahinschreitet.

Der Ehrung der Bündner war ein besonderer Tag
gewidmet. Da verkündete der Herold von der Tribüne: «Adam Näf von Aarau hat das Wort.» Und der
Redner steht. Fast trocken, doch mit weittragender
Stimme spricht er: «Es ist ein Mann unter uns, unter
euch, ihr Bündner, der ist verleumdet worden! Die,
die Übles wider ihn redeten, haben nicht einen Zeugen, hier aber steht einer, der es erlebt hat, wie Mar-

kus Paltram ein Held ist. Und zweiunddreißig Zeugen aus weiter Welt will ich euch noch melden. Folgende Personen hat er aus den Lawinen gezogen.»

Er entfaltet ein Papier. In der reichgeschmückten Hütte, wo viele Hunderte tafeln, ist es so still, daß man die Wasser des blauen Flusses vorüberrauschen hört.

Und Name folgt auf Name.

Jeder ruft dröhnenden Jubel hervor, wie aber der Ludwig Georgys durch den Raum dahinschwebt, erheben sich Stimmen: «Er ist hier!», und hundert tragen den überraschten, zappelnden Maler auf die Tribüne, zu Adam Näf. Gewaltiger Jubel erbraust an allen Ecken und Enden.

Endlich, endlich ist die lange Liste gelesen. Auf den Schultern trägt man Markus Paltram auf die Tribüne.

Der gewaltige Jäger steht zwischen zweien, die er gerettet hat.

Das Volk erhebt sich in Freudenrufen, mit entblößten Häuptern grüßt ein ganzes Land den einzelnen Mann. Die Musik spielt, und das Vaterlandslied rauscht durch die uralten Baumkronen, die ihre Äste in den Fluß neigen.

Markus Paltram sagt: «Es ist zuviel»; er macht sich los, er kehrt erschüttert zu den Seinigen zurück.

Aber nun erklingt der Männergesang des Rätischen Bundes, das romanische Lied:

Mein Engadin, du Heiligtum,
im Schneeland nur ein Strich –,
Doch bist du unser Glück und Ruhm,
ich liebe dich, ich liebe dich.

Auf die Tribüne hebt man Konradin von Flugi, der dem Ladin die Flügel des Gesanges verliehen hat.

Dann spricht Luzius von Planta im Namen des Engadins, erzählt von Niedergang und neuem Glück.

»Der große Verkehr zwischen Nord und Süd ist uns wohl für immer verloren, aber in unseren Dörfern blüht schönes Sommerleben, und unser Volk ißt nicht mehr das Brot der Selbstverbannung.

Kommt ins Engadin und seht: Wir sind auferstanden!»

Da trägt man Körbe auf die Bühne, und man gibt dem Redner aus feuchtem Moos herrliche Kränze von Blumen.

«Einen Gruß soll ich auch bringen aus dem verlorensten Winkel der Schweiz – von Puschlav! Mit den Blumen einer wackeren Bündnerin umkränze ich das Wappen des gemeinsamen Vaterlandes. Ihr anderen Schweizer seid stolz auf die neugegründeten Pestalozzischulen. Die erste aber besaß Puschlav! Die Gründerin ist die Frau, die diese Blumen schickt.»

Unendlicher Jubel!

Drei Tage noch blieben die Bündner, die Engadiner an dem Feste, und ihre Schützen errangen manchen schönen Preis. Doch wurde der König der Bernina nicht der Schützenkönig des Schweizerlandes, aber überall war für ihn Ehre!

«Ich habe nicht gut geschossen. Statt der Scheiben sah ich immer Jolande. Daß das Kind nicht mitgekommen ist!»

Niemand drängte heimwärts wie er. Und wie die Schützen wieder nach Chur kamen, niemand ins Engadin hinüber wie er.

Das im Tal gebliebene Völkchen erwartete seine ruhmreichen Schützen auf dem Albula und kredenzt ihnen im Strahl der weißen Berge die Becher.

«Warum ist mein Kind nicht unter euch?» fragt Markus Paltram.

«Wir haben Jolande gesucht, aber nicht gefunden.»

Da reißt der gewaltige Mann die Feder vom Hut, da wirft er das Banner dem nächsten zu und löst sich aus dem festlichen Zug und weint wie ein Kind.

Die Leute aber verstehen ihn nicht. «Jolande wird sich schon wiederfinden!»

Seine Züge sind verzerrt in Angst, allen voran eilt er nach Pontresina.

«Jolande!» geht sein Ruf in die nächtlichen Berge.

Und Schwereres ist im Engadin nie erlebt worden. In den Schluchten und auf den Höhen suchen Hunderte Jolande Paltram, die Jägerin. Und beim Schein der Laternen kommen die Abteilungen der Sucher entmutigt zurück.

Geheimnisvoll verschwunden ist Jolande, so geheimnisvoll wie einst Sigismund Gruber.

Zuletzt sucht nur noch einer. Und entsetzt horchen die Bergamasken in die Nacht des Gebirges.

«Jolande – Landolo!» schreit eine Stimme, daß es an den Firnen widerhallt. Stundenweit durch das Schweigen der Berge klingt die Stimme. So Nächte, so Wochen!

Und der einsame Sucher schläft nicht, er ißt nicht. Die große Teilnahme des Volkes und der Gäste lassen ihn kalt. Sein ganzes Leben ist der Ruf: «Jolande – Landolo!»

Und doch weiß er: Die silberne Stimme seines schönen Kindes wird nie mehr antworten «Vater!»

Seit er erfahren hat, daß Jolande mit dem jungen Lorenz Gruber in Sonne und Mond über den Albula gewandert ist, kennt er ihr Schicksal. In dem Jüngling kreist das Blut Cilgia Premonts, in Jolande kreist das Blut Paltrams. Und was Paltram heißt, muß, was von Premont kommt, lieben! Zwischen den jungen Herzen aber stand das Gerippe Grubers auf. Und Jolande ist an ihrer hoffnungslosen Liebe vergangen.

Zuletzt hat man sie an der Bernina-Straße sitzen sehen, wie wenn sie auf jemand warte, und es geht ein Gerücht, noch einmal sei Jolande als Landolo in die Berge gegangen, man habe sie mit einem Bündel in der Hand in der Abenddämmerung auf dem Weg nach Puschlav gesehen.

Aber, was soll das Bündel?

Eines Tages scharrt Markus mit dem Fuß auf der Stelle, wo die Gebeine Grubers lagen. Er wühlt und findet sie nicht mehr! Da weiß er: Jolande, das seltsame Kind, hat sie nach Puschlav hinübergetragen und in geweihter Erde bestattet.

Durch das Gebirge gellte sein Ruf: «Jolande – Landolo!»

Eines Tages aber, wie es schon in den September geht, verstummt der Ruf. Konradin von Flugi steht mit Gästen am Morteratsch, und sie bewundern die herrlichen Farbenspiele des Gletschers, die hohen weißen Wände der Bernina.

Da schreitet über die funkelnde Kante des Gletschers eine machtvolle Gestalt und trägt eine andere leichte Gestalt, und wunderlich hebt sich die dunkle Gruppe vom Silber des Piz Bernina ab.

Sie kommt die Furchen des Gletschers herab: Es ist Markus Paltram, der graue Jäger.

Es ist der König der Bernina, er trägt seine tote Tochter im Arm. Er steht still, er küßt sie, er steigt herab.

Und die Spähenden schluchzen vor Weh, er aber lächelt.

«Seht! Seht! Jolande ist wie lebend. Sie hat noch Farbe in den Wängelchen. Sie ist nicht Hungers gestorben, denn neben ihr lag noch ein Bissen Brot. Sie ist ohne Schmerzen geschieden, denn seht, mit einem Lächeln auf den Lippen ist sie erstarrt!»

An der Isola Persa, an der verlorenen Insel, wo sich der Gletscher mit Türmen und Brücken zu einer Stadt erbaut, wo die geheimnisvollen Azurlichter traumwandeln, wo die Maid von Pontresina auf Aratsch wartet, hat er sie entdeckt: nicht eine Leiche, sondern eine Schlafende.

«Sie hat noch Farbe in den Wängelchen!» Sonderbar! Er wußte so beredt den sanften Tod zu schildern, der denen beschieden ist, die im Eise sterben: «Ein leises Frieren, eine Müdigkeit, die Lider sinken. Seht! Jolande wollte noch das Stückchen Brot heben. Da, mitten in der Bewegung, schlummert sie ein, und schöne Träume füllten ihr Herz.»

Schöne Träume! Er hätte sagen können: «Ein Liebestraum!»

In den Reif an den Wänden der Gletscherspalte hatte sie mit den Fingern den Namen *Lorenz* geschrieben.

Den Namen *Lorenz*, nicht das Wort *Vater!*

Oh, wie ihn das mit einer unendlichen Wehmut erfüllt! Aber er versteht sein heißes, keusches Kind, die dunkle Gewalt, die sie dorthin getrieben hat, wo die Maid Aratsch den Geliebten erwartet.

Die Liebe, die Liebe – eine junge Lenzliebe! Und der Reif ist darüber gegangen, daran ist Jolande gestorben.

Nun haben sich alle Geschicke erfüllt. Wie der Name der Maid ist der Name Paltram erloschen. Und die Missetat des Vaters hat sich gerächt am Kind. Nun muß nur noch Cilgia kommen. Denn vor dem Weltuntergang dürfen sie einen Tag wandeln.

«Ob sie wohl kommen wird? Aber sie müßte rasch kommen!»

Markus Paltram weiß es, er ist ein gebrochener Mann. Die Sorge um sein Kind hat die felsenen Kräfte verzehrt, er wird nie wieder in die hochherrlichen Berge gehen, der letzte Schuß ist getan, und auf den Piz Bernina wird er nie steigen. Der König der Bernina hat sein Königreich verloren. Durch den Abend trägt er sein schlafendes Kind.

Die Glocken von Pontresina läuten in einen hellen Tag. Sie läuten dem schönen Jägerknaben Landolo ins Grab.

Von den Dörfern strömt die schwarzgekleidete Menge nach Pontresina, die malerischen Bergamasken steigen von den Bergen, und die letzten Sommergäste von Sankt Moritz mischen sich unter das einheimische Volk.

Frau Cilgia geht in der Schar.

Zum Kirchlein Santa Maria empor tragen Jünglinge den schwarzen, mit Alpenblumen bedeckten Sarg. Die Sterne des Edelweißes leuchten aus tiefblauen Enzianen, und die glühenden Bergnelken funkeln.

Die man begräbt, war keusch wie das Edelweiß, sie war voll reichen Schweigens wie der Enzian, ihr Herz so feurig wie die Bergnelke.

Hinter dem Sarg schreitet Markus Paltram, der Furchtbare, der Gewaltige, der Herr der Bernina. Erhobenen Hauptes, doch mit tiefen Furchen im ehernen Antlitz in erhabener Trauer schreitet er mit der letzten Kraft.

Und wie die Jünglinge den Sarg auf dem Kirchhof von Santa Maria abstellen, die Gemeinde sich mit entblößten Häuptern im Kreise sammelt, da fliegen ihm die scheuen Blicke des Volkes zu. Jedermann spürt es: Der Tod Jolandes ist kein zufälliger, höhere Hände haben über dem einsamen Sterben des Kindes gewaltet – sein Tod ist der letzte Stempel auf den Losen Markus Paltrams.

Wer aber mag ihn richten, den Helden, den Retter? Gewaltig groß ist die Bergwelt mit den weißen Flammen der Firne, mit den dunklen, ringenden Gestalten der Arve auf den Felsen, mit den Gletscherspalten, in denen die Wasser geheimnisvoll verklingen, mit dem unergründlichen Sternenhimmel über blassen Gipfeln, mit den zuckenden Blitzruten der Wetternächte, mit den Sagen des friedlosen Ritters und des Liebespaares, dem am Ende der Tag zu wandeln beschieden ist.

Muß da nicht von Zeit zu Zeit einer aufstehen, in dem die Kräfte des geheimnisreichen, in Lawinen donnernden, in dunklen Lauten seufzenden Gebirges Schicksal werden?

In Markus Paltram ist die Urgewalt der Berge Mensch geworden. Und was auch im Tode Jolandes gerächt worden sei, was auch das große Gebirge mit seinem Schweigen an schweren Ereignissen verhüllen mag – die Verteidigungsrede des Lebens ist stärker als die Anklage des Todes.

Dreiunddreißig hat Markus Paltram aus dem Verderben gerettet, und aus seinen Taten erblühte das frische Leben eines ganzen Tales.

So urteilt die trauernde Schar von Santa Maria.

Am Sarge Jolandes betet der greise Pfarrer Jakob Taß. Und er spricht mit der hoffnungsreichen Zuversicht eines Mannes, der stets an ein letztes schönes Ziel alles Daseins geglaubt hat: «Über den Sternen hält die Liebe Wort!»

Da schluchzt Markus Paltram vor allem Volk auf und schwankt, und die nächsten müssen ihn halten, der felsenfeste Mann ist schwach geworden.

Mächtig erschüttert das Bild, es ergreift die Herzen wie Schicksalswende!

Im lichten, goldenen Gebirgsabend schreitet vom Pfarrhaus eine hohe Frauengestalt durch die alten Gassen von Pontresina gegen das graue Kirchlein Santa Maria empor. Und die Dörfler grüßen ehrfurchtsvoll. «Cilgia Premont», flüstern sie.

Und sie erzählen von dem schönen Fräulein, das vor vielen Jahren mit dem Lateinbuch nach Santa Maria emporgeschritten sei und die Geißen abgeholt habe.

«Man wußte schon damals, daß sie eine Besondere sei; aber daß sie helfen würde, Sankt-Moritz-Bad zu gründen, daß sie eine ganze Gemeinde heben und ihr Gedeihen geben würde, das dachte niemand!» So sprechen sie hinter der Schreitenden.

Sie ist kein junges Mädchen mehr. Statt in gelehrten Büchern hat sie im Buch des Lebens gelesen, das schwerer ist, und die grauen Fäden haben sich darüber in die Kastanienhaare gemischt. Aber ihre Haltung ist stolz wie einst, der Gang leicht und anmutsvoll, und die goldbraunen Augen haben ihren Glanz bewahrt und schauen, allerdings sanfter und von Schicksalen umflort, immer noch gläubig-siegreich in die Welt.

Aber es ist doch eine wohltuende Gestalt mit der Schönheit eines überlegenen Sinnes und vornehmer Güte, eine Gestalt, von der Leuchten und Wärme ausgeht. Ein Schein der Jugend ist immer noch über Cilgia Premont, wie das Licht am Firn, wenn der Tag schon vergangen ist.

Sie träumt auf der Bank am alten Tor von Santa Maria, dem Ort, der schön und stimmungsvoll ist, wenn sich die Gipfel der Bernina röten.

Aus dem Bergwald kommen, von einer jungen Hirtin geführt, mit Geschell die Ziegen.

Da weckt ein Ton Cilgia aus dem Bilderzug der Erinnerungen.

Malepart, der Wolfshund Markus Paltrams, das alte schäbige Tier heult am Gitter des Kirchhofs.

«Er sucht seine junge Herrin.» Cilgia öffnet ihm das Tor. Sie tritt selber in das stille Reich der Toten.

Da, am frischen Grabhügel kniet, den Kopf in die Blumen gebeugt, Markus Paltram.

Sie zagt einen Augenblick – sie tritt näher – sie flüstert: «Markus!»

Er rührt sich, stöhnend will er das Haupt erheben, es geht nicht. Sie stützt ihn, und erst jetzt sieht er sie.

«Oh, Cilgia, der Untergang ist da. Die Liebenden dürfen wandeln, aber nur einen Tag, Cilgia, nur einen Tag!»

Und sie blickt in sein verfärbtes Gesicht. «Soll ich Hilfe holen, Markus?»

«Nein, bleibe bei mir, Cilgia!» bittet er flehentlich. Er erhebt sich plötzlich, er steht schwankend. «Gute Nacht, Jolande, du mußt nicht lange warten. Ich komme, Kind!»

Und wie ein Trunkener geht er gegen das Tor. Sie stützt ihn. Langsam schreitet das Paar in der Dämmerung gegen die Hütte mit dem Wasserrad.

Am Morgen verbreitet sich die Nachricht: Markus Paltram, der König der Bernina, ist am Sterben. Cilgia Premont, mit der er vor vielen Jahren einmal verlobt war, wartet ihn zu Ende.

Sie wartet ihn zu Ende.

Und zusammen wandeln, die sich liebten, noch einmal den langen schmerzensreichen Weg des Lebens hinab von der Bergzinne von Fetan bis an diesen letzten Tag.

Markus Paltram stöhnt: «Ich schlug dich und unterlag. Du liebtest, du siegtest. Oh, Cilgia, du bist stärker als Katharina Dianti! Du hast die dunkle Seele des Camogaskers mit Licht erfüllt, du hast mir die Kraft zu ein paar guten Taten gegeben. Die Flamme wollte ich dir holen vom Bernina; aber, ach, meine Hände waren nicht rein genug, und ich mußte Gruber schlagen! Das war die schwerste Stunde. Da wußte ich: Das Schicksal ist über mir! Ich trug den Blutschein, den mir das Volk gegeben hat, wie eine Strafe. Und deinen Sohn klage ich nicht an. Es ist geschehen, was geschehen mußte: Die Überhebung, die Untreue hat Frucht getragen – und meine Landola ist im Gletscher vergangen.»

Die Tränen Cilgias benetzten seine eingefallenen Wangen, und ihre Hand hält die seine umschlungen.

Erst nach einer Weile spricht er wieder: «Ist das nicht sonderbar, daß ich im Bette sterben muß – ich, der Jäger. Ich meinte, ich würde einst in den Felsen enden – aber es ist eine große Güte – und du bist da, Cilgia!»

«Still, still, Markus, es gibt nur ein Unglück in meinem Leben. Es ist das, daß ich dich nicht habe glücklich machen können, du mein wilder Markus!»

Ein Strahl kommt aus den Augen Markus Paltrams – er wird ruhiger – und der Tag will sinken.

Da horch! Von ferne tönt ein weiches Lied.

Die Freunde des ehemaligen Jugendbundes sind zusammengekommen: Ohne einen Abschiedsgruß soll Markus Paltram nicht scheiden. Ihre Gesänge rauschen wie Traum aus der Ferne. Und die Berge der Bernina glühen, als blühten die Alpenrosen bis zu ihren Gipfeln – nein, als brächen lebendige Flammen hervor! In überirdischem Glanze stehen Gebirge und Tal, und die Lieder klingen.

Eine Stunde später verbreitet sich die Kunde: Markus Paltram ist sanft und ruhevoll dahingegangen.

Das Engadin hatte keinen Größeren zu verlieren. Er war sein großer Jäger, sein Retter, sein Arzt. Und sein friedliches Scheiden beruhigte.

Er war besser als sein Ruf – und eine Blutschuld hat nach seinem Tod das Engadin nie auf Markus Paltram kommen lassen.

Cilgia Premont aber sah ihren Sohn zum Manne werden und erlebte an ihm Freude. Nur eine schwere Stunde war ihr noch beschieden.

«Mutter», sagte der ernste, zu männlicher Schönheit erblühte Lorenz, «es war ein alter halbgelähmter Bettler da – er nennt sich der Lange Hitz –, er wünschte Geld, und er sprach von meinem Vater. Mutter, rede, was weißt du vom Vater?»

Und vor dem Sohne schließt die Mutter das große Geheimnis ihres Lebens auf.

«Warum tatest du so, Mutter?» fragt er in heißen Schmerzen.

«Ich wollte, daß kein Leid auf das sonnige Haupt meines Sohnes komme, sein Name ohne Makel sei!»

Da küßt er in tiefer Bewegung die Stirne der Frau.

Und Cilgia hat noch wundersame Tage gesehen. Sie erlebte es noch, wie der langsame Andreas Saratz von Pontresina mit anderen wackeren Männern Bündens den Piz Bernina erstieg und das kühne Haupt sich unter dem Tritt der Menschen beugte. Sie erlebte es noch, wie tausend und aber tausend sommerfrohe Menschen das einst so einsame Engadin durchstreiften, jubelten über die reinen Seen, über das kindliche Licht, und zu Berge stiegen und das Tal als eine unvergleichliche Schönheitsoffenbarung der reichen Erde priesen.

Nur das Wunder des heutigen Engadins hat sie nicht mehr gesehen. Denn ein Wunder ist das jetzige Engadin. Zwischen weißen Bergen nur ein grüner Strich, wo kurzes Gras und Alpenblumen wachsen, besitzt es drei blühende Städte: Samaden, Sankt Moritz, Pontresina. Und was schön ist, was die Menschen erfreut, gibt es in seinen reichen Palästen! Sie haben sich mit Kunst geschmückt, in reichen Büchereien stehen die Dichter in Reih und Glied, und der Wanderer komme, aus welchem Lande er will, so grüßen ihn jung und alt in seiner Heimatsprache.

Aber das hochgebildete Volk hat noch eine Herzenssprache: das Ladin, die Dichtersprache Konradins von Flugi.

Solange die innigen Seen strahlen, werden seine Lieder klingen.

Solange die Alpen grün werden, wird das Volk der Bergamasken von Markus Paltram erzählen und in die Nacht horchen, ob er nicht gegangen kommt.

Denn sie glauben, der Sohn des Camogaskers, der König der Bernina, durchwandere immer noch sein Reich.

Er ruht aber zu Santa Maria bei Pontresina.

Und die weiße Flamme der Bernina hütet sein stilles Grab und das des schönen Jägerknaben Landolo.